脳髄工場

小林泰三

角川ホラー文庫
14153

脳髄工場　目次

脳髄工場

　初めて父親の頭に付いている「脳髄」に違和感を持った時のことを少年はおぼろげながら覚えていた。

　父親はいつも優しく、そして温かく少年に接していたし、少年もまた父親をとても愛していた。毎日、父親が家に帰ると、走りよって飛び付き、そのまま振り回されて大喜びした。

　母親も素晴らしかった。彼女は少年に時には厳しく接し、そして時には充分に甘えさせてくれた。

　少年の家族は絵に描いたように理想的で満ち足りていた。

　だが、その日、少年は強い違和感を持ってしまった。

　父親の頭には自分にはない奇妙なものがついている。

　もちろん、それはその時に突然発生したものではない。以前からずっとそこにあったのだ。だが、当たり前すぎて少年に見えていなかった。

　それは歪《いびつ》な捩《ねじ》れようをした大きな金属の塊だった。父親の頭の頭頂部から側頭部にかけて、握り拳《こぶし》ぐらいの大きさで突き出している。それは頭皮から離れるにつれ、太く広がり、先端には歯車のようなダイヤルがいくつか付いていた。それらは間歇的《かんけつ》にぴかぴかと七色に光り、くるっくるっと途切れ途切れに様々な速度で回転していた。

それは単に父親の頭部に接着しているだけではないのがはっきりとわかった。頭皮が大きく引き攣《つ》りながら裂け、その中に深々と埋まっているのだ。父親の顔はあくまで優しく力強いのに、その塊はとても異質で気味が悪かった。

父親に抱き上げられていた少年はそっとその塊に手を触れてみた。生暖かい感触が伝わってきた。そしてかすかに脈動していた。

あっ、と声を出し、傍にいた母親は少年の行動を咎《とが》めようとした。しかし、父親は笑って、「脳髄」は大事なところだから乱暴に弄《いじ》ってはいけないよ、と穏やかに少年に言った。

少年はあまりにも幼く、我慢することを知らなかった。彼は父親の「脳髄」の先端に手を伸ばし、ダイヤルに触れた。回転するダイヤルが指を擦《こす》る感覚を彼は楽しんだ。そして、つい強く押さえてしまった。かちっかちっという音を立てて、ダイヤルは空回りした。

んぐぐ、と父親は言った。

少年は父親がふざけているのだと思い、きゃっきゃっと声を立て、さらに強くダイヤルを押した。

父親の表情が固まった。そして、大きく目を見開いた。

白目だった。

火山のように口から大量の泡を噴き上げ、そしてぶるぶると小刻みに震え、少年を抱えたまま、父親は後ろに倒れた。

どたん、という大きな音をたて、父親は激しく後頭部を床に打ち付けた。

父親の身体が吸収してくれたおかげで、少年への衝撃は殆《ほとん》どなかった。

弾力性のある父の体をクッションみたいだな、と少年は思った。

母親は悲鳴を上げた。

少年は母親により、無理やりに父親から引き剝《は》がされた。

父親の手はまだ少年を抱いているかのような形を保ったまま凍りついていた。

父親の「脳髄」はがらがらがらと嫌な音をたて続けている。

ダイヤルは止まったかと思うと、時折急に回転したりを繰り返していた。

少年は好奇心を満足させるために、もう一度父親の「脳髄」に触れようとした。

その時、少年は稲妻のような力を感じ、床の上に投げ出された。母親が激しく、彼を平手で叩《たた》きのめしたのだ。

彼女はぶるぶると震え、泣いていた。そして、どうして、あなたはお父さんにこんな酷《ひど》いことをするのか、と少年を非難した。

少年はその時まで自分がそれほどまで母親を怒らせる程に酷いことをしたことに気付いていなかった。

父は床の上で、ばたばたと手足を正体なく、振り回していた。

ごめんよ、と少年はぽつりと言った。

母親は少年に背を向け、無言で父親の体を懸命に押さえつけようとしていた。

彼女の頭にも七色に輝く「脳髄」があった。


少年が生まれる何十年も前の時代、法曹界において一つの考えが支配的になっていた。

「犯罪者は処罰するのではなく、矯正するべきである」

そもそも性悪説は良識ある人間が採用すべきではない。性善説は美しく、また信ずるに値する思想である。なぜなら、人間が本来悪であるより、善である方がいいに決まっているし、安心できるからである。ならば、そう信じることを躊躇《ためら》う必要はない。人間が本来善であるということは素晴らしい考えだ。

しかし、それにも関わらず、世間では犯罪が絶え間なく起こっていた。

これはどうしたことか？　性善説が間違っているとでも言うのか？　それとも、何かが人の善なる性を歪《ゆが》めているのか。

性悪説を採るのは容易《たやす》い。しかし、人々はあくまで理想を貫き通し、悲惨な現実を説明する理論を構築した。

つまり、本来善である人間の本質が環境により悪化し、ついに罪を犯すまでになるのである。

こう考えればすべての辻褄《つじつま》があった。どんなに凶悪な犯罪者であろうとも、その本質は善なのだ。ただ、環境が悪かったために悪の道を進まざるを得なかったのだ。

この理論によれば、犯罪者を罰するのは全く的外れなことになる。本来善である人間が犯罪者になったのは、環境のためであり、言うなれば、彼らは環境の犠牲者であることになる。彼らに必要なのは、処罰ではない。本来の善なる本質に立ち返らせるための矯正こそが必要なのである。

犯罪者に苦痛を与えるためだけの懲役や、抹殺のための死刑は消滅し、犯罪者に対しては矯正のためのプログラムが施されることになった。

何人かの犯罪者たちはプログラムの甲斐《かい》あって、本来の善の本質を取り戻すことが出来、社会に受け入れられていった。しかし、何人かに一人は矯正しても、またすぐに犯罪を繰り返すような事例が現れた。

これに関しては大きく、三つの考え方があった。

一つ目は、犯罪者に対し、量的もしくは質的に充分な矯正が施されなかったのではないかという考え方。この考えの支持者たちはより長期に亘《わた》る矯正や、各個人に適合した矯正法を採用すべきであると主張した。

二つ目は、やはり本質が悪である人間は存在するのではないかという考え方である。この考えの支持者は極めて少数であり、しかも本質が違う人間が存在するという差別主義者の側面を持っているため、一般的には口にすることすら憚《はばか》られた。

三つ目は、二つ目の考えを性善説と整合させるために改良した考え方である。いくら矯正の期間や方法を変えても、どうしても犯罪への傾向を消滅させることができない人々は多数存在した。しかし、彼らの本質もまた善であるはずである。それなのに、なぜ彼らは悪として振舞うのか。それは外的環境だけの問題ではなく、彼らの内的環境が本質を捻《ね》じ曲げてしまった結果に他ならない。

内的環境、つまり脳内環境である。彼らの脳が正常な均衡を欠いていたために、本来の善の本質が歪め傷付けられてしまったのであるから、彼らはやはり犠牲者なのである。本人の自由な選択により悪を犯すのではない。脳の構造により、悪を犯さざるを得ないのである。

この考え方は性善説と犯罪が増え続けている現実の両方を結びつけることができるため、あっという間に法曹界を含む世間に受け入れられることとなった。

だが、ここで犯罪者たちへの処遇が問題となった。

外的環境が原因ではないので、通常の矯正プログラムによっては、彼らを善に戻すことはできない。かと言って、彼らの落ち度ではない脳の不均衡を理由に彼らに苦痛を伴う処罰を与えることは人道に反する。

人々が選択したのは、犯罪者の脳内環境自体の矯正であった。

罪を犯した者の脳は徹底的に調べられ、その特質が分析された。そして、脳の特定の部位の状態が犯罪傾向と繋《つな》がることが徐々にわかってきた。そのような部位は脳全体に細かく分散しており、また強い相互関係を持っていたため、単純な手術や化学療法では矯正できなかった。

　そこで開発されたのが、人工脳髄である。もちろん、それは脳そのものではないし、脳にとって代わるものでもない。それは脳内に挿入し、脳内の各回路の正しい均衡を実現するための道具なのだ。

　例えば、性的犯罪を繰り返す人間は性欲中枢が支配的になり、理性を司る前頭葉を凌駕《りょうが》してしまうことが多々あるが、人工脳髄は性欲中枢に異常な高まりがあった場合、それを抑制すると共に、前頭葉を活発化し、行動を本来の正しい姿に回復させることができるのだ。

　もちろん、常に前頭葉だけを活発化している訳ではない。人間には休養や娯楽が必要であり、常に欲望を抑え続け、理性だけに支配されると、過剰なストレスにさらされることになり、脳全体が疲労し、心身症や精神錯乱を誘発してしまうことになる。人工脳髄はこのような過剰な抑制もまた、自動的に避けるように調整されている。そのような調整は各個人の脳の状態に合わせて微妙に行う必要があり、熟練した技術と長年の経験で培われた勘が必要な分野だった。

　犯罪者の脳に人工脳髄を挿入する法律は提出されるや否や可決され、施行された。判決は犯罪の内容に関わらず、すべて人工脳髄の挿入措置であったため、裁判自体が有名無実化し、いつしか判事は若い下級役人の担当になってしまった。弁護人も特に何もせず、立ち会うのみになっていた。なにしろ、仮に冤罪《えんざい》であったとしても、実害がないのだ。人工脳髄が挿入されても、元々脳内の均衡が正しいものになっているなら、実質的に人工脳髄はなんら機能することはない。つまり、生活には一切支障がないことになる。それどころか、周囲に自分の脳は常に正しい均衡を保っているのだと、知らしめることになり、安心と信頼を受けることになる。

なまじ罪を犯していない一般人よりも、一度罪を犯した人間の方が社会的な信用が高くなった。彼らの脳は間違った状態でないことが保証されているのだ。

国民の間から、人工脳髄の装着措置を犯罪者以外にも広げて欲しいという要望が広がり、大きな政治運動へと変わっていった。

やがて、人工脳髄挿入措置を受ける者の範囲を犯罪者から、犯罪者予備軍──つまり、犯罪の兆候が見られるものまで広げることになった。

不良少年たちは一度でも補導されると、人工脳髄を装着された。彼らは正しい脳の均衡を取り戻し、充実した学生生活や勤労生活に戻っていった。

軽犯罪を犯した者や、大きな過失を犯した者にも人工脳髄の装着が行われた。仮令《たとえ》小さくても犯罪の芽は断たなくてはならないし、過失の原因が脳の不均衡にあることは明らかだったからだ。

犯罪の徴候が見られるとまではいかなくても、何かしら人と違うところがある者、個性が強い者に対しても、人工脳髄装着措置が行われるようになった。厳密に言うなら、そのような措置は法律の範囲を逸脱しているのだが、異を唱える者は殆《ほとん》どいなかった。一日中、家に閉じこもってゲームをしている者、漫画やビデオを大量に買い集める者たちの脳は人工脳髄装着措置を受け、正しい均衡を取り戻し、健康的なスポーツや薫り高い古典に親しむ正しい生活を取り戻すことができた。

また、邪《よこしま》な宗教に浸る者や偏った政治思想にかぶれた者も積極的にこの処置を受けさせられることになった。

人工脳髄が普及するにつれ、世の中から逸脱者が消えていき、健全な安寧秩序が実現した社会が生まれつつあった。

極端に逸脱した者たちがいなくなると、僅《わず》かに正しい標準から逸脱した者たちが目立つようになってきた。列に並ばずに商品を買おうとする者、授業中に教師の話を聞かずに上の空の者、太陽を赤ではなく黄色に塗る幼児——彼らもまた脳の均衡を僅かに失しているとして、人工脳髄の挿入措置を受けることになった。

正しい脳の均衡を持つものがますます増え、均衡を失した者はますます目立つようになったことにより、自分が人と少し違うのではないかと感じる人々は自分から人工脳髄の使用を申し出るようになった。自己申告があった場合、申し出は全て受け入れられることになった。正しい脳の均衡を持った者が増えることは社会にとって有益なことなのだ。

ある人は自分の歩き方が人と違うことに気付き、処置を申請した。また、ある人は朝目覚めが悪く、夜更かししたくなることに気付き、処置を申請した。テレビ番組を見た時に自分の感じ方が家族と違うようだと気付いて処置を申請した者もいた。

もはや、処置を受けている者は少数派ではなく、多数派になろうとしていた。

人工脳髄挿入措置を決定する裁判官の中に人工脳髄を挿入していない者がいることが問題になった。人工脳髄を挿入していない者は均衡を持った思考をしているという保証がない。そのような者が他人の脳への処置の可否を判断する資格があるのか、と大勢の国民たちは不安の声を上げた。

すぐさま、裁判官への人工脳髄の装着が義務付けられた。続いて、全ての公務員と政治家への装着が義務付けられた。

医師や弁護士などには装着の義務はないが、装着していない者には信用がなく、事実上人工脳髄を装着していない者は廃業せざるを得なかった。

その他ありとあらゆる客商売に人工脳髄は必須《ひっす》となった。人工脳髄がなければ、自分が均衡ある思考をしていることを証明することができないのだから当然だと言える。

親たちは子供をよく観察するようになった。標準より、言葉が遅い、もしくは早い。歩くのが早すぎる、もしくは遅すぎる。そんな時、親たちは我が子の脳の中の回路の不均衡を疑い、すぐさま人工脳髄装着の申請を行った。さらに昨今では、そのような観察さえ行わず、生まれてすぐに人工脳髄の挿入を行うことが一般化してきた。人工脳髄があまりにも当たり前となり、単に「脳髄」と言えば、人工脳髄を指すまでになった。

人類進化の最終局面に入った、と主張する学者たちもいた。

少年が授業で習った「脳髄」の歴史は以上のようなものであった。

なぜ、僕の頭には「脳髄」がないのだろう?

父親の「脳髄」を触ってしまった事件からすでに何か月も経った頃、少年の脳裏にふと疑問が湧いた。

幼稚園の仲間たちの殆どは頭に「脳髄」を付けていたが、少年のように「脳髄」を持っていない者もまだかなりいた。

先生たちは一人の例外もなく、「脳髄」を付けている。幼稚園を訪れる親たちも殆どが装着しているが、極稀《ごくまれ》に付けていない者が来る時があった。そんな時、幼稚園の先生たちはずっと睨《にら》み付けるようにその保護者を監視し、自分の子供以外の園児たちに近付くことは決して許さなかった。

「天然脳髄は何をしでかすかわからない、って思ってるのさ」少年の親友が言った。

「『天然脳髄』って、何?」

「お前や俺のようなやつのことだよ。ちゃんとした『脳髄』を付けずに、生まれつきの脳髄だけで生きているってこと」

「僕たちは何をしでかすか、わからないの?」

「まあ、そういうことだよ。天然脳髄は調整されていないから、時々、とんでもなく酷《ひど》いことを考え付いたりして、大変なことになるんだって」

「例えば？」

「泥棒したり、それから人殺しをしたり」

「僕はそんな酷いことはしないよ」

「俺だってさ。でも、そう思われても仕方がないんだって」

「誰が言ってたの？」

「お母さんとお父さん」

「どうして、僕たちは『脳髄』を付けてないんだろう？」

「さあ、知らない。でも、『大きくなったら、「脳髄」を付けさせる』って言ってた。本来必要なくても、付けとかなきゃ損なんだって」

「ふうん」少年はそんなものかと思った。

家に帰ると、少年は両親になぜ自分は「脳髄」を付けていないのか、と尋ねた。

「付けるか、どうかは自分で決めればいいことだからだよ」父親が言った。すでにメーカーで「脳髄」の再調整は済ませてあったので、もう以前と変わりはない。

「自分で決めるって？」

「まあ、付けた方がいいにはいいんだけどね」父親は優しく答えた。「自分で決めた方がいいんだと思うんだ。赤ん坊の頃から付けるのが流行《はや》っているけど、そんなことしたら自分の本当の脳の状態がわからないままになってしまうからね。自分の脳の状態を理解して、それから『脳髄』を装着するのはいい経験だと思うよ」

「本当の自分を知っとかなくちゃってこと？」

「本当の自分とは『脳髄』で調整された後の自分のことだ。それまでは本当の自分じゃない」

「何も付けない時の方が本当じゃないの？」

「じゃあ、裸が人間の本来の姿なのかい？　人間は服を着るようになって、体毛がなくなっていった。服を着ているのが本当の姿なのさ。『脳髄』も同じことなんだよ」

少年はよく意味がわからなかったが、とりあえずすぐに『脳髄』を付けなくてもよさそうなので、なんとなく安心した。

次の年、少年と親友は小学校に入学した。

さすがにもう殆どの子供たちは「脳髄」の挿入をすませていた。

時々、「天然脳髄」などとからかう者もいたが、苛《いじ》めほどには発展しなかった。「脳髄」により、精神の均衡が保たれているのだから、当然とも言えた。

教師たちは、何度か少年たちの頭の事に触れ、なぜ付けていないのかと、かなりしつこく問い質《ただ》された。

二人はそれぞれ親から聞いていた理由を答えたが、納得しない教師たちは学校に親を呼び出した。

「問題が起きてからでは手遅れになるんですよ」担任の教師は心配顔で言った。「小学生の頃は大事な時期なんです。ちゃんと『脳髄』を付けて矯正しないと、均衡を失した脳では精神が歪《いびつ》になってしまうかもしれませんよ」

「とりあえず今のところは大きな問題は起きてないんでしょ」母親は教師に説明した。

「矯正前の自分の脳の状態を知っておくことも大事だと言うのがうちの教育方針なのです」

「それにどれだけの意味があるかはわかりませんが、まあちゃんとした理由があるのなら、いいでしょう。ただし、問題が起きたらすぐにでも矯正していただきますよ」

高学年になる頃には、同学年で「脳髄」を付けていないのは、少年と親友だけになっていた。親友は多少短気だけれど、気が優しく二人はいつも一緒にいて、これからの人生について語り合った。

「『脳髄』って本当に付けなきゃならないのかな？」少年はよくこんな疑問を口にした。

「まあ、絶対ってことはないだろうな。ただ、付けとかなきゃ損だろ。変に思われちまう」親友は常識的に答えた。

「でも、ほんの何十年か前には誰も付けてなかった訳だし」

「誰も携帯電話を持ってなかった時代からほんの十年後には携帯を持ってないやつのほうが珍しいぐらいになってたって言うぜ。『脳髄』だって、それと同じだろ」

「けどな、『脳髄』を付けた自分は本当の自分なんだろうかって思うんだ」

「どういうことだ？」

「だから、本当の自分は『天然脳髄』の自分で、それに人工脳髄を付け加えた時点で、その人格は、天然プラス人工の新しい脳での人格になるんじゃないかってことだよ」

「それがどうして悪いんだ？　天然に人工が加わることによって、正しい均衡が実現して、本当の人格が出てくるって話だぜ」

「それって本当なのかな？　どうやって、証明する？　そもそも君はそんな話信じてるのかい？」

「本当のことを言うと、今の自分が本物の自分のような気はするな」親友は腕組みをした。「これに何かを付け加えたら、それは何かが付け加わった新しい自分で、もうこの今の自分ではなくなっちまうんだろうな。新しい自分はわからないが、今の自分は嫌いじゃない。確かにわざわざ変えることはないよな」

　少年はすでに「脳髄」を装着している何人かの級友に自分たちの考えを確認してみた。

「わたし、よくわからないわ。赤ちゃんの時から付けてるんだから。付けているのが本当の自分よ。『脳髄』は手足と同じで、自分の一部よ」

「俺は小学校に入ってからだよ。まあ、遅い方だと思うけどね。単に親が面倒がってただけで、特に理由なんかはなかったんだけどね。付けてから何か変わったかって？　そうだな。自分では何も感じないけどね。ただ、家族は前より精神の均衡がとれるようになったって言うけど。そう言われて、昔の俺を撮ったビデオを見ると、確かに酷かったね。おもちゃをくれと言ってだだを捏《こ》ねたり、テレビアニメに見入って人の話を聞いてなかったり。今は『脳髄』のおかげで、ちゃんと抑制ができるようになった。まあ、大人になったって言えばいいのかな」

「あんたたち、いったい何気にしてるの？　そりゃ、頭ん中に機械入れるんだから、前とは変わっちゃうのは仕方ないわ。そもそも変わらないんなら、『脳髄』入れる意味ないんだし。でもね。考えてみてよ。仮令《たとえ》、『脳髄』を入れなかったとして、あんたたちはずっと同じあんたたちでいられるの？　脳は五感を通じて外部から入ってくる情報に常に曝《さら》されてるのよ。新しい情報が入る度に脳の回路は修正されていく。毎日毎日、こうしている間にも、あなたたちの脳の中の回路はどんどん書き換わっている。どうせ、ほうっておいても換わっていくんだから、いい方に変えた方がいいのに決まってるじゃない。『天然脳髄』に拘《こだわ》っているなんて馬鹿みたいよ」

彼らの言うことはいちいちもっともだったが、少年と親友はどうしても踏ん切りがつかなかった。両親たちも強く『脳髄』装着を勧めなかったため、そのままずるずると何年かが過ぎ、少年たちは中学生になった。


ある日、親友は深刻な顔をして、少年のもとにやってきた。

「ついに来ちまったよ」

親友は主語を抜かして言ったが、むろん少年には何のことだかわかった。

「『脳髄』を入れろって、言われたんだな」

親友は頷《うなず》いた。

「どうするんだ？」

「まだ、入れたくないって言ったんだけど、どうしても聞いてくれなくて、抵抗したら、家庭裁判所に連絡して強制措置をとるって」

「なんでまたそんなことになったんだ？」

「祖母《ばあ》ちゃんに、風邪気味だから学校を休めって言われて。俺、平気だから学校行くって言ったんだけど、あんまりがみがみ煩《うるさ》いもんだから、ついかっとして強く押しちまったんだ」

「お祖母さん、怪我したのか？」

親友は首を振った。「軽く尻餅《しりもち》をついただけだった。だけど、凄《すご》くショックだったみたいで、『脳髄』が均衡をとってくれなかったら、たぶん祖母ちゃん自身がパニック状態になってたろうって言うんだ」

「そりゃ大げさだろう」

「そうでもないらしい。祖母ちゃんはまだ『脳髄』を入れてなかった若い頃には、しょっちゅうヒステリーを起こしてたってことだ。たぶん、俺の短気はその遺伝だろうって」

「だったら、君の責任じゃない。遺伝子のせいなんだから」

「だからこそ、『脳髄』を入れなくちゃいけないらしい。自分で自分の衝動を抑えられないってことがはっきりしたんだから」

「でも、別に犯罪って訳じゃないんだし」

「親父が言うには、今回は尻餅で済んだけど次は誰かに怪我をさせてしまうかもしれない。

まってからでは遅いってことだ」親友は泣きそうな顔をした。「なあ、俺が変わっちまっても、お前、今まで通り付き合ってくれるよな？」

「ああ。ただ……」

「ただ？」

「君の方が今まで通り付き合ってくれる気があるかってことだ。『天然脳髄』の友達なんて、嫌なんじゃないか？」

「まさか、俺に限って、そんなはずはないさ。……って言っても、そん時の俺が今の俺だという確証はないんだけどさ」

「で、いつなんだ？　挿入は？」

「それが今日なんだ。もう予約はしてあるから放課後に脳髄師のところによってこいって。ついてきてくれるか？　恥ずかしいけど、ちょっと怖いんだ」

少年は無言で頷いた。

デリケートな脳の中に巨大な「脳髄」を挿入するのはかなりの熟練と勘を必要とした。そこで、脳髄師という国家資格が新たに創出された。同じ頭に携わる職業ということで、理髪師と兼ねている場合が多かった。多くの理髪学校に、脳髄師の資格取得のカリキュラムがあることも理髪師と脳髄師を同時取得する人間が多い理由だろう。

からんからんからん。ドアのベルを鳴らしながら、理髪店のドアを開ける。

つーんとした整髪料のにおいが漂ってくる。

「へい。いらっしゃい!!」威勢のよい理髪店主が客の髪を洗っている。彼が脳髄師も兼ねている。「予約の坊やだね。おや、そっちは?」

「僕は付き添いできました」

脳髄師は声を出して笑った。「今時、脳髄挿入に付き添いだって。もう中学生なんだろ」

「付き添いがいては駄目ですか?」少年は真顔で尋ねた。

「えっ? まあいてもいいよ」脳髄師は少年の気魄《きはく》に押されたようだった。「ただ、細かい作業だから、邪魔にならんようにしてくれよ。ところで」脳髄師は少年の頭を指した。

「坊やも随分遅いね」

「別に遅くてもいいんでしょ」

「まあ、遅くて駄目だということはない。ただ、大きくなればなるほど脳の可塑性は落ちていくんで、違和感になれるまで時間がかかるようになる。まあ、腕のいい脳髄師の仕事だったら、物が二重に見えたり、舌が縺《もつ》れたり、指が勝手に動き出したりする程度だけどな。それにあれだ。厄介ごとが起きないうちに入れちまった方が安心できるってもんだ」

そういう脳髄師の頭にも「脳髄」は装着されていなかった。脳髄師は「脳髄」を装着しない。脳髄師の装着している「脳髄」とクライエントに挿入され、調整過程の「脳髄」が脳髄師の運動神経を通じて、相互に干渉を起こすため、過去に重大な事故が何度か起きた。そのため、脳髄師自体は「脳髄」を装着できないことになった。「脳髄」の装着は不可逆な措置なので、一度「脳髄」を装着すると、もう脳髄師にはなれないことになる。脳髄師が「脳髄」を装着するのは、脳髄師を辞める時である。

「もうすぐこちらのお客さんの散髪が終わるから、そこで待ってな」

前の客の散髪は三十分程で終わった。

「さあ、閉店までにあまり時間がないからさっさと片付けちまうか」脳髄師は店の奥にいた若い男にいった。「おい、見習い、この坊っちゃんの頭を丸めといてくれ」

見習いはバリカンと剃刀《かみそり》で慌てて親友の髪の毛の処置を始めた。仕事が遅いと気の短い脳髄師に怒られるのだろう。少年は「脳髄」を持っていない者同士の軽い共感を脳髄師に覚えた。

「できました」見習いが言った。

「よし見せてみろ」店の隅で座って新聞を読んでいた脳髄師は鏡の前にかけてある手拭《てぬぐ》いで手の油と額の汗を拭《ふ》きながら立ち上がった。

親友の頭を掌《てのひら》でぐりぐりとさする。「おい！　ここに剃《そ》り残しがあるぞ。ここにもだ。おまえ、これに指先が引っ掛かって手元が狂ったら、どうするつもりだ？　『すみませんでした』じゃ、すまねぇんだよ。脳ってのはとてもデリケートなんだ。脳髄師ってのはよ、長年の勘があって初めてできる仕事なんだ。ちょっとした剃り残しでも、その勘は簡単に狂っちまう。よく覚えとけ！」脳髄師は見習いから剃刀を引《ひ》っ手繰《たく》るとぞりぞりと親友の頭の剃り残しをあたり始めた。

脳髄師の剃り方は結構雑で、ところどころ、頭皮が切れて、血が滲《にじ》んだが、親友は目を瞑《つぶ》って痛みに耐えているようだった。

「よっしゃこんなもんだろ」脳髄師は手拭いで、丸坊主になった親友の頭の血を拭った。そして、服のポケットをごそごそと探ると、ちびた赤いクレヨンのようなものを取り出した。そして、ノギスで計りながら、何箇所かに印を付けた。「おい、見習い、ちょっとお前やってみろ。海馬と側頭葉の境目はどの辺りだ？」

「ええと。ここですか？」見習いは自信なさげに、印を付けた。

「けっ！　まだまだだな。確かに境目はここにありそうだが、ここに打ち込んだら、頭蓋《ずがい》骨《こつ》の割れ目にそって先がぶれちまうだろ。ここがちょうどいいんだ。だけど、ここのでっぱりが気になるな。やっぱり上前頭溝からやっちまうかな」脳髄師は見習いが描いた印を親指の先でごしごしと消すと、別のところに印を付け直した。それから、各印の間の距離をもう一度ノギスで計り直すと、壁に貼ってある黄色く変色した数表を睨《にら》み、宙に指を這《は》わせて暗算をしているようだった。

「よし。決まった」脳髄師は親友の頭の頭頂部から少しはずれた辺りに大きなばつ印を描いた。鏡の横の棚からいくつか「脳髄」を取り出した。

どれも磨き込まれている様子で、ぴかぴかと輝いていた。形は小振りの大根に近い。大根の葉が付いている部分にはダイヤルや摘《つま》みが並んでいる。先端部には頭骨を突き破るために、硬い金属が被せてある。脳髄師がスイッチをいれると、ダイヤルが回転し、それに応じて「脳髄」のあちらこちらから、細いのやら太いのやら、いろいろな大きさの針が飛び出しては、引っ込んでいった。それぞれのダイヤルに対応する針があるようで、すぐ隣にある針同士でも、出入りする速度や周期も様々だった。同じダイヤルに属する針同士が特に近くにあるという訳でもなく、「脳髄」の表面全体にまばらに分布しているようだった。

脳髄師はちょうど西瓜《すいか》の中身を確かめるように、親友の頭を指でぽんぽんと叩《たた》き、いくつかの「脳髄」を振ってうんうん唸《うな》って考え込んでいたが、やがて思い立ったように、その中の一つを摑《つか》んだ。「これでいってみよう」

脳髄師は「脳髄」の先端を手拭いで磨くと、先程のばつ印に押し当て、体重をかけた。

「痛てて」親友は呻《うめ》いた。

「ちょっとぐらい我慢するんだ、坊っちゃん。麻酔をしちまうと反応がなくなっちまうので、微妙な調整ができなくなっちまう。五百本からある針をちゃんとした位置に合わせるのは並大抵の苦労じゃないいんだ。それに脳自体には痛覚はない。痛いのは、皮膚とか、硬膜とか、血管だとかだから、喉元《のどもと》過ぎればなんとやらだ。はっ!!」

脳髄師の気合で、「脳髄」の切っ先が数センチめり込んだ。

「はぐっ!!」親友は口から泡を飛ばした。

「あとほんの二ミリほど左かな」脳髄師は親友の反応を見て、切っ先の位置を少しずらした。「まあ、こんなもんだろ」

親友は真っ青になり、ぶるぶると震えていた。

「ねえ。今日でなくてもいいんじゃないかな」少年は親友に呼びかけた。

親友は迷っている様子で、脳髄師の顔を見ている。

「おいおい。怖気づいちまったのかい？　まあ、こっちだって、どうしても今日やっちまわなきゃならないことはないんだがね。でも、今日を逃すと、予約は来月しかとれなくなる。そうすると、また脳の状態が変わって、また最初からやり直しだ。追加料金がいるが、どうする？　家の人は出してくれるか？」

親友はぶるぶると首を振った。否定の意味なのか、単に震えているのか、それとも痙攣《けいれん》しているのか、少年には判断が付かなかった。

「じゃあ、仕方ない。今やっちまうよ」脳髄師は「脳髄」を振り上げた。

親友はまだ震えている。

「はっ!!」脳髄師は「脳髄」を振り下ろした。

鈍い音がして、骨片と血と脳組織の一部が飛び散り、脳髄師の白衣と顔を汚した。

親友は一瞬体を持ち上げた後、ばたんと椅子の中に落ち込んだ。言葉にならない声を上げ、白目になり、手足をばたつかせている。

脳髄師は片手で「脳髄」を支えながら、親友に覆いかぶさり、両足と脇を使って、暴れまわるのを押さえ付けていた。「おい、見習い、何をぐずついてるんだ。俺の顔の血を拭け、それから、店の裏庭に置いてある脳電計も持ってきてくれ」

見習いは裏庭に走ると、錆《さび》だらけの装置を持って来た。鏡の前の台に置こうとした時、親友の手が引っ掛かって、床の上に激しく落としてしまった。筐体《きょうたい》が割れ、配線が飛び出す。

「このドジ！　何やってんだよ!!　いいから、白金線を貸しやがれ！」脳髄師がリード線を引っ張ると、割れた脳電計がずるずると床を擦《こす》りながら滑った。

脳髄師はいくつかの白金をダイヤルに引っ掛け、残りは親友の鼻の奥や舌の裏側や耳の中や目の粘膜に突っ込んだ。脳髄師がダイヤルを回すたびにガラスが割れて剝《む》き出しになった計器針がかちゃかちゃと音を立てて振れた。

「よし。ちゃんと先っちょは脳幹まで達してるな」脳髄師は「脳髄」の先っちょをぽんと叩いた。

親友が獣のように絶叫した。

「見習い、坊やをしっかり押さえとけよ。今から脳の内部で針を出して固定するから、一ミリでも動かしてみろ。回復不能な損傷が残っちまうぞ」

脳髄師は親友のまぶたを指で無理やり開いた。黒目がぐるぐると動いている。

脳髄師がダイヤルの一つに触れると、逆の方向に回転を始めた。

「なるほど。そういう癖か」

さらに微調整を続けると、黒目の回転は収まった。

さらに脳髄師は一つ一つのダイヤルをゆっくりと調整していった。暴れていた親友も調整が進むたびにだんだんと動作が緩慢になり、ついにはぐったりと動かなくなった。ただ、まだぴくぴくと細かに痙攣している。

「まあ時間をかければ、この痙攣も止められるが、この程度のものなら一時間もすれば勝手に収まるだろう。見習い、『脳髄』がずれないように頭蓋骨に金具で固定してから、傷口に血止めを塗っといてくれ」

見習いは言われた通りに処置をすると脳髄師から白衣を脱がせ、血と脳漿《のうしょう》塗《まみ》れの床の掃除を始めた。

後片付けが終わると、脳髄師はダイヤルを一目盛りだけ動かした。

親友はびくんと跳ね起きた。

「坊っちゃん、具合はどうだい？」

「ええと」親友は驚いたように目をぱちくりしている。「体が震えている。止まらないよ」

「それなら、心配いらん。そのうち脳の方が適応してくれるよ。他には？　変な幻が見えるとか、何か一つのことが頭から離れないとかいうことはないかな？」

親友はしばらく考えてから言った。「そんなことはないみたいだ。大丈夫だよ。ただ、頭が物凄《ものすご》く痛い。吐きそうだ」

「硬膜を破ったからな。処方箋《しょほうせん》を出しとくから、薬局で痛み止めを貰《もら》ってくるといい」

「脳髄師は処方箋も出せるんだ」少年は驚いて言った。

「ああ。医者じゃないので、なんでもという訳じゃなくて、基本的には痛み止めと抗生物質だけだけどね」脳髄師は処方箋を書いて、親友に渡した。「よしもう帰っていいよ。今日一日は風呂《ふろ》には入らんこと。最近の若い脳髄師はすぐに風呂に入っていいとか言うらしいが、感染や出血のことを考えると、一日ぐらい我慢した方がいい。じゃ、今日はナイター見なくちゃならんので、ここらで店じまいさせて貰うよ」脳髄師は早く出て行けと言わんばかりだった。

「立てるかい？」少年はおそるおそる尋ねた。

親友は腿《もも》から膝《ひざ》をゆっくりと摩《さす》った。「ああ。なんとか、なりそうだ。……あれ？」

「どうかした？」

「頭が痛くて、それに膝が震えてるんだ。だから、俺は今『くそっ！』って思った」

「そりゃ思うだろ」

「ところが、その気持ちはすぐにふっとんじまった。俺は『くそっ！』なんてこれっぽっちも思っちゃいない」

「どういうことなんだ？　一度は『くそっ！』って思ったんだろ」

「それがどうもはっきりしない。最初から、『くそっ！』なんて思わなかったのかも。それとも、思った瞬間に消えたのかもしれない。もし思ったにしても、その感情自体が消えてしまったんで、もう確かめようがない」

「『脳髄』の効き目？」

「たぶんそうだな。意味のない罵《ののし》りの感情を消し去ったんだ」

「勝手に感情をコントロールされてるってこと？」

「おそらくな。だったら、とても酷《ひど》いことをされている訳だが、そのことについても腹が立たない」

「それっていいことなのかなぁ？」

「まだなんとも言えない。新しい脳髄になってから、殆《ほとん》ど経ってないんだから」

「今まで通りの君のままなのかい？」

「そう思う。だけど、確信はないな。一時間前の自分と今の自分は同じだと感じている。だけど、実際には、一時間前の自分は実は消滅していて、一時間前の自分と今の自分が連続していると思い込んでる今の自分がいるだけかもしれない。う〜ん。これって答えはあるのか？」

「わからない」少年は首を振った。「確かめる方法を装着前に考えておくべきだったね。何か特別な質問をして、答えの違いを見つけるとか。いずれにしても、もう手遅れだけど」

「じゃあ、お前の時はそうすることにしよう」親友は笑った。彼の前のままの笑顔。だが、その頭部にはごつごつとした巨大な突起物が突き刺さっている。

「まだふらつくだろ。肩を貸すよ。薬局にも寄らなくちゃいけないし」

　数日間の休みの後、親友は学校に出てきた。

「もう大丈夫なのかい？　頭の方は？」

「ああ。もう風呂にも入ってるさ」

「何か心境の変化はあったかい？」

親友は首を振った。「やっぱりよくわからない。鏡を使ってダイヤルを見ると、ちゃんと回っているので、きっと俺の脳の中で針を出し入れして、回路の均衡をとっているんだろうな、とは思うんだけど、あの脳髄師の言ってたように、脳には痛覚がないから、どうもぴんと来ない」

「気味が悪くないかい？」

「全然。……ひょっとしたら、気味が悪いのかもしれないな。『脳髄』がその感情を消し去っているだけで」

級友たちが二人に近付いてきた。「おお。ついに両雄の一角が崩れたか」

「ああ。なんであんなに拘《こだわ》っていたのか、自分でも不思議だよ」

「まあ、不思議に感じないとしたら、『脳髄』がちゃんと機能してないってことになるんだけどな」

心なしか、級友たちが二人を遠ざけていた今までの空気が和らいだような気がする。もっとも、受け入れられたのは、親友の方だけだろうが。

表向き、少年と親友の関係は変わらなかった。少し変わったことと言えば、親友が滅多《めった》に癇癪《かんしゃく》を起こさなくなったことだろう。

知能自体には変化はないはずだが、勉強中は無駄な感情が起こらないためか、親友の成績は徐々に伸びていった。

少年は置いていかれたような疎外感を感じるようになっていった。

「それは一時的な気の迷いだな」ある日の昼休み、少年の問いかけに答えて親友が言った。「俺自身は、ちょっと落ち着きが出てきた以外は、何も変わってない。お前もそう思うだろ」

「ああ。だけど、何と言うか、君にはそれが付いている」少年は「脳髄」を指差した。

「確かに、見掛けの違いは大きいさ。まあ、これも技術革新が進めば、小さくできるんだろうけど、その前に殆どの人間に普及しちまったから、今更小さく、目立たなくする意味がなくなっちまったってことだろう。廃熱の問題もあるしな。むしろ、付けてない人間がはっきりとわかるように、もっと派手な形状や色にして欲しいという要望もあるってことだ」

「それって、なんだか、差別っぽくないか？」

「『脳髄』を装着したら、差別の感情はなくなる。ただ、単純に功利的に考えた場合、『天然脳』は『天然脳』だとはっきりわかった方がいろいろ対処がしやすいということだ」

「犯罪などの反社会的行動を起こさないように監視できるから？」

「そうじゃなくて、予《あらかじ》め心構えができるからさ。例えば、すぐ隣の人が外国人で言葉がわからなかったとして、見掛けが一緒だったらわからないだろ。それで、突然外国語で話しかけられたりしたら、対処に困ってしまうかもしれない。最初から外国人だとわかっていたら、翻訳機を用意するなり、それなりの対処ができる」

「君も、僕にはそれなりの対処をしているのかい？」

　親友の『脳髄』のダイヤルが唸《うな》りを上げて回転を始めたような気がした。本来なら、感情が高まる状況だった。

「俺にはそのつもりはない。お前にはそう感じるのか？」

「嘘を吐《つ》くことは構わないんだろ」少年は吐き棄てるように言った。

「どういうことだ？」

「感情を爆発させることは抑制するけど、状況を悪化させないための嘘は許容する。それが『脳髄』の機能だろ」

「まあ、そうもとれるが、実際にはそんな高機能ではない。『脳髄』は嘘と本当の違いは見分けられない。ただ、回路の不均衡を修正しようとするだけだから」

「ほら白状した！」

「おい。少し落ち着けよ。変わったのは俺ではなく、お前だろ」

「僕が？」

「お前はそんなに捻《ひね》くれた皮肉屋じゃなかった。もっと素直で、真面目だった」

「人の性格を勝手に決め付けないでくれないか」

「どうした？　何に苛立《いらだ》ってるんだ？」

「君のその言い方さ。まるで、大人が子供を見るような、そんな優越した者からの視点が気に障る」

「待てよ。俺はそんなつもりはないぞ」

「僕が感情的になっても、君は冷静に受け止めるわけだ」

「俺が感情的にならないのは、お前を子供扱いしている訳じゃなくて、『脳髄』が不要な感情の高まりを抑えてくれるからだってことは知ってるはずだろ」

「僕だって、考える脳は持ってるんだ！」少年はつい怒鳴ってしまった。

周囲の級友たちの視線を感じた。もちろん、わかるようにじろじろ見たりはしない。頭の中で見ているのだ。あの『天然脳髄』を見ろよ。また、荒れているぜ。早く観念して、『脳髄』を入れちまえばいいのに。

少年は深呼吸をし、落ち着きを取り戻そうとした。

そうさ。『脳髄』なんてなくったって、感情のコントロールぐらいできるんだ。

「悪かった。気に障るような言い方になってしまったみたいだな」親友は穏やかな表情で言った。

「いや。悪いのは僕の方だ。君じゃない」

「ちょっと助言をしてもいいかな？」

「ああ」

「そろそろ楽になったらどうだ？」

「何のことだ？」

「今から、『脳髄』を入れることにしたって、誰もお前を責めたりはしない」

「どういうことだよ？　僕は別に『脳髄』を入れることを意地になって拒んでいるわけではない」

「だったら、なおさら……」

「その時は自分で決める。僕には自由意志があるんだ」

「その時は『今』でもいいんだろ？」

「『今』それを決めたら、君の考えに従うことになり、自由意志とは言えなくなってしまう」

「だから、意固地になるなよ」

「わかった。もうこの話はここまでにしよう。君に相談した僕が間抜けだったんだ」

その日を切っ掛けに、少年は親友と疎遠になっていった。

少年は親友とは違う高校に進学した。もちろん、その高校での友人たちも『脳髄』装着者たちばかりだったが、装着前を知らないだけ、親友よりは接しやすかった。

おそらく、少年は周囲から浮いた存在なのだろうが、その素振りを見せるものは当然ながらいなかった。時折、担任教師から遠回しに「脳髄」の装着を勧められたが、それもそれほどストレスにはならなかった。

二年生の春、少年は恋をした。

彼女は同じクラスの女友達の一人だった。一年の頃は別のクラスで、顔はよく見掛けたが、名前を知るのも初めてだった。

「あなた、『天然脳髄』なのね。かっこいいね」少年に向けた彼女の最初の言葉。

失礼な物言いのようにもとれるが、ずばり最初に言ってくれたことで、少年は随分気が楽になった。おかげで、この話題を避ける必要がなくなったのだ。

「うん。ちょっとしたこだわりなんだ。馬鹿みたいだろ」

「いいえ。『脳髄』なしで、自分を抑えてるなんて、かっこいいよ。ストイックって感じだよ」

「天然脳髄」であることを肯定的に評価してくれたのは、「脳髄」装着前の親友ぐらいのものだったので、少年はその瞬間から少女に好意的な印象を持った。もちろん、彼女もまた「脳髄」装着者だったので、わざと人を不快にするような物言いは避けるはずだったし、彼女の元々の人当たりのいい性格にも起因するのだろう。しかし、少年は確かに「天然脳髄」に対する好感を少女の言葉から感じ取ったのだ。

少女は同性異性を含めて、少年が唯一の心を許せる友人だった。そのような関係は親友以来だった。

休み時間に雑談をし、やがて一緒に昼食をとるようになった。

彼女が傍にいる時は他の級友たちとも、気軽に口を利くことができた。あたかも彼女がその場にいるだけで、会話の触媒になってくれるようだった。

少女、そして彼女を通じて他の級友たちと接しているうちに、「脳髄」装着者たちはそれほど「天然脳髄」を気にしていないのではないかと思えるようになってきた。そして、「天然脳髄」であることは、たいしたことではなく、自分も「脳髄」装着者たちと普通に付き合えるようになるのではないかと信じ始めていた。


「もしよかったら」少年の心臓はばくばくと音を立てそうなほど大きく脈動していた。「今度の休みに一緒に映画を見に行かないかい？」

こんな時、「脳髄」を付けていれば、こんなに緊張しなくてもいいんだろうな、と少年はぼうっとする頭で思った。

少女は目を見開き、微笑を湛《たた》えたまま少年を見ている。

一瞬の沈黙。

さあ、返事はどうだ？　応じてくれるのか。拒否するのか。もし拒否されたら、すっぱりと諦《あきら》めよう。彼女は僕をそのような対象としてみていなかったということだ。うじうじとした態度をとったりしたら、余計に嫌われて、友達でいることさえできなくなってしまうだろう。

でも、素直に諦めていいのだろうか？　女性というものは相手が気にいっていたとしても、一度は断るものだという話を聞いたことがある。もしそうだったら、どうする？　断られても日を開けて、もう一度だけトライしようか？　でも、本当に彼女にその気がなかったとしたら、うっとうしいと思われるだけじゃないだろうか。

そもそも「脳髄」装着者がそんな駆け引きを使うだろうか？　それに彼女本来の性格から言って、他人を試すようなことをするとは思えない。

くそっ。こんなことなら、もっとよく考えてから、デートに誘うんだった。彼女の返事とそれに対する自分の行動をシミュレートして……。

「いいよ」少女はいつもの悪戯《いたずら》っぽい大きく円《つぶ》らな瞳《ひとみ》で少年を見ている。

「もし都合がよくないなら……えっ？　今、『いいよ』って言った？」

「うん。どこで待ち合わせする？」

少年は天にも昇る心地というものが実在することをこの時、初めて知った。

思わず歓声を上げてしまった。

気が付くと、教室中の級友たちが彼を見ていた。

彼はそんな状況に全く不快感を覚えず、彼らに微笑み返した。

みんなは声を出して笑った。それは嘲《あざけ》りや軽蔑《けいべつ》のそれではなく、暖かい友情からのものだということが少年にははっきりとわかった。

「お待たせ」

「ううん。全然……」少年は待ち合わせ場所の公園に現れた少女の姿に見とれて言葉が止まってしまった。

考えてみると、今まで制服姿の彼女しかみていなかった。私服の彼女は普段とはまるで違って見えた。薄い色調の服装は彼女をまるで春の妖精《ようせい》のように見せた。彼女の黒髪はリボンで止められ、ちょうど「脳髄」を隠していて、まるでそこにないかのようだった。

これは流行の髪形なんだろうか？　それとも、僕に気を遣ってるんだろうか？

少年には、それを尋ねる勇気すらなかった。

「何か見たい映画ある？」少年はどぎまぎと答えた。

「別にないけど、何か決めてあるの？」

「ううん。特にないんだ。君が見たいのがあったら、それにしようかと思ってたんだ。ちょっと待ってね。今、映画のサイトで調べてみる」

「あら。無理に映画を見なくたっていいよ。ここのベンチで話でもしようよ」

「でも、映画見るために来たんだし」

「目的は映画じゃなくて、デートでしょ？」少女はにっこり微笑む。

冗談なのか、本気なのか、少年には俄《にわ》かに判断が付かなかった。

「そうだね。じゃあ、ここで話していこうか」少年は内心の動揺を相手に気取られないようにゆっくりとベンチに腰掛けた。

彼女は絶対に動揺なんかしないいんだ。そして、恐らく僕が動揺しているかもしれないと思って気を遣ってくれている。

そう思うと、恥ずかしくて穴があったら入りたい心境になる。

座ったのはいいが、今度は何を話していいかわからない。もう一分近く沈黙が続いている。何か話さなければ、と思えば思うほど、いろいろな思いが頭の中を回転し、考えが纏《まと》まらない。

何でもいい。とにかく声を出すんだ。

「あの……」

「えっと……」

二人が同時に声を出した。

はっとして見詰め合う。

彼女も僕と同じ気持ちだった？　いや、まさか。彼女は無駄に迷ったりはしない。

「何？」少女は尋ねた。

「いや。たいしたことじゃない。君の方から言ってよ」

ああ、彼女から話し掛けてくれて助かった。

「わたしもたいしたことじゃないんだけど、ひょっとして随分緊張してる？」

「えっ?!」

見抜かれてる。でも、隠したって無駄だ。ここは正直にいこう。

「うん。ちょっとね。『脳髄』がないとこんなことになる。馬鹿みたいだ。全然かっこよくない」

「『脳髄』を付けてると、全然緊張しないってことはないよ」

「本当に？」

「試験とか、勉強とか、集中しなければいけない時は、ちょっとだけ緊張している。逆に家で寛《くつろ》いでいる時なんかはずっとリラックスしっぱなし」

「今は？」

しまった。拙《まず》い質問だったか。

「今はがちがちかな」

「えっ。どうして？」

「だから、デートだもん」

僕の心臓は破裂しそうになった。

「へえ。そうなんだ」少年はこれ以上平静さを装う自信がなかった。「『脳髄』を付けると、いつも冷静で緊張なんかしないと思ってた」

「そんなはずないって。そんなんだったら、遊びも楽しめないし、それに」少女は少し間を開けた。「恋愛もできないよ」

どうなんだろう？　どうすればいいいんだろう？

少年の心は激しく動いた。

今日は単なる初デートだ。これで付き合いが始まったと考えたら、いくらなんでも勘違い野郎になってしまうことぐらい僕にもわかるぞ。じゃあ、ちゃんと付き合い始めるにはどうすりゃいいんだ？　僕と付き合ってください、と今ここで切り出すか？　いや。それはちょっと焦りすぎなのが見え見えで、引いちゃうだろう。そうだ。これからこういうデートを重ねていけばいいんだ。そのうちになんとなく付き合っているということになるんだ。男女の仲っていうのは、そういうもんなんだ。

じゃあ、いったい今何を話せばいいんだろう？

「実は今悩んでるんだ」

いったい何を言い出すつもりなんだ、僕よ。

「そろそろ入れちゃった方がいいのかな、なんて」

「えっ？　どうして悩むの？」

「やっぱり、あれだな。入れた方がいいに決まってるって思うんだ」

「ううん」

「入れない方がいいって言うのかい？」

「ううん」

「どっちなんだよ？」

「どっちでもない」

「どういうこと？」

「どっちでもいいってことだよ。どっちでもいいことなんだから、そんなこと悩む必要ないって」

「どっちでもいいの？　だって、君は付けているじゃないか」

「これは自分で付けたんじゃないから。それに今更もうとれないし」

「脳髄」の挿入は不可逆な過程だ。無理に引き抜くと、脳全体が崩壊してしまう。

「付けてるのが嫌ってこと？」

何を喜んでるんだ、僕よ。

「そういう訳でもないの」

「なんだか、はっきりしないな。結論はどういうこと？」

「だから、結論なんてないんだって。どっちでもいいんだから」

「でも、違うだろ。付けてるのと、付けてないのとでは」

「そうね。付けてると、できる髪形が限られてくるから、ファッション的にはちょっとだけマイナスかな」彼女はまた悪戯っぽく微笑む。「そもそもわたしよく覚えてないんだ、入れる前のこと。まだ小学生の低学年だったから。だから、どっちがいいってことは言えないけど、これ入れててそんなに悪い気はしないんだ」

「じゃあ、付けた方がいいんだ」

「でも、一度入れちゃうと、もう戻れないんだよ。そう考えると、入れてない自分の脳をじっくり体験するのも悪いことじゃないって気がする。入れたくなったら、いつでも、脳髄師のとこに行けばいいわけだし」

「結局、どっち？　……って、どっちでもいいって言ってたっけか」

「だから、そんなの悩むほどのことじゃないってことだよ。入れたい気分になったら、入れる。そうじゃなかったら、入れない」

なんか、この台詞《せりふ》どきどきするな。

「確かに、そう言われれば、悩むことはないような気がするよ。でも、現実問題として、僕はどうすればいいかわからないから悩んでるんだ」

「つまり、こういうこと？　『自分がどっちを選びたいかがわからない』」

「まさに目から鱗《うろこ》だ。その通り、僕は自分の心がままならないんだ」

「それは『天然脳髄』特有の現象なんだよね。ちょっと羨《うらや》ましいな」

「君は他人事《ひとごと》だから、そんな風に思えるのさ。当人にとってはとっても辛いんだから」

「辛いのが嫌なら、思い切って装着しちゃうのも一つの方法だよ」

「そうすれば、心は思い通りになるってこと？」

「少なくとも、わたしの心はままならないってことにはならないもの」

少年は黙り込んだ。

「どうしたの？　何か気に障った？」

「それって何か違うような気がする！」

おい。何を熱くなってるんだ？

「何が違うの？」

「確かに僕は自分の心を思い通りにできない。そして、君は『脳髄』を入れれば、心は思いのままになると思ってる。でも、それって本当だろうか？」

「本当だよ。現にわたしがそうだもの」

「どうして本当だと言える？」

「わたしがそう感じているから。それを感じるにはあなたも『脳髄』を入れるしかないんだけど……」

「『天然脳髄』に決心ができないことも『脳髄』なら簡単に決心できる。そういうことだろ？」

「ええ」

「だったら、その決心は君がしてるんじゃない。『脳髄』がしてるんだ」

「そんなことはないよ。『脳髄』は不要な緊張や動揺を抑制してくれるだけ。決心しているのはわたし自身。それは自分が一番よくわかってる」

「君は自分で判断していると思っている。だけど、それが自分だけで決めていると、どうしてわかるんだ？」

「あなたと一緒。自分のことは自分でわかる。今決心しているのは自分だと実感できる」

「じゃあ、どうやって、君は自分と『脳髄』を区別できるんだ？」

「言ってることがわからないよ」

「君は何かを決める時、『脳髄』に相談して、意見を聞いてから決断したりする？」

「そんなことはない。『脳髄』はわたしに意見などしないから」

「どうして、そんなことがわかるんだ？　君はどこまでが自分で、どこまでが『脳髄』かちゃんと区別できてるという自信はあるのかい？」

「自分は自分だよ。ちゃんと区別できる」

「でも、君は『脳髄』に意見されることはないと言った。つまり、『脳髄』を外なるものとして認識してないということになる」

「つまり、わたしが自分だと思っているものの中に『脳髄』が混ざっているってこと？」

「やっと伝わったね。自分の本当の脳――『天然脳髄』と『脳髄』が深く融合してしまって、まるで一つの人格のようになってしまってるんじゃないかって思うんだ」

少女は少し考えた。「やっぱり自分は自分でしかないと思う。別なものが入っているような気はしない」

「だから、君と『脳髄』はもはや一体になってしまってるんだよ。だから、自分では絶対に区別することなんてできない」

「そうかもしれないわね。でも、それがそんなに重大なことかな。わたしがあなたにあった時には、もうわたしの中に『脳髄』は入っていた。だから、あなたは『脳髄』と一つになったわたししか見ていない。それでも、あなたはわたしをデートに誘ってくれた」

「ああ。そうだよ」

「じゃあ、あなたが誘ったのは本当のわたし？　それとも、『脳髄』込みのわたし？」

その時、少年は少女の髪の毛の下で「脳髄」のダイヤルが猛スピードで回転しているのがわかるような気がして、強い吐き気を催した。

「わからない。君にわからないものが僕にわかる訳ないじゃないか」

「だったら、どうして拘《こだわ》るの？　わからないのなら、どっちでも一緒じゃない」

「違うんだ。これはわかるかどうかの問題なんかじゃない。人間の尊厳――自由意志の問題なんだ」

「あなたはわたしに自由意志がないと思ってるのね」

「だから、僕にはわからないんだよ。君自身にしかわかりようがない。僕には確かに自由意志がある。君はどうなんだ？」

「そう。あなたは自由意志を失うのが怖いんだ。だから、『脳髄』を避けてきた」少女の瞳《ひとみ》が光ったような気がした。「わたしが、『脳髄』を入れても自由意志はある、って言ったら、決心する？」

「でも、君の言葉が本当かどうかは僕には判断付かない」

「わたしを信じて！」彼女の声はまるで高ぶっているかのようだった。

どういうことだ。まさか、演技をしている？

「ちょっと待ってくれ。それが目的だったのかい？　僕に決心をさせるのが。だから、僕の誘いに乗ってきたのかい？」

「そんなふうに考えないで」

「無理だ。僕には心を抑えてくれる『脳髄』がない」

「これからの人生、ずっと『脳髄』から逃げるつもり？」

「ああ。逃げ切ってやるとも。くそっ!!」

なんてことだ。僕はこの子の前で悪態なんかついちまった。おそらく彼女はこんなことでは怒ったりはしないだろう。でも、こんな僕を軽蔑《けいべつ》することだろう。軽蔑からは愛は生まれない。そんなことぐらいは知っている。どうすればいい？　今すぐ自分の非を認めて素直に謝るか。

いや。駄目だ。僕は一度彼女を疑ってしまった。それとなく、僕に『脳髄』を装着させる決心をさせようとしているのではないかと。これから、付き合い続けたとしても、この疑いは心から消すことはできないだろう。そして、彼女自身も僕に疑われていることを常に意識し続けることになる。

「ごめんよ」少年はベンチから立ち上がった。「僕は勘違いしていた。僕たちの間の溝は考えていたよりも遥《はる》かに広く深かったんだ」

「それは、あなたがそう思っているだけ。わたしには溝なんか見えないわ」

「さようなら」少年はそのまま振り向くこともなく、その場を立ち去った。

少年は少女を失った。

少年はなおいっそう心を閉ざすようになった。あたかも自分に心があることを他人に悟られることを怖れているかのようであった。

『人工脳髄』を持ったものがのびのびと自らの感情を謳歌《おうか》し、『天然脳髄』の自分がそれを抑圧することには、少年自身も大きな矛盾を感じていた。しかし、少年にはそうせざるを得なかった。

心は適正に制御されているからこそ安全なのであって、無制御の心ほど危険なものはない。

『脳髄』を付けた者たちはそう思っているはずだ。ならば、自分に自由な心があることを彼らに意識させないに越したことはない。もちろん、本当に僕に心がないなんて信じるわけはないが、野放図に感情を発露するよりはずっと危険視される度合いは減るだろう。

彼女に対しても同じだ。決して気を許してはいけない。彼女に対する特別な感情は絶対に見せてはいけない。

仮令《たとえ》僕の心がそれを望まなくても。

少年は毎日のように自分に言い聞かせた。そして、言い聞かせることにより、意識しなくとも感情を表に出さない習慣が身についた。そして、それはますますうちに秘めた思いを熱くたぎらせることでもあった。

その日はたいして日差しが強い日ではなかったが、少年は帽子を被って、外出していた。すっきりとした自分の頭部を他人に見せたくなかったのだ。

目当ての本はすぐ見付かった。彼は本を購入すると、さっさと店を出た。

その時だった。

彼は自ら棄てたはずの淡い思いと擦れ違った。

相手が気付いたかどうかは、わからない。擦れ違った時、二人の間には何人かの人が歩いていた。彼自身が気付いたことも殆《ほとん》ど奇跡的と言っていいだろう。常に追い求めていたからこそ、あの仄《ほの》かな気配を感じ取ることができたのだ。

彼はほんの一瞬迷った。

学校では、完全に没交渉ではない。休み時間に言葉を交わすことすら稀《まれ》ではない。しかし、それは以前とは決定的に意味合いが変わってしまっていた。これから育んでいく関係ではなく、硬く閉ざされた関係——それはあの場の中では絶望的に修復不可能なものに思えた。

だが、ここではそうではないかもしれない。非日常とは言えないまでも、いつも二人が共有するのとは別の空間——街の中での偶然の出会いなら、もう一度やり直せるような予感がした。

でも、しつこいと思われて嫌われないだろうか？　いや。嫌われて元々だ。今更、何を失うというんだ。

少年は勇気を振り絞って振り向いた。

ほんの一瞬だったはずなのに、彼女は随分先を歩いていた。まるで、自分だけ時が止まっていたかのようだった。

少年は焦った。

これでは、自然な様子で声を掛けられないじゃないか。大声で呼び止めるか？　駄目だ。そんな不自然なことはできない。やはりもっと近付いてから、気軽な感じで声をかけるのがいい。

少年はやっとのことで凍りつく足を動かし、彼女の後を追い始めた。

彼女は跳ねるように軽やかに進んでいった。それなのに、少年の足は舗装された道がまるで泥濘《ぬかるみ》であるかのように、一歩ずつ粘りつくように歩んだ。追いつくどころか、見失わないようについていくのが精一杯だった。

そうして、何分歩いた頃か、少年はゆっくりと自己嫌悪に包まれつつあった。

僕はいったい何をしてるんだ？　客観的に見て、振られた女の子の後をずっと追いかけているんじゃないか。これでは、まるでストーカーだ。

もう止めようかとも思ったが、もうこんなチャンスは二度とないかと思うと、簡単に諦《あきら》めることもできない。

彼はさらに十分以上も彼女を追跡することになった。

その頃になると、彼には彼女の行き先が凡《およ》そわかり始めていた。

あの公園だ。二人が初めてデートし、そして別れたあの公園。

少年の心は怯《ひる》みかけたが、歯を食い縛って、足を前に出す。

こんなことに負けてはいけない。僕には自由意志がある。絶対に運命をねじ伏せてみせる。

やがて、少女は公園の入り口に辿《たど》り着いた。そこで立ち止まり、公園の中をきょろきょろと見回している。

そっちじゃない。こっちだよ。僕はここにいるよ。

少年は走り出した。

そこで待っているんだ。すぐに捕まえるから。

そして、あと一歩まで近付いた時、彼女はかき消えた。

少女は少年から逃げ出したのだ。

いや。それは少年の錯覚だった。

少女は大きく手を振りながら、ベンチに向かって走っていた。

ベンチから立ち上がる人物を見た時、少年の足から力が抜け、つんのめり、その場に倒れ込んでしまった。

なんであいつがいるんだ？

親友はその腕の中に飛び込んでくる少女を受け止めながらも、その目は真っ直ぐ少年を見据えていた。

少女も親友の視線の行方に気が付き、振り向いた。

二人の表情には動揺の色は見えなかった。

少年は足を縺《もつ》れさせながらもなんとか立ち上がり、その場から走り去ろうとした。

「待ってくれ！　話があるんだ！」親友が叫ぶ。

「説明などいらない。君たちは何も悪いことはしていない。僕を騙《だま》した訳でも、裏切ったわけでもない。ただ、僕がとてつもなく間抜けなだけだ」

「信じてくれとは言わない。ただ、聞いて欲しい。俺たちは偶然知り合った。お互いにお前と知り合いだとわかったのは、随分後になってのことだ」

「ああ。信じるよ。信じたからと言って、僕の間抜けさには変わりはないけどね」少年は自嘲《じちょう》気味に言った。「もし君たちに『脳髄』がなかったら、今頃、僕の間抜けさに転げまわって笑っていたことだろう」

「そんなことを言わないで」少女は悲しげに言った。「あなたを傷付けるつもりはなかった」

「ごめんよ。僕には君のその悲しそうな表情が真実の悲しみによるものか、僕の気分を害さないための『脳髄』の指令による演技なのか、区別が付かないんだ。もっとも、君にすら区別は付かないのかもしれないが。だから、もう何も言わなくてもいい。僕は傷付いたけど、君たちの言葉で癒《いや》されることはないし、さらに傷口を抉《えぐ》られることもない」少年は精一杯の笑顔を作った。「ほら、僕だって感情をコントロールできるのさ。だから、君たちが心配する必要は全くないんだ」

　二人はもう何も言わず、悲しく優しげな目で少年を見ていた。

　少年は二人に背を向けると、ゆっくりと歩き始める。

「さようなら」


その日、少年は両親に向かって、「脳髄」を装着することにしたと伝えた。

両親はただ頷《うなず》き、優しく微笑んだだけだった。

その夜、少年は一晩中鏡で自分の頭を眺めていた。そして、朝方に少しだけ泣き、理髪店へと向かった。


理髪店には先客が一人だけいた。

初老の男性で、脳髄師の準備が終わるのを新聞を読みながら待っているようだった。

「今日は、散髪かい？」脳髄師が威勢良くたずねる。「この人のアップデートが終わったら、すぐかかれるよ」

少年は首を振った。「今日は散髪じゃなくて、『脳髄』の挿入をお願いします」

「ついに決心したって訳かい。随分時間がかかったな。若いうちからあんまり慎重すぎるのも考えもんだぞ」

「ふん」初老の男が言った。「単に怖くて先延ばしにしてたのか？　それとも、何か理由があって、挿入を遅らせていたのか？」

「まあ、理由はいろいろありますわ」脳髄師が話を逸《そ》らそうとした。「若い頃ってのは、いろいろ無駄なことを考えちまうもんで。まあ、それもいい思い出になるんですがね」

「例えば脳髄師を目指しているとかの理由なら、わからんでもない。だが、ただ怖くて挿入できなかったということなら、それは情けなさ過ぎるとは思わんのか？」

「お客さん、申し訳ありません」脳髄師が言った。「早いとこアップデート済ませた方がよくはないですか？　若いもんに突っかかるとは普段の旦那《だんな》らしくありやせんぜ」

　初老の男ははっとしたような顔になった。「なるほど。おっしゃる通りだ。わしとしたことが、他人を追い込むようなことを言ってしもうた。堪忍してくだされ。本当はもっと早くアップデートをしておかなくてはならなかったのだが、忙しくてな。かなり微調整が必要なようだ」

「いいえ。確かに僕は『脳髄』の挿入が怖かったんです。苦痛を怖れてのことではありません。自由意志の喪失が怖かったんです。でも、もう踏ん切りが付きました」

「おいおい。『脳髄』を入れても自由意志はなくなりはせんぞ。わしはいつでも自分の意志のままに行動しておる」

「そのようですね。結局、僕の思い込みだったみたいです」少年は嘘を吐《つ》いた。彼は自由意志を棄てる目的でここに来たのだ。

　脳髄師は初老の男に吸水性素材で出来た大きな涎掛《よだれか》けを付けた。「下の方は準備してきなすったんですね」

「ああ。ちゃんと家からおしめを付けてきとるぞ」

「じゃあ、アップデート始めさせていただきます」

　脳髄師は一礼すると、ポケットから使い込んだケーブルを取り出し、一端を壁のコンセントに差し込んだ。ケーブルのもう一方は白金製の太さ数ミリ、長さ十数センチの太い針になっている。脳髄師は初老の男の「脳髄」の隙間に針先を押し当てると、体重をかけて一気に、ずずずっと押し込んだ。

途端に、初老の男はがくんと後ろに倒れ、白目を剝《む》いて、びくびくと痙攣《けいれん》を始めた。口を半開きにし、だらだらと大量の涎を垂れ流しにしている。おそらく糞尿《ふんにょう》も同じ状態だろう。

「いつも思うんだが、アップデートの最中というのは、きっと日常生活の中で死ぬのに一番近い状態なんだろうな」脳髄師が独り言のように言った。「俺は一生経験することはないだろうけど」

「年をとって脳髄師を引退したら、『脳髄』を付けないんですか？」

「こういうのを毎日見てるとな、そんな気にはなれなくなっちまってね」脳髄師は初老の男の状態を見ながら、ゆっくりとダイヤルを調整した。

「アップデートって、絶対にやらなくちゃならないんですか？」少年は質問した。

「まあ絶対ということはないが、するに越したことはないな。あんた、アップデートは何のためにするか知ってるかい？」

少年は首を振った。今まで自分には「脳髄」など関係ないと思って知ろうともしなかったのだ。

「まあ、単にアップデートと言っとるが、実際にはアップデートとメンテナンスの二つの意味があるんだ。アップデートというのは文字通り、『脳髄』を動かす基本プログラムを入れ替えることだ。『脳髄』というのは、一度入れると二度と取り外すことはできない。つまり、旧式になってもそのままだということだ。だから、ハードは仕方ないとして、ソフトだけでも新しいものにしようということだな。最新式ほどの性能はでないが、まあそこそこにはなる。このおやじさんのはかなり年代ものだから、さっきみたいにたまに人に突っかかるような物言いを許してしまうようなところもあるが、とりあえずはちゃんと機能してるだろう。もう一つのメンテナンスというのは、具体的には脳の変化に合わせて『脳髄』を微調整することだ。人間の脳の回路は刻一刻と変化するものだから、厳密に言うと、『脳髄』の方もそれに合わせて変化させなければならない。特に旧式はしっかりとメンテナンスをしないと、さっきのこのおやじみたいな状態からやがては暴力や犯罪にまで至ってしまうこともある」

「まさか。『脳髄』を付けているのに？」

「『脳髄』だって、万能じゃない。生きている脳とつねにぴったり同調しなければ、ただの脳内の異物になっちまうんだ。まあ、心配しなくたって、あんたに取り付けるのは最新式だから、ある程度は自動的に調整してくれる。まあ、人より遅れて付ける利点はそんなところかな。もっとも、プログラムに見付かったバグにパッチを当てたりもするんで、月に一回はアップデートしといた方がいいけどな」脳髄師は初老の男の脈拍を測った。「おやじの方は安定しているようだから、あんたの方の準備を進めとくか。あたまを剃《そ》っちまうから、そっちの椅子に座ってくれるか？」

少年はみるみる丸坊主にされた。バリカンを当てた後、剃刀《かみそり》をすべらせる。鋭い刃の感覚が妙に生々しかった。

「うん？」脳髄師が少し戸惑ったような声を上げた。

「どうかしましたか？」

「いや。ちょっとな……」脳髄師はノギスを取り出すと、少年の頭の形状を丹念に測定し出した。「やっぱりそうか。困ったな」

「何か拙《まず》いことでもありましたか？」少年は恐る恐る尋ねた。

「いやね。拙いという程のことじゃないんだが、あんたの頭の形は規格外なんだよ」

「頭の形の規格なんてあるんですか？　工業製品じゃないんですよ」

「『脳髄』は工業製品なんだ。だから、規格にあった頭の形でないと適合できない」

「じゃあ、『脳髄』を装着するのは無理なんですか？」

「もちろん。方法はある。今やすべての国民に『脳髄』装着の権利があるからな」

「どんな方法ですか？」

「一つはあんたの頭にあった『脳髄』を特注することだ。ただ、これにはだいたい半年から一年ぐらいかかるし、あんたの頭の精密測定が必要だ。ここの設備じゃ難しいので、もっと大きな都会の理髪店にいかなくちゃならない。もちろん紹介状は書かせてもらうが」

「もう一つは？」

「直接、脳髄工場まで行って、そこの職人に『脳髄』を挿入してもらうことだ。工場には特殊な道具がいろいろあって、規格外の頭でも既製品の『脳髄』をうまく捻《ね》じ込んでくれるらしい。ただし、百パーセント確実って訳じゃないし、性能的にもいくつか使えない機能がある。でも、これは行きさえすれば、ほぼ即日で対応してくれるはずだ」

少年は少し考えた。一年はとても長い。その間にいろいろと辛いことが起きるかもしれない。それにせっかく決心したのに、その間に気が変わってしまったりしたら、また最初からやり直しだ。

「では、直接工場に行くことにします。申請には何が必要なのですか？」

いくつも乗り物を乗り継いで、少年は脳髄工場へとやってきた。

それは灰色の海の中に延々数キロも突き出た岬の先端にあった。岬の上も岬の周囲の半径数十キロの範囲の大地にも、黒々とした工場の設備が密集して、コンビナートの形をなしていたが、稼働している徴候はなかった。数十年前の大事故以来、一度も稼働していないということだった。脳髄工場は元々このコンビナートの一部ではなく、後になってコンビナートの一部を解体して新たに作ったのだ。ただ、その黒々と古びた外見は他の工場群となんら変わるところはなく、周囲にすっかり溶け込んでいた。

曲がりくねった線路の上を進む路面電車は時々何かに引っ掛かって急停車した。線路が老朽化していて、ところどころ破損しているのが原因らしい。

電車から降りると、空は真っ黒で、小雨が降り始めていた。

少年は襟を立て、足早に建物の中に入った。

入り口を抜けると、そこには受付があった。誰もいず、切れかけの蛍光灯がばちばちと音を立てて明滅を繰り返している。

「すみません。誰かおられませんか？」少年は奥へ向けて声をかけた。

建物の中を空しく声が反響する。

少年は辛抱強く返事を待った。しかし、二分経っても何も反応がないので、もう一度呼び掛けようとしたその時、真っ暗な廊下の向こう側から、誰かが走ってくる音がした。

暗闇の中から走り出てきたのは灰色の制服を着た「脳髄」を持たない中年の男性だった。

「ええと。今呼んだのは、君かな？」

「はい。僕です」

「見学希望なら、悪いけど今日はやってないんだ。人手不足でね。と言っても、人手が足りないのはリストラのせいなんだけどね。とにかく人がいないんで、『脳髄』の製造もストップしている。だから、見学もできない。ということで、わざわざこんなところまで来てもらって悪いが今日のところは帰って貰《もら》えるかな？」

「違うんです。今日は『脳髄』を装着して貰いにきたんです」

「『脳髄』の装着だって？　それなら、近くの理髪店に行きなさい。たいていの理髪師は脳髄師の資格ももってるから……」

「そうじゃないんです。近くの理髪店では無理だったんです」少年は脳髄師に貰った紹介状を差し出した。「頭の形が規格外なので、ここでしか装着できないんです」

「えっ。そうなの？　そういう時はここでやるって言ってたのかい？　ちょっと待ってくれるかな」中年の男性はポケットから電話を取り出した。「もしもし。今、男の子が来てるんだけど、『脳髄』装着してくれって。……ああ。近くの理髪店に行けって言ったよ。そしたら、頭の形が規格外だから、ここで付けて貰えって言われたらしい。……知らないって？　じゃあ、知ってる人探して。……あっ。もしもし。お宅誰？　……あっ。どうも失礼しました。……はい。規格外だということです。……そうですか。そういう時はここで付けることになってるんですか？　それで誰か来ていただけるんですか？　……。えっ？　わたしがですか？　でも、資格がいるんじゃないですか？　工場勤務者なので、特例になるということですね。資格者の指導さえあればいいと。……電話での指導も含まれると。……でどうすればいいんですか？　マニュアルを探せばいいんですね。三十年前の版ですか。わかりました」男はメモをした。電話を切ると、少年に言った。「ええと、今からマニュアルを見つけに行かなくちゃならないんだけど、手伝ってくれるかな？」

資料室は地下一階にあった。埃塗《ほこりまみ》れのダンボールが何百個も殆《ほとん》ど隙間がないぐらいに積み上げられていて、その間の細い隙間をダンボール箱を倒さないようにゆっくり進んだ。

二人はメモを見ながら、ようやく目当てのダンボールを探し当てた。ダンボールの中には黄色く変色した、マニュアルの一式が入っていた。

「『規格外形状頭骨への人工脳髄装着マニュアル』これだな。要はこの順番通りにやればいいということだろう。よし、隣の処置室でやっつけちまおうぜ」男はダンボール箱を抱えて隣の部屋へと向かった。

少年は慌てて後を追った。

そこは資料室より少し明るい部屋だった。部屋の真ん中にぽつんと拘束具付きの椅子が置いてある。椅子にも床にも茶色い大きな染みがいくつもあった。

「心配しなくてもいい。これはたぶん前の装着時の出血だと思う。きっと大きな血管を傷付けたんだろう。万一、そんなことになっても救急車を呼べば二、三十分で来てくれるから心配しなくていいよ」

「拘束具は何のためですか?」

男はぱらぱらとマニュアルの最初の方を捲《めく》った。「『まず被装着者を椅子に固定する』と書いてある。規格外の場合、運動野に予想外の刺激が与えられて、手足が激しく動いて押さえることが難しいので、拘束するんだそうだ。じゃあ、そこに座ってくれるかい?」

少年は男の態度に不信感を持ちながらも言われる通りにした。

男は何度も失敗してはやりなおして、ベルトで少年の身体を椅子に固定した。壁際の棚から、ノギスを取り出し、少年の頭を計測し、マニュアルに付いている計算図表と数表でいくつかの数字を算出した。もう一度ノギスを取り出し、少年の頭の何箇所かに印を付けた。そして、特別製の定規やコンパスや分度器を使って、少年の頭皮の上で作図を始めた。

マニュアルに書いてある内容がかなり難しいらしく、男はうんうんと唸《うな》りながら、作図を続けた。

「途中で作図ミスがなければここでいいはずだ」男は頭頂から右斜め下五センチのところに×印を付けた。「あっ。ちょっと待った」男は印を指の腹でごしごしと擦《こす》り、消した後、数センチずれた場所にもう一度×印を書き直した。「マニュアルの紙が痛んでいるから、三と八の違いがよくわからなかったが、とりあえず八の方でいいみたいだ」

男は棚から今度は「脳髄」を取り出した。切っ先が汚れていたので、ポケットから出したハンカチで磨いた。

「あとは補正リングだな」男はそういうと、棚の上のガラクタをひっくり返し、ようやく油塗れの二種類のリングを取り出した。「ええと。『Aリングが内側で、Bリングは必要に応じて取り付ける……』か。わかり辛いなぁ」男はごちゃごちゃと作業を続けた。「たぶんこれでいいはずだよな」そう自分に言い聞かせるように言うと、少年の背後に立ち、切っ先を印に当てた。

「脳髄」の切っ先のひやっとした感覚が頭皮を刺激する。

「じゃ、行きます」男は「脳髄」を振り上げた。

少年は激しい恐怖に襲われた。身を捩《よじ》り、逃げ出そうとした。しかし、体はベルトで固定され……。

ぷつん。

気の抜けた音が響くと共に、少年は椅子から飛び出し、床の上に倒れた。ベルトが老朽化していたため、千切れてしまったのだ。

ぶん、と音を立てて、「脳髄」は空振りした。男は勢い余って、そのまま椅子に倒れ込み、足が持ち上がって椅子の上で顔を使って逆立ちする形になり、さらに引っ繰り返って、少年の上に倒れ込んだ。

少年がなんとか這《は》い出すと、「脳髄」の切っ先は男の鳩尾《みぞおち》の辺りに刺さっていた。血はさほど出ていなかったが、男はショックでぶるぶると震えていた。

「うわぁ!!」少年はパニックに陥り、ドアを蹴破《けやぶ》るように飛び出していった。

「待ってくれ。で、電話を……」男は血塗れの手を差しだし、少年に助けを求めたが、もはやそれは届かなかった。


とにかく外に出ようと焦ったが、狼狽《ろうばい》したまま曲がりくねった廊下を走り回ったので、すっかり方向感覚をなくしてしまった。途中何度も階段を上り下りしたので、今自分が地下何階にいるのかも判然としなかった。

そのうちに少年はだんだんと落ち着きを取り戻して、現在自分の置かれた状況を分析できるようになってきた。

　そもそも、脳髄工場って何をするところなんだろうか？　僕はてっきりオートメーションで次々に「脳髄」が製造されているんだろう、と思っていたけれど、ここにはさっきのおじさん以外、全然人がいないし、ここで製造機械が動いている様子もない。

　廊下は薄暗く、ところどころにしか灯《あか》りはついていない。全くの廃墟《はいきょ》という訳ではないが、頻繁に人が来る場所でもないらしい。

　試しにいくつかのドアを開けてみたが、殆どのドアは鍵《かぎ》が掛かっていた。時たま開くドアがあっても、中には書類の詰まったダンボール箱があるだけだった。

　少年は低いノイズのような音に気が付いた。何かの機械が動いているのかもしれないと思い、音の出所に向かって進んだ。

　音はさらに地下深くから出ていた。階段をいくつも下りた後にようやく音が出ている部屋に辿《たど》り着いた。

　その部屋には鍵が掛かっていなかった。

　そこは途方もない広さで、夥《おびただ》しい数のキャビネットがびっしりと並べられ、それぞれの上にブラウン管が置かれていた。ブラウン管はどれも色が悪く、半分ぐらいは調節がずれているようでひっきりなしに上下に映像がぶれて流れていた。

　少年は画面の一つに近付いた。

　それはドラマの一部のようであった。誰かの視点で家の中の食事風景が映し出されている。キャビネットを開けると、操作パネルがあったので、音声を上げてみた。

音を出しても、特にドラマチックな展開があるわけではなく、がちゃがちゃとした食器の音が聞こえるだけだった。

隣のブラウン管に目を移すと、そこにも誰かの視点からの日常生活が映っていた。どこかの会社の事務室らしい。誰かが誰かに細々とした書類作成の指示をしている。

どうやら、さっきの食事風景とは全く違う人物の視点らしい。

他のブラウン管も同じことだった。誰かの視点で見た生活の記録が延々と流され続けている。まるで、その人の目に隠しカメラを耳に隠しマイクを仕込んだみたいだった。

その時、少年ははっと気が付いた。

これはカメラやマイクを使って収録した画像や音声じゃない。本物の目と耳から集めた記録なんだ。おそらく「脳髄」を使って。

なんらかの理由で、脳髄工場は人々の生活の記録をとっていたんだ。そう考えると、頻繁にアップデートさせることにも説明が付く。アップデートの時に「脳髄」の中に蓄えられていた情報を吸い上げ、ネットワークを通して、ここに持ってくるんだ。

でも、いったい何のためにこんなことを？

少年は操作パネルを弄《いじ》ってみた。

再生を前に進めたり、後ろに戻したりは自由にできるらしい。

どのぐらい最近のデータまで吸い上げているんだろうか？

試しに、ひと月前の日付を入力してみた。

一瞬の画面の乱れの後、その人物のひと月前の生活が映し出された。

一週間前、同じく画面に映った。一日前、同じだ。今日……。

少年は驚いた。現時点の日付と時間を入れても、画像は映し出されていた。つまり、リアルタイムでデータを収集していることになる。ということは無線を使っていることになるが、「脳髄」が無線で接続されているとは聞いたことがない。

確かめてみなくては……。

少年は両親の名前でファィル検索を行った。

同姓同名の中から、二人を選ぶ。

思い出せる最初の記憶――父親の「脳髄」を誤って触ってしまった時の日付を入力した。

ウィンドウを二つ開き、父親と母親の記録を比較してみる。

父親の記録には幼い頃の少年が父親の頭に手を伸ばそうとする様子が映っていた。母親の記録には少し離れたところから見た様子が映っている。

二つの記録は同調していて、ずれがない。

やがて、幼い少年が父親の「脳髄」に触れた瞬間、画面が大きく乱れ、音声もノイズに変わった。断続的に画面が復帰し、やがてブラックアウトした。

母親の記録には、彼女の悲鳴と共に、父親から引き剝《は》がされる幼い少年の姿が映っていた。

少年は日付を今日の朝に設定した。今朝、少年を送り出した時の情景が映っている。

少年はしばらく迷った末、少女の名前で検索を行った。少し後ろめたい気分になったが、このシステムの目的を調べるためだと割り切った。

まず、今現在の時刻を入力して、リアルタイムで情報収集をしていることを確かめよう。

画面には親友の顔が大きく映し出された。

少年の胸は抉《えぐ》られるように疼《うず》いた。

いや。これは好都合だ。彼の画像も呼び出せば、互いにチェックができる。

少年は親友のファイルを呼び出し、現在の情景を呼び出した。

あれ？

少年は面食らった。予想に反して、そこには少女の姿はなかった。どうやら、親友は家にいて、家族と食事をしているらしい。妹と母親の姿が見える。

これはどういうことだろう？　少女はこの時点で、親友と会っているにも関わらず、親友は家族と一緒に家にいる。

少年はもう一度ファイル情報を確認した。そして、少女の方のファイルの日付を間違えていることに気が付いた。

なんだそんなことか。月を間違えていたんだ。これでは、三か月後の日付だ。……三か月後！

何度見直してもそうだった。親友の汗ばんだ顔がアップになっている画像は三か月後の画像だった。

これはどういうことだ？　このシステムは未来を覗《のぞ》くことができるというのか？　少年は片っ端から、知人のファイルを検索した。どのファイルも過去と共に未来が記録されていた。

未来の記録をとる技術がすでに開発されていたということなのか？　いや。そんなはずはない。

少年は恐るべき考えに到達した。

逆なんだ。これは「脳髄」からの記録なんかじゃないんだ。これから、「脳髄」にダウンロードするためのプログラムだったんだ。人々はこのプログラムの通りに行動している。この安定した社会は人々から完全に自由意志を奪い去ることで成立していたんだ！　すべての人間の人生はすべてここで作られ、「脳髄」を通じて各人に送られる。人々はロボットのようにその作られた人生をなぞっている。

あの父親の言葉も、親友の、そして少女の言葉もすべてこの工場で作り出されたものだったのだ。そんなものに翻弄《ほんろう》されていた自分の人生を思うと、涙がこみ上げてきた。

これほどまでに恐ろしい陰謀をこのまま放っておくわけにはいかない。でも、いったいどうすればいいんだ？

人々にこのことを知らせる？　証拠もなしにこんなことを信じさせることはできない。かと言って、ここから証拠を持ち出すのは至難の業《わざ》だ。それに人々は全員この工場にコントロールされている。僕が何を言っても全く無駄に終わってしまうかもしれない。

それならば、ここを破壊しよう。一人でどれだけのことができるかわからないが、精密な機械なら、ちょっとした破壊で大きなダメージが与えられるかもしれない。もちろん、すぐにこの工場は再建されるだろうし、他にもたくさんあるだろう。それでも、その一つ一つを何度でも破壊するんだ。少しずつこんなシステムを作ったやつらに復讐《ふくしゅう》し続けることができれば、やがては大きな変革が達成できるかもしれない。

そうだ。組織を作ろう。この事実を「天然脳髄」の仲間たちに伝えるんだ。数は少ないが、「天然脳髄」たちは社会のあらゆる場所に広く存在している。みんなで力を合わせて、破壊活動を行えば、かなりの脅威になるはずだ。

だが、それを行うということは、少年自身がテロリストになることを意味する。本当にそれでいいのだろうか？

いや。人々を思いのままに操ろうとする彼らこそが真の意味のテロリストだ。僕は社会を本来の姿に戻そうとしているだけなのだ。正義は僕の方にある。

とりあえずはここのファイルを消して、プログラムを停止させよう。そうすれば、ダウンロードされるデータがなくなって、人々は自由意志を取り戻せるはずだ。

少年はデータ消去のコマンドを入力した。

消去は実行されなかった。

落ち着くんだ。ファイルにセキュリティが掛かっているのは当然だ。電子的にではなく、物理的に破壊することを考えるんだ。

少年は周囲を見回した。すぐに電源ケーブルの束が見付かった。

少年は引き千切ろうとしたが、とても歯が立たない。

椅子を持ち上げ、電源部に一番近い装置に叩《たた》き落とした。

ばちんという音がして、ディスプレイが一斉にダウンした。

やった！

だが、次の瞬間、ディスプレイは再び点灯し始めた。

フェイルセイフになってるんだ。こうなったら、もう一度。

少年は別の装置に椅子をぶつけようとした。

少年の手を誰かが摑《つか》んだ。

少年は悲鳴を上げて、椅子を投げ出した。

「無駄なことはおやめ」老婆が口を開いた。「いくらやっても、同じことだよ。あたしの開発したシステムはとてつもなく堅牢《けんろう》なのさ。もっとも、それで気が済むってのなら、続けてもいいけどさ。ひひひひ」

老婆の手の指は枝のように硬く冷たく節くれだっていた。爪はナイフのように尖《とが》っている。

少年は尻餅《しりもち》を付き、あとずさった。「あなたは誰ですか？」

「あたしはプログラマ」

「そして、あたしはデバッガ」老婆の後ろから、もう一人別の老婆が現れた。

「あなたたちがこのシステムを作ったんですか？」

「そうだよ。あたしたちが作ったのさ」デバッガが答えた。

「いいや。あたし一人で作ったのさ」プログラマが答えた。

二人の老婆は睨《にら》み合った。

「つまり、こちらの方がプログラムして、こちらの方がデバッグされたんですね」

「その通りだ」プログラマが言った。「まあ、デバッグというのは、実際に作成するのではなく、動作を確認する仕事なんだけどね」

「デバッグしなけりゃ、プログラムなんて、糞《くそ》の役にもたちやしないんだ。デバッグあってのプログラムだよ」

二人の老婆は睨み合った。

「誰が作ったのかは後でゆっくり話し合ってください」少年は言った。「とにかく、すぐにこのシステムを停止させてください」

「このシステムを停止させるだって？」プログラマが言った。「なんでそんなことをするんだい？」

「その通りだよ」デバッガも言った。「せっかく、人類が感情をコントロールできるようになったってのに」

「感情をコントロールするって言っても、自分の意志でなくっちゃ意味がないことがわからないんですか？」

「みんな自分の意志で付けているよ。小さな子供の場合は、装着は保護者に任されてるけどね。それが問題だと？」プログラマが言った。

「そんなことを言ってるのではないんです。我慢ならないのは、あなたがたのやり口です。人々をロボットにして、自分たちで作ったシナリオ通りに動かしている。そんなことは許されません」

「どうして、許されないと思うんだい」デバッガが尋ねた。

「自由意志を奪うからです。自由意志は人間から絶対に奪ってはいけない尊厳です」

老婆たちは顔を見合わせると、少年を指差し、大爆笑した。

「ひひひひ。聞いたかい？　自由意志だって」プログラマが涙を流しながら笑い続けている。

「何がおかしいんですか？」少年はむっとした。

「あたしたちは自由意志なんざ奪っちゃいない。なんで、そんなことを思いついたんだい？」

「だって、現に自分たちの思い通りに人間の精神をコントロールしているではないですか？」

「まあ、確かにコントロールはしているかもしれないがね。あたしたちがやってる仕事は、記録と計算が殆《ほとん》どなんだよ。『脳髄』から得られた情報を元に各個人の脳の特性を解析する。あんたも各個人の記録を見ただろう？」

「あれは単なる記録じゃありませんでした。未来の記録などありえません」

「そう。未来の部分――厳密に言うと、現在と前回のアップロード以降の過去の部分も含むけど――は記録ではない」プログラマが言った。

「『脳髄』から得られた情報を元に各個人の脳の電子的なモデルを構築し、それを使って正しい感情を持つように矯正するために必要な補正量を算出しているんだよ」デバッガが言った。「未来の部分はつまりそういうシミュレーションの結果さ」

「それでも、同じことです。すべての人がシミュレーションの結果通りに行動するとしたら、あなたたちが自由意志を奪っていることには違いない」

「さっきも言ったけど、あたしたちは自由意志なんざ奪っちゃいないよ」プログラマが言った。

「そうだよ。自由意志なんか奪えっこないよ」デバッガが言った。

「なぜそんな見え透いた嘘を言うんですか？　ここに証拠があるではないですか！」少年は苛立《いらだ》った。

「あたしたちは自由意志を奪ってはいない。なぜかって、ないものを奪うことはできないからね」プログラマが言った。

「そうそう。とんだ濡《ぬ》れ衣だね」デバッガが言った。

「そんな馬鹿な。人間には誰しも自由意志というものがあるのは常識です」

「そんなものはないね。あたしたちは必死になって脳の中を探したんだ。だけど、そんなものはどこにもなかった」プログラマが言った。

「そうそう。脳は感覚器官から様々な情報を受け取る。そして、外部に向かって様々な情報を発信する。話したり、書いたりするだけではなく、言動すべてが情報の発信だ。つまり、これは情報の入力と出力だ。脳は一定の手続きで、入力情報を出力情報に変換する情報変換機に過ぎないのさ」デバッガが言った。

「そんな馬鹿な。それじゃまるで」少年は眩暈《めまい》を感じた。「まるで、一定の刺激を与えれば一定の反応を返す精巧な機械のようじゃありませんか」

「そうだよ。脳は素晴らしい機械さ」プログラマが言った。

「そうだよ。よくわかったね」デバッガが言った。

「そんなはずはない。少なくとも、『脳髄』を装着していない人間には自由意志があることは間違いない」少年は老婆たちの言葉を否定した。

「どこかに自由意志がある証拠でもあるのかい？」プログラマが言った。

「もちろんです。証拠は僕自身です。僕は自分に自由意志があることを知っている」

「ひひひひひ」デバッガが笑った。「どうやってそれを証明するのかね？」

「証明の必要はありません。自分のことは自分が一番よくわかります。あなたたちも自分に自由意志があることは感じているはずだ」

「あたしは証明しないものを信じたりはしないね」プログラマが言った。

「自分に自由意志があるなんて、とても信じる気にはならないね」デバッガが言った。

「それなら、あなたたちが証拠を見せてください。この世に自由意志など存在しないと。僕は少なくとも、ここに自由意志が一つあることを知っている。だから、僕に自由意志はないと納得させることはとても難しいですよ」

「あんたはさっきシステムで個人の記録ファイルを参照していたんだろ」プログラマが言った。

「はい。だけど、あれはすべて『脳髄』に自由意志を奪われた人ばかりでしたから」

「自分の名前で検索してごらん」デバッガが面白がっているのはすぐにわかった。

まさか、少年は胸騒ぎを感じながらも検索を実行した。

複数のデータが現れた。生年月日等の付属情報からどれが自分のものか、すぐにわかった。

「なぜ、僕のデータがあるんですか？　僕は『脳髄』を装着していないのに」

「あたしの構築したシステムを甘く見ちゃいけないよ」プログラマが言った。

「あたしたちの構築したシステムを甘く見ちゃいけないよ」デバッガが言った。

プログラマはデバッガを睨んだ。「このシステムは直接、本人の脳から情報を採取して、脳の特性を解明するのが基本だけれど、必ずしも本人の脳からの情報が必要な訳ではないのさ」

デバッガはプログラマを押し退ける。「本人の脳からでなくても、周囲の人間の脳から間接的にその人物を見聞きした情報を引き出して、その人物の脳の特性を分析して、言動を予測することができるのさ」

「ただ、精度がぐっと落ちるのは仕方ないけどね」プログラマが言った。

「直接、『脳髄』を装着するのが一番なんだけどね」デバッガが言った。

少年は老婆たちの言葉には反応せず、ファイルを開いた。

一番最初の部分は、少年の誕生のシーンだった。おそらく母親と医師の「脳髄」から再構成されたものだろう。

少年は記録を先に進める。

父親の「脳髄」に触れた時の記録。これはさっき見た。

就学前、親友と遊ぶ少年。これは「脳髄」を装着した他の子供からのデータを利用したのか？

小学校時代の少年と親友。そして、中学に入ると、親友からみた少年の映像は突然鮮明になる。

やがて、親友と気まずくなると、また学校での少年の姿はいくぶん不鮮明になる。彼に注目している級友が少なかったということだろうか。

そして、高校時代。――少女が現れた。少年は大きく記録を飛ばして早送りした。

「なぜ、そこを飛ばすんだね」プログラマが尋ねた。

「察しておやりよ。青春の痛みだよ。ひひひひひ」デバッガが答えた。

脳髄工場へと向かう少年が現れた。画面はかなり不鮮明だ。

「これはどういうことですか？　誰かが僕を監視していたのですか？」

「そんな七面倒なことを誰がするもんかい」プログラマが言った。

「これはシミュレーション結果さ。あんたの友達やあの女の子や両親のデータから、あんたの脳モデルをシステム上に構成したのさ。その結果、あんたが自ら進んで『脳髄』装着を希望することがわかったのさ」デバッガが言った。

「そして、あんたの脳みそは規格外だということもすでにわかっていた」プログラマが言った。

「そのことを知ったら、あの脳髄師が脳髄工場に行くことを勧めることもわかっていた。あの脳髄師のモデルももちろん構築してあるからね」デバッガが言った。

「その情報をあんたの脳モデルにインプットすると、今日、この時間にここに来ることがわかる」プログラマが言った。

「その時、ここにいるのは、あの間抜けな男だということもわかっていた」デバッガが言った。

「間抜けな男の脳のモデルにその情報をインプットすると、へまをしでかして、あんたを怖がらせることがわかった」プログラマが言った。

「その情報をあんたの脳のモデルにフィードバックすると、この部屋に迷い込むことがわかった」デバッガが言った。

「そして、この部屋のデータを誤解したあんたがデータを壊そうとすることもわかった」

プログラマが言った。

「全部予定通りさ。あんたの脳は機械のように正確に決められた通りに動いたってことさ」デバッガが言った。

「あなたたちはずっと僕に注目して、行動を予測していたってことですか?!」少年は不快感を露にした。

「特にあんたに注目していたってことはないよ。今までのことはシステムが自動的に行ったことだよ」プログラマが言った。

「そうだよ。『脳髄』を装着しているしていないに関わらず、すべての人間について脳のモデルを構築して、その行動を予測しているんだ」デバッガが言った。

「まあ、『脳髄』を直接装着している方が精度は高いけど、根本的には大きな違いはないねぇ」プログラマが言った。

「今回はあんたがここまで侵入することがわかったから、システムから警告が出たんだよ。面白そうだから、ここに見物に来たってわけさ」デバッガが言った。

「まさか、でたらめだ。僕にいっぱい食わせようと思って、映像を準備したんだ。そうに決まっている」

「なぜ、そうだと思うんだい?」プログラマが言った。

「だって……」少年はなんとか反論しようとした。「人間は機械ではないからだ。人間の行動を予測することなんてできっこない」

「人間は機械ではないって？　なぜそんなことが言えるのかい？」デバッガが言った。

「だから、さっきから言ってるじゃないか！」少年は悲鳴を上げるように言った。「人間には自由意志があるからだ。これは誰にも奪うことができない人間の尊厳だ!!」

「ひひひひひひひ」プログラマは涙を流して笑った。

「ひひひひひひひひ」デバッガは涙を流して笑った。

「何がおかしいと言うんだ!!?」少年は金切り声で言った。

「まだ、あるって言い張っているからさ」プログラマが言った。

「ないもののことをあるって言い張っているからさ」デバッガが言った。

「自由意志は現に存在している!!」少年は自分の胸を叩《たた》いた。「ここに存在している!!これは誰にも否定できない!!　ここに自分の体があるように、ここに自分の自由意志があることをはっきりと実感できるんだ!!」

「それは錯覚。幻さ」プログラマが言った。

「脳というものはそう感じるようにできているんだよ」デバッガが言った。

「それほどまでに自由意志がないと言うなら、それを証明してみせろよ!!　僕に自由意志がないことを信じさせてみせろよ!!」

「そんなことは簡単さ。さっき、女の子のデータでやったじゃないか」プログラマが言った。

「そうさ。それを自分のデータでやればいいだけのことさ」デバッガが言った。

少年は自分のデータが表示されている画面を見た。

今まさに、画面の中で少年は脳髄工場に入ろうとしていた。

少し時間を進める。

中年男が現れ、少年を追い返そうとするが、「脳髄」の装着に来たと知り、どこかに電話を掛けている。

少し時間を進める。

ぼろぼろのマニュアルを取り出し、男は「脳髄」の改造を始める。男は「脳髄」を縛《いまし》められた少年の頭上に振りかざす。間一髪で、少年はベルトを切り、逃げ出す。男は椅子を飛び越え、床に倒れる。

少年は脳髄工場の中を逃げ惑う。

少年は低いノイズ音に気付き、とある部屋に近付く。

少年はディスプレイの一つに近寄り、操作パネルに触れる。

見知らぬ人物のデータ、両親のデータ、少女のデータ、親友のデータ……。

もちろん、少年の心は画面に表示されない。しかし、今さっき経験したばかりの感情は忘れようがない。画面の中で彼は人間から自由意志を奪う所業に深い憤りを感じているはずだ。

少年はファイルを消そうとするが、消去できない。

椅子を摑《つか》み、電源装置に振り下ろす。

システムはダウンするが、すぐに復旧する。

少年はさらに破壊活動を繰り返そうとする。

二人の老婆が現れる。

繰り返される奇妙な問答。

画面の中の時間はどんどん現在に近付いてくる。


「自由意志は現に存在している!!」画面の中の少年は自分の胸を叩いた。「ここに存在している!! これは誰にも否定できない!! ここに自分の体があるように、ここに自分の自由意志があることははっきりと実感できるんだ!!」

「それは錯覚。幻さ」画面の中のプログラマが言った。

「脳というものはそう感じるようにできているんだよ」画面の中のデバッガが言った。

「それほどまでに自由意志がないと言うなら、それを証明してみせろよ!! 僕に自由意志がないことを信じさせてみせろよ!!」

「そんなことは簡単さ。さっき、女の子のデータでやったじゃないか」画面の中のプログラマが言った。

「そうさ。それを自分のデータでやればいいだけのことさ」画面の中のデバッガが言った。

画面の中で、少年は自分のファイルの時間を進めている。

まもなく、時間は追いつく。

その時、何が起こるんだ？　僕はどうなるんだ？

「いいのかい？　もうすぐ追いつくよ」プログラマが言った。

「いいのかい？　もうすぐ追いつくよ」画面の中のプログラマが言った。

「あと一秒ぐらいかな？」デバッガが言った。

「あと一秒ぐらいいかな？」画面の中のデバッガが言った。

少年はもはや自分の行いを止めることができなかった。

さらに時間を進める。

画面の外の時間の流れと、画面の中の時間の流れが完全に一致した。

「さあ、どうするつもりだね？」画面の外と中でプログラマが言った。

「あなたたちは僕に未来の自分の姿を見せようとしているんだろ。望みをかなえてやるさ！」画面の外と中で少年が言った。

「警告しておくけどね」画面の外と中でデバッガが言った。「未来を見るものはかならず、後悔し、そして不幸になる。あんたにその覚悟はあるのかい？」

少年の指先はぶるぶると震えた。

画面の中と外の二人の自分は今や完全に同期している。もしこのまま画面の中の時間を進めたらどうなるのか、画面の中の自分が先に行動し、画面の外の自分がそれをなぞることになるのか？

いや。そんなことはありえない。

そんなことが起こったら、自由意志は存在しないことになってしまう。

「見るも見ないもあんたの勝手だ」画面の外と中でプログラマが言った。

「このまま、何も見なかったことにして、家に帰ってもいい。そうすればあんたの前には平穏な人生が待っていることだろう」画面の外と中でデバッガが言った。

画面の外と中で、少年は絶叫し、時間を進めた。

「やっぱり、あの子は自分の未来を見たね」プログラマはほくそえんだ。

「システムが予測したとおりだね」デバッガはほくそえんだ。


もはや少年ではなくなった彼は目を覚ました。

また、いつもと同じつまらない一日が始まる。

彼は深い溜息《ためいき》をついた。

彼の溜息に反応したのか、となりで寝ている妻が唸《うな》って寝返りをうった。

あの少女と似ても似つかない女だった。だが、彼はこの妻と結婚した。

彼は妻と出会う遙《はる》か前に妻の姿を見、そして出会いの馴《な》れ初《そ》めもすべて知っていた。だから、恋のときめきも不安も何も存在しなかった。ただ、淡々とノルマを達成するように、決められた道に従って、恋を語り、そして結婚した。

自分はこの女を愛していたのだろうか？

自問自答しても答えは出なかった。

自由意志に基づかない恋愛は果たして恋愛と言えるだろうか？　しかし、もしそれが恋愛でないのなら、この世には恋など存在しないことになる。

あと三年経つと、彼は妻と離婚する。彼が家庭を顧みないことが原因だ。

彼はまた深い溜息をついた。

妻が意識的か、無意識的か、舌打ちをした。

すでに未来は始まっているのだ。今の舌打ちの中にすべてが内包している。

彼は妻を起こさないようにベッドから出、そしてテレビのスイッチを入れた。

彼はカレンダーを見ながら、そうそう、今日はあの日だったな、と思った。

テレビがついた瞬間、一人の政治家が新たな法案の説明を始めた。

後に、「脳髄法」と呼ばれることの法案は国民全員に「脳髄」装着を義務付けるものだ。脳髄師だけが免除される。

彼も来年からは「脳髄」を装着することになる。もっとも、今更、「脳髄」を装着したところで、何も変わりはしないのだが。

彼は目を瞑《つぶ》り、今日一日の「予習」をする。

今日は上司に新しいプロジェクトの説明を受ける。そのプロジェクトは半年間は順調に進むが、その後急速に失速し、会社に回復不能な程のダメージを与えることになる。彼はそのプロジェクトの中心人物の一人であり、その責任をとって退職することになる。その後に就職する企業での激務が彼を離婚へと導くのだ。

もっとも、それはまだ随分先の話だ。今日のところは、上司の話を聞くだけでいい。

何も新しいことはない。何も驚くべきことはない。

あの日以来、砂を噛《か》む様な生活が続き、そしてこれからも続くのだ。

なぜ、僕はあんな馬鹿なことをしてしまったのだろう。

彼は毎日自分の行動を悔やんだ。

しかし、彼が脳髄工場で自分の未来を見たこともまた確定していたことなのだ。

彼には未来を見ないでおく自由などなかったのだ。

彼の人生はすべてがあの日見たブラウン管の中に映った予測通りだった。何一つ逸脱することはなかった。

彼には未来に抗《あらが》うことすら許されなかった。すべての選択肢は閉ざされ、ただ決められた唯一の道をなぞるだけだった。

自由は永久に失われてしまった。

少年の日、自由は確かにここにあったはずなのに、すべてが幻と消え失せてしまった。

いや。初めから自由などは存在しなかったのだ。ただ、自分には自由意志があると錯覚していただけなのだ。

なんという幸せな錯覚だったのだろう！

自由意志があると錯覚できたあの頃に帰りたい、と彼は願い続けていた。しかし、そのような時は決してこないことを彼は知っていた。

何も新しいことが起こらない人生。何も不思議なことが起こらない人生。二度とわくわくすることのない人生。

彼の楽しみはその日を指折り数えて待つことだけだった。

その日がいつ訪れるのかが彼にははっきりとわかっている。それが唯一の救いだった。

そう。すべてが終わるあの優しい時だけを夢見て。

友達

鮎川《あゆかわ》みちが向こうから歩いてくる。

僕ははっと息を飲む。昼休みはまもなく終わる。みんな、教室に戻ってしまって、廊下には誰も残っていない。僕と鮎川だけだ。

鮎川はちらりと僕を見るが、特に気にかける様子もなく自分の教室を目指している。僕も彼女を見ない振りをする。必要もないのに、生徒手帳を取り出してぱらぱらと捲《めく》る。目の隅にしっかりと彼女をとらえながら。

彼女の表情からは好意も嫌悪も読み取れない。彼女にとって、僕は道端の草花と等価であるかのようだ。

僕も表情に気をつける。イメージの中で、脳から顔面の筋肉に繋《つな》がる神経を全部遮断する。

頬がぴくりと動いてしまった。

彼女にはなんの反応もない。

僕はこころもち、ゆっくり歩く。彼女の作り出す力の場の中に少しでも長くいたいからだ。

予鈴がなった。

鮎川は小走りになった。

僕はどうしていいかわからず、棒立ちになってしまった。

擦れ違いざま、彼女の肘《ひじ》が僕の脇腹に接触した。

至福の瞬間。

生徒手帳が僕の手から飛び出し、廊下を滑った。

彼女は立ち止まり、僕を見た。

彼女の目を見る勇気はなかった。なんだか、きっと睨《にら》まれているような気がして、僕は顔を伏せた。

それは長い時間のようでもあり、一瞬のようでもあった。ふたたび、彼女の愛《いと》しい足音が響き始める。

僕は背を丸めて、手帳を拾いあげた。


僕は小心者だ。物事を自分の思いどおりにできたためしがない。明らかに相手に非がある時でも僕は文句一つ言えない。自分でも、こんな馬鹿な話はない、これでは損な役回りを引き受けているようなものだ、とは思うのだが、生まれつきの性分だからどうしようもない。

いや、本当に生来《せいらい》のものかどうかには、疑問もある。人間誰しも、自分が可愛いはずだ。

好き好んでこんな性格になるはずがない。きっと何か原因があるはずだ。そう考えると、心当たりがないでもない。

僕の母は、子供は厳しく叱るべし、叱れば叱るほど、子供は強く、賢く、真面目になる、甘やかしていては、どんどん駄目になってしまう、という信念を持っていたようで、幼い頃から毎日僕をことの軽重には関係なく、厳しく叱り続けた。

クレヨンで汚れた手のまま、布団に触った。ひらがなの書き順を間違った。テストで満点を取れなかった。虫歯になった。夜中に大声を出した。参観日に手を上げなかった。学芸会で台詞《せりふ》のある役を貰《もら》えなかった。野良犬に触った。春先に鼻の調子が悪くなった。

特に食事時になると、母は余計に興奮して、怒りを露《あらわ》にした。僕は叱られると、食欲がなくなり、食べられなくなる。すると、今度はどうして一生懸命作った料理が食べられないのか、とさらに激しく怒り出す。僕は無理に箸《はし》を口に運んだ。何の味もしなかった。

母は元来食の細い人だったが、そういう時にはずいぶんと食が進むようであった。何をやっても完璧《かんぺき》にできるわけもなく、どうせ怒られるなら、何もしないほうがいい。やがて、僕はそのように条件付けられ、自分からは何も行動を起こさない、無口で地味な子供になっていった。

子供たちはそんなにおいを敏感に嗅《か》ぎ付ける。苛《いじ》めっ子たちは誰彼かまわず、苛めるわけではない。日々の関わりの中で、誰が反撃の力を持っていて、誰が持っていないかを徐々に知っていくのだ。そして、目星がついたところで、確認のために冗談ともとれるような軽い攻撃を開始する。その時点で、対象から思いがけない抵抗を受けた場合は、見込み違いということだ。彼らはその対象をあきらめ、新たな生《い》け贄《にえ》を探索し始める。

苛めっ子だけではなく、苛められっ子にも原因があるという議論がなされることがある。たしかに、そうかもしれない。しかし、それは、泥棒に入られた原因はその家の戸締まりが不徹底だったからだとか、侵略された原因はその国の軍備が充実していなかったからだというのと同じく、加害者の免責《めんせき》の理由にはならず、被害者を責めるべき根拠にもならない。そもそも、苛めっ子は自分の意志で苛めっ子になることを選択しているのに対して、進んで苛められっ子になる者などいないのだから。

なのに、僕の母は苛められた時にはやり返せばいいんだと、僕をけしかけた。なんとナンセンスな助言だろう。やり返すことができるぐらいなら、最初から苛めの対象になりはしない。

僕の唯一とることのできた戦略は、ひたすら目立たないようにすることだった。いったん、苛めが始まったなら、卑屈な態度を取ろうが、毅《き》然《ぜん》とした態度を取ろうが、結果にはほとんど関係ない。対等なゲームをしているのではないのだ。嵐が通り過ぎるのを待つだけだ。

テレビアニメの登場人物である、眼鏡をかけた彼には、頼りがいのある猫型ロボットがついている。彼も僕も運動が苦手で、気が小さい。知力の面では僕のほうが勝《まさ》っているようにも思われる。それなのに、僕には誰もいない。僕は彼よりもとても惨めだった。

気がつくと、僕は理想的な自分の姿を夢想するようになっていた。

僕は何に対しても、はっきりとした自信を持っている。必ずしも運動能力が優れているわけではないが、ずば抜けた判断力と気力を持っているお陰で、常に競技ではよい成績をおさめている。強い信念を持っているため学校の誰からも一目置かれていて、先生たちにも信頼されている。そんな僕の性格を見越して、母は放任主義で育ててくれている。僕は自分の思うままに行動しているのだが、それがそのまま周囲の期待と、ぴったり一致している。

ところが、時にはそんな完璧な僕にちょっかいをかけてくるやつがいる。

「おい、弁当を忘れちまったんだ!!　パンを買ってきてくれよ!!」馬鹿面を下げたやつが凄味《すごみ》をきかせているつもりか、わざと掠《かす》れた声で言う。

「弁当を忘れたのは、おまえが悪いんだ。俺のせいじゃない」僕は机に座ったまま、静かに答える。「パンが食いたかったら、自分で買いに行け」

(「えっ?　で、できないよ。だって、もうすぐ四時間目が始まっちゃうよ」僕は相手の目から視線を逸《そ》らせた)

「なんだと!?　おまえ誰に言ってるつもりだ!?　つべこべいわずに、買いに行けばいいんだよ!!」

(「始まったって、かまわないだろ!!　どうせ、先公は気づきやしないさ!!」)

「パンがほしけりゃ、買いに行け。それが嫌なら、空きっ腹をかかえて我慢しろ。どっちにしても、俺には関係ない。忙しいんだ。さっさと向こうに行ってくれ」僕は話の打ち切りを宣言する。

（「でも、もし先生が気づいたら、どうするんだよ？　無断欠席になってしまうよ」僕はなんとか、無理難題から逃れようとした）

やつは僕の机の上にどんと手をつく。凄い剣幕で睨んでいる。僕はまったく怯《ひる》まず、睨み返す。

（「そん時は俺が適当にごまかしてやるって!!　気分が悪くなったから、保健室に行ったってな!!　それでいいだろう!!」）

やつは左手で僕の胸倉を掴《つか》む。僕の上半身を引き上げ、右手で拳《こぶし》を作り、後ろに引く。どうやら、僕を殴るつもりらしい。

（「昼休みが始まってからじゃだめかな？」僕は相手を宥《なだ》めるように言った）

僕は勢いよく立ち上がる。やつは僕の胸倉を掴んだままなのでとっさの対応ができず、バランスを崩す。

（「ちっ!!　意気地がねえな!!　まあ、いいだろ!!　その代わり、昼休みが始まって、五分で買ってこいよ!!」やつは渋々勘弁してやるという調子で言った）

僕はやつの軸足を見極めると、足の裏で膝《ひざ》を蹴《け》ってやる。

「ふわっ!!」やつは悲鳴を上げて、床の上に転がる。

(「ええと。お金は先に貰《もら》っておいていいかな?」答えはわかっていたが、一縷《いちる》の望みを託して、おずおずと尋ねる)

「何、しやがるんだ!!」やつは慌てて立ち上がる。同時に周囲から、笑い声が起こる。いつの間にか、クラスのみんなが僕たちの会話に注目している。

(「金!? 今日は金も忘れてきちまったんだ!! 貸せよ!!」やつは予想通りの答えを返してきた)

やつは見る見る真っ赤になる。大勢の人間に笑われたことが、彼のプライドを酷《ひど》く傷つけたようだ。

「畜生!! 馬鹿にしやがって」やつはポケットからナイフを取り出す。

(「わ、わかったよ。パン代は貸すよ。安いやつでもいいかな?」僕は完全に諦《あきら》めて言った)

ナイフを構えた瞬間、僕はその手を蹴り上げる。ナイフはやつの手を離れ、くるくると宙を飛んだ後、落下を始める。みんなが落下予想地点から逃げ出す。ナイフは無人の輪のど真ん中にぷすりと突き立った。

(「財布を見せてみろよ!!」やつは高圧的な態度で命令した。

僕はのろのろとポケットから財布を取り出した)

「おい。どうした? 何かあったのか?」騒ぎを聞きつけて、教師たちが教室に入ってくる。「おや? このナイフはいったいなんだ?」

（やつは僕の財布をひったくると、中から紙幣を引き抜いた。「ちぇっ!!　これだけか、しけてやがんなぁ!!　まあ、勘弁してやるか!!　小銭は残しといてやるから、それでパンを買っとけよ!!」やつは机の上に僕の財布を放り出した。用心して、財布の中の紙幣を何枚か、取り出しておいてよかった。少なくとも全財産を巻き上げられずにすんだ）

僕は教師たちの質問には答えず、さわやかな笑みを浮かべて、椅子に腰を下ろす。事件の詳細は女生徒たちがすでに話し始めている。

「そうか。これだけの目撃者の前でナイフを使ったのなら、もう庇《かば》うことはできない」教師の一人が沈痛な表情で言う。「警察に連絡しなくてはならないだろう」

他の教師たちも同意する。

（僕はほっとして、財布をポケットに戻そうとした。何かがひらひらと宙を舞った。隠しておいた紙幣だった。袖《そで》に隠していたのが、何かの拍子で飛び出してしまったのだ。僕は慌てて、拾おうと床に手を伸ばした。やつが僕の手ごと紙幣を踏みつけた。

「おっと!!　なかなかあじ《ヽ》なまねしてくれるじゃねえか!!」やつはポケットに手を突っ込んで、芝居がかった調子で言った。「だが、つめが甘かったな」やつは僕の手を踏む足に体重をかけた）

「喧《やかま》しい!!」やつは追い詰められた野獣のように吠《ほ》える。「おまえら、みんなぶっ殺してやる!!」やつは教師の一人に殴りかかろうとする。

僕はすっと足をやつの前に出す。やつは見事に床の上で回転する。僕は倒れたやつの手を摑むと、捻《ひね》りを加えて床に押しつける。

一斉に拍手が起こる。

(「痛たたたたたっ」僕はなんとか手を抜こうともがいた。

やつは突然足を上げた。溜《た》めていた力が解放され、僕は酷く尻餅《しりもち》をついてしまった。

一斉に嘲笑《ちょうしょう》が起きた)

面白いことを思い付いた。あのあるべき姿の僕が本当にいるということにしたのだ。

一人で部屋にいる時、あるいは一人で歩いている時、傍《かたわ》らに理想的な自分をイメージするる。最初自分を思い浮かべるのは難しく思えたが、慣れれば数秒で自分が思い描けるようになった。鏡を見るよりは写真のほうが特徴を摑みやすい。鏡に映る自分は常に観察者になってしまうため、どうしても客観的に見ることができないからだ。

ただ単に姿を思い浮かべるだけでは面白くない。僕は具体的に彼が部屋の中に存在していたり、外を歩いていたりする様子をイメージする。もう一人の僕が歩く時の畳の軋《きし》みや砂埃《すなぼこり》まで、できるだけ詳しく思い浮かべる。

理想的な僕はつまり僕の理想的な相談役になれるはずだ。もっとも、もう一人の僕がどんな言動をするかは、僕が決めるわけだから、基本的には僕自身の考えを越えることはないわけだけれど、現実の自分の問題点がはっきりとして、解決に効果があるのではないかと思えた。

まず、僕の問題を相手に尋ねてみる。もう一人の僕はしばらく考えた後、的確な答えを返してくれる。もちろん、実際に答えを考えているのは現実の僕だ。理想的な僕ならどう答えるだろうか、と。最初は答えを見つけるのにずいぶん時間がかかったけれども、慣れるにつれ、反応が早くなってきた。そのうち、ほとんど現実の人間同士が話すのと同じくらい自然な会話ができるようになってきた。ちょうど、夢の中の登場人物と話す時のような感じだと言えばわかるだろうか。小説の登場人物が一人歩きすることがあると書いてあるのを読んだことがあるけれど、それに近いのかもしれない。もう一人の僕は僕であり、教師であり、友達の少ない僕のたった一人の親友だった。

「この間、あの馬鹿に絡まれた時のことだけど」僕は机の前の椅子に座ったまま、僕に尋ねる。「僕は酷い目に遭《あ》ったけど、君は簡単に切り抜けた。どうやれば、あんなふうに冷静に対処できるんだろうか？」

「なに、簡単なことだよ」僕は机に腰掛け、腕組みをして僕に答える。「予測をするんだ。相手はこれからどうするつもりなのか。僕はそれに対して、どう返すべきか。さらに、相手は僕の言動にどう反応するか。つまるところ、これの積み重ねさ」

「僕だって、できればそうしたいさ」僕は唇を尖《とが》らせる。「でも、あいつが近づいてきただけで、怖くて胸がどきどきして、目の前が真っ暗になってしまうんだ」

「どうして、怖いんだ？　僕はあんなやつ全然怖くないぜ」

「あいつは僕よりも力がある。喧嘩《けんか》になったら、僕はこてんぱんだ」

「どうして、そう決めつける？　最初から負けることばっかり考えていたら、絶対に勝てないぞ。俺なんか、自分が勝つことがわかってたから、全然怖くなかった」

「君は自信家だね。でも、逆に訊《き》くけど、自分が勝つという保証なんかどこにもないじゃないか」

「負けるという保証もない」僕は僕ににやりと笑いかけた。「現実には勝ち負けは両方とも可能性の問題でしかない」

「やっぱり、君もそう思ってるんじゃないか」

「話は最後まで聞けよ。俺たちがやってるのは主観的な予測なんだ。野球や競馬の結果を客観的に予測するのとはわけが違う」

「主観的な予測？」僕は一瞬、僕が何のことを言っているのかわからなかった。話の展開についていけない。

「俺たちが野球の結果をどう予測しようが、結果自体には影響がない。予測と結果は独立しているってわけだ。しかし、おまえが苛《いじ》めっ子と対決する場合は違う。予測が結果におおいに影響する。負けると思えば負けるし、勝てると思えば勝てる」

「そんなことはないだろう。勝てると思ったって、負ける時は負けるよ」

「確かにそれはそうだが、負けると思って勝つことはまずないと言ってもいい。勝てると思ってるからこそ、勝ち目が出てくるんで、負けると思ってちゃあ絶対に勝てっこない。スポーツ選手だろうが、学者だろうが、政治家だろうが、棋士だろうが、一流の人間はいつも自分の勝ちを確信している。勝利の確信は勝利のための必要条件なんだ。負けると思ってもいいことは何もない」

「言うのは易しいさ。でも、僕は現実に負け続けているんだ。とても、勝てるなんて思えやしないよ」

「悪循環だ。実際に負けているから、負けへの確信が強まる。一見、筋が通ってるようだが、僕には納得できない。最初から強いやつなんていない。負け続けながらも、いつかは勝てるはずだという自信を持ち続けるからこそ、勝利者になれる。おまえに自信がないのは別の理由があるんだ」

「別の理由？」

「おまえは失敗を恐れすぎているんだ。おそらく、失敗するたびに酷く叱られ続けたことが原因になっているんだ。たとえ、成功する公算が大きいとしても、少しでも失敗する可能性があるなら、挑戦するのは割に合わない。おまえは心の奥にそう刻みつけてしまったんだ」

「僕はどうすればいいんだろう？　どうやれば強くなれるんだろう？」

「まずは勝利の味をしめることだな」僕の目が怪しく光った。「勝利の記憶が次の勝利への確信を呼ぶ」

「そんなことできれば、苦労はないよ」

「心配するな。俺がやってやるよ。そのために俺は呼び出されたんだから」

鮎川みちが向こうから歩いてくる。

僕ははっと息を飲む。昼休みはまもなく終わる。みんな、教室に戻ってしまって、廊下には誰も残っていない。僕と鮎川だけだ。

鮎川はちらりと僕を見るが、特に気にかける様子もなく自分の教室を目指している。僕は立ち止まり、じっと鮎川の顔を見つめる。

彼女の表情に微妙な変化が表われた。

僕はなおも鮎川の顔を見つめ続ける。

鮎川の歩く速度が目に見えて遅くなった。頬がどんどん赤くなっていく。ついに鮎川は立ち止まった。戸惑ったような顔をして、僕を見返す。僕に何かを言って欲しいらしい。きっと、僕が彼女を見つめる理由が知りたいんだろう。それでも、僕はわざと何も言わず、彼女を凝視し続けた。

「何?」鮎川はついに耐えきれなくなったのか、問いかけてきた。「わたしの顔に何かついてる?」

「いいや」僕は首を振った。「そんなんじゃない。ただ……」

「ただ?」鮎川は一歩僕に近づいた。

「なんでもない。あっ、早くしないと授業始まっちゃうよ」

「どうしたの? 気になるじゃない。わたし、何かしたかしら?」

「本当になんでもないんだよ。困ったなあ」僕は頭をかいた。

「わたしだって、困るわ。廊下でそんなことされたら」

「そんなことって？」

「わたしを見てたでしょ」

「僕が鮎川さんを見てたってこと？」

「見てなかったの？」鮎川は少し気まずそうに言った。「ひょっとして、わたしの勘違いだったのかしら？」

僕は慌てて首を振る。「ううん。勘違いなんかじゃないよ。僕は確かに鮎川さんを見てたけど……」

「やっぱり、見てたのね？」

「そんな睨《にら》んでるつもりはなかったんだけど」今度は僕が気まずそうに言う。

「あら、睨んでたなんて言ってないわ。ただ、じっとわたしを見ているから、不思議に思って……」鮎川は口をつぐんだ。今度はそっちが答える番だと言うように、僕の目を見つめる。

僕は返事をせずに、彼女の目を見つめ返す。彼女は可愛らしく小首を傾《かし》げる。僕の行動を訝《いぶか》しく思っているのだろう。それでも、僕が無言で見つめ続けると、また頬を赤らめて、俯《うつむ》いてしまった。

予鈴がなった。

「いけない。わたし行かなくちゃ」鮎川の視線は、自分の教室の方角と僕の顔を何度も往復した。「どうしよう?」

「じゃあ、今日の放課後はどうだい?」僕は提案した。

「えっ? 何?」彼女は焦《あせ》り始めた。

「駅前の本屋で待ってるから、そこで話をしようよ」

「ええっ。わたし……どうしよう?」

廊下の端の階段から各教室に向かう教師たちの姿が見え始めた。

「どうする? 来ないの?」僕は鮎川を急《せ》かした。

「うん。行くわ。本屋さんに行けばいいのね」鮎川は口走った。

僕は、鮎川に自分の言葉を反芻《はんすう》させる暇を与える前に、小走りで教室に向かった。

鮎川は一瞬あっけにとられていたようだったが、数秒後には同じく教室に向かった。

彼女とは一度も同じクラスになったことがないから、鮎川には僕の印象はほとんどないだろうと思われた。

それにひきかえ、僕の心は常に彼女に釘付《くぎづ》けだった。鮎川は僕の理想をすべて具現していたのだ。

肩まで伸びた真っ黒な髪は時々丁寧に編み込まれていることもある。肌の色は白すぎず、黒すぎず、ちょうど僕の心をとらえる明るく暖かい匂いたつ色をしている。眉《まゆ》の形は細いわりにくっきりしていて、顔の表情を和《やわ》らげていた。目は少し吊り気味にも見えたが、まん丸で黒目がちなため、きつい印象はまったく与えていない。鼻と口は小さく上品で、唇は少し捲《まく》れ気味でやや幼い雰囲気を醸《かも》し出していた。頬には張りがあり、ほんのりと薄桃色で、興奮することなどがあると、すぐ赤くなった。頬が赤いと、普通ユーモラスな印象を与えがちだが、彼女の場合、頬の赤さは健康美の象徴になった。背は少し高めだが、手足が無駄に長いようなことはなく、胴の長さや頭の大きさとの間に、適切な均衡が成り立っていた。体型はそろそろ子供から大人の女性へと変貌《へんぼう》を始めるころで、ふっくらと丸みを帯びていることは服の上からもわかった。彼女の顔や体には、尖《とが》ったものは何もなかった。

成績はトップクラスではなかったが、真面目に勉強しているので、常に中以上のレベルにいた。運動系のクラブには入っていないが、時折グラウンドを駆ける彼女の溌剌《はつらつ》とした姿を見るたびに僕の心は高鳴った。

少なくとも僕の知る限り、鮎川《ぼ》を悪く言うものは一人もいなかった。彼女には暗い影はまったくなかった。少々天然惚《たた》けの素養があるらしく、軽い失敗談を耳にすることはあったが、それは彼女の人柄を称える微笑《ほほえ》ましいエピソードとしてのみ語られた。彼女自身は苛めないし、苛められもしない。僕が直接見聞きしたわけではないが、彼女は苛めの対象になった同級生を庇《かば》ったことが何度もあるという。普通そんなことをすれば、彼女自身が苛めのターゲットになってしまいそうだが、そうはならないところが、彼女の人徳なのだろう。

彼女の姿を見るだけで、僕はうっとりとする。もし彼女と口をきくことができたなら、それこそ天にも昇る心地がするだろう。鮎川が僕のものになるというのなら、僕の持てるすべてのものを投げ出したとしても、悔いはないだろう。


僕は一人になるとあるべき僕を呼び出すことが日課になっていた。実は僕はもう一人の僕にこっそり『ドッペル』という名前をつけていた。なぜそうしたのかは自分でもわからない。ただ言えるのはドッペルは僕にとってたった一人の親友だったということだ。自分の一部だということはできるだけ考えたくなかった。だから、固有の名前を与えようと思ったのかもしれない。

「少しは自分に自信が持てるようになってきたか？」ドッペルは机の端を平均台のように歩きながら言った。

「うん。まあね」僕は曖昧《あいまい》に答えた。

「『まあね』だって？」ドッペルはその姿勢から、真上に飛び上がった。足先から床に降り立とうという算段だったらしいが、勢いあまって天井に頭をぶつけてしまった。鈍い音が響くと共に、ドッペルは床に落下した。「やあ、ごめんごめん」ドッペルは頭を擦《こす》りながら起き上がった。「つい調子に乗って、天井の高さを計算に入れるのを忘れてしまっていたよ」

「いつも冷静な君がこんな失敗をするなんて珍しいね。いったいどうしたんだい？」

「どうしたもこうしたもあるものか」ドッペルは鼻息荒く言った。「理想の女と付き合えるかもしれない瀬戸際《せとぎわ》に、落ち着いてなんかいられるものか。気も漫《そぞ》ろさ」

「理想の女と付き合えるかもしれない瀬戸際だって？　誰のこと？」僕は何かくらくらする感覚を覚えながら尋ねた。

「鮎川みちさ。理想の女と言えば、あいつに決まってるじゃないか」

鮎川みち？　鮎川みちだって!!

「鮎川みちと付き合うってどういうことだよ!?」僕は思わず、大声を出してしまった。

「『鮎川みちと付き合う』って意味だ。念のために言うと、『付き合う』って言葉は『交際する』という意味で使っている」

「鮎川みちと付き合うって、いったい誰が？」僕は今度は回りの気配を気にしながら、小声で言った。

「俺——おまえだ」

「いったいぜんたい、どうしてそんなことになってるんだ？」

「気を落ち着けろ」ドッペルは僕の肩に手を置いた。「今日、学校の帰りに彼女と待ち合わせしたんだよ」

「えっ？　そんなはずは……。だって、僕は学校が終わるとすぐに……あれ？」

学校が終わって、どうしたんだろう？　次の瞬間鮎川と本屋で出会ったという実感がふつふつと湧いてきた。

「そうだった。僕は今日、鮎川と話をしたんだ」幸福感が僕を包む。「でもおかしいな。確か、僕は今日彼女と廊下で会った時、何一つ話せなかったはずなのに」

「ちゃんと話したさ。本屋での待ち合わせを約束したんだ」

「そう言われれば、そんな気もするけど、どうもはっきりしないよ」

「はっきりしようが、しまいが、現に彼女と本屋で会ったんだから、廊下で話をしたのは間違いないんだよ」ドッペルは溜《た》め息をついた。「しっかりしてくれよ」

どういうことだろう？　何がどうなってしまったんだろう。物事がうまく進んでいるらしいことはわかる。でも、僕自身が知らない間に僕が行動しているなんてことが、ありうるだろうか？

「君なのか？　鮎川に声をかけたのは？」僕はドッペルを問いただした。

「無意味な質問だな」ドッペルはふたたび飛び上がると、机の上に乗った。「俺はおまえなんだから、俺がやったの、おまえがやったの、と区別なんかできないんだ。俺がやったことはそのままおまえがやったことになる」

「確かに、そのはずなんだけど、何かおかしいんだ」僕はうまく表現できないのをもどかしく思った。「自分がやったことなら、人から教えてもらわなくても、自分でわかってなくちゃいけないはずなのに。君から教えてもらうまで、自分が鮎川と話したことを知らなかったんだ」

「誰だってど忘れぐらいするさ」ドッペルはまったく気にしていない様子だった。

「ど忘れなんかじゃない。僕はちゃんと覚えていたんだ。さっきまでほんのさっきまで、別の記憶が鮮明にあった。僕は結局、鮎川に話しかけられなかった。廊下で鮎川と擦れ違う時、わざと顔を逸《そ》らして、そして……ええと……僕は何をしたんだろう？」

「ほら、見ろ。やっぱり気のせいじゃないか。よく考えてみろ。おまえは立ち止まって、鮎川の顔を見つめたんだろ」

「そうだ。僕は立ち止まって鮎川の顔を見つめた。そして、鮎川は見つめる僕を不審に思って、『何？』って……」

「ほら、思い出せたじゃないか」

「僕は適当に思わせぶりなことを言って、彼女の興味をひいた。そして放課後本屋で待ち合わせを約束したんだ」

「正解だ」ドッペルはぱちぱちと拍手をした。「彼女との初デートは楽しかったかい？」

「デートだなんて大袈裟《おおげさ》なもんじゃない。ほんの少し立ち話をしただけだ」

「それだけか？」

「次の待ち合わせの約束をした」

「上出来《じょうでき》だ」

「こんなのおかしいよ」僕は不安感に襲われた。「僕の知らないところで、話がどんどん進んでいくなんて」

「おまえは知ってるさ。知ってるからこそ、こんなに詳しく話せるんだ」

「こんなのは知ってるとは言えない。君に言われるまで、知らなかったんだ。自分のことを思い出すのに他人の手を借りなければならないなんて、おかしい……」

「何を言ってるんだ？」ドッペルが真顔になった。「他人てのは俺のことか？　俺はおまえじゃないか。自分で自分の記憶を思い出す切っ掛けを作ってるだけなんだから、おかしくもなんともない。それとも、まさか、おまえ俺を自分から切り離して考えてるんじゃないだろうな」

「そんなことはないよ」僕は慌てて首を振った。

「それで安心した」ドッペルに笑顔が戻った。「俺はまた、おまえが俺に名前でもつけたんじゃないかと冷や冷やしたぜ」

僕の全身にゆっくりと鳥肌が広がる。


「どうしたの？　また何か考え込んでるの？」鮎川がおどけた調子で言った。

「えっ？　ああ」僕は隣りに鮎川がいることに驚いた。「ごめん。ちょっと、試験のことが気になってたんだ」反射的に言い訳をした。

僕は鮎川と三度目のデートをしている。記憶が蘇《よみがえ》った。なんてことだ。今日が初めてのデートではない。一度目と二度目のデートは体験していない。いや。体験していないのではないようだ。一度目のデートは一緒に近くの遊園地に行ったし、二度目は映画を見に行った。そして、今日は水族館に行く電車の中に並んで座ってる。確かに記憶にははっきり残っている。しかし、どうも実感がない。まるで自分で体験したのではなく、誰かの体験をビデオで見たような感覚だ。

「今日はなんだか変ね。ちょっと暗い感じだわ」鮎川は今度は少し真面目な調子で言った。

「なんだか、別人みたいだわ」

冷や汗が流れた。きっとドッペルゲームをやりすぎたせいだ。最近、時々ドッペルのことが薄気味悪く思えるようになってきた。神経が参っているのかもしれない。もうドッペルを呼び出すのはやめよう。こうして、鮎川ともうまくいっているし、自信も出てきた。もうドッペルは必要ない。ドッペルは僕の中に埋没させよう。

「さ、最近、はりきりすぎてたんだ」僕は硬直する頬をなんとか緩《ゆる》めて、笑顔を作ろうとした。「あの、あ、鮎川さんと付き合いたいと……そう思って……それでなんと言うか……理想的な僕を演じていたんだ。……本当の僕はこんなんじゃない。もっと小心者で意気地がなくて、全然スマートじゃないんだ」僕は、乾ききった舌をなんとか動かして言った。

「どうしたの？　急に」鮎川は微笑んだ。どうやら、僕が何かの冗談を言ったと思ったらしい。「演技なんかしなくても、わたしは自然なあなたが好きよ。それとも、わたしが好きなあなたは演技のあなただったのかしら？　それでもいいわ。そんな演技ができるというのなら、それだけであなたは魅力的よ」

僕は有頂天になった。その日のデートはぎくしゃくしたものになったが、彼女は別段気にする様子はなかった。この調子ならうまくいきそうだった。

「次も日曜日にする？」別れ際、鮎川が尋ねた。

たしか、来週の月曜日には小テストがあった。ほっとくわけにはいかない。それに、今の僕なら、頑張れるような気がする。

「うーん。どうしようかな？　その次の土曜じゃいけないかな？」僕はおどおどしながら尋ねた。

「いいわ。じゃあ、土曜日ね」一瞬、鮎川の顔に落胆の色が見えたが、すぐに笑顔が戻った。

ああ。鮎川と僕は本当にうまくいってるんだなあ、と実感できた。あのことはまだ彼女には隠しておこう。彼女に知らせるのは何もかもがはっきりしてからでも遅くはない。


小テストの前の日は、朝からずっと家に閉じこもって勉強を続けた。本当なら、鮎川とデートの日のはずだったのだが、デートはいつでもできる。楽しいことばかりに流されていては、結局何もかも失ってしまうことになりかねない。

小テストも無事終わった昼休み、校庭の隅で寛《くつろ》いでいると、跳ねるような足取りで鮎川がやってきた。

「昨日はどうもありがとう」鮎川は言った。

どす黒い感覚が下腹から胸に上がってくる。鮎川の言葉の意味を理解する前に、僕の体が何かを拒否しようとした。

何かが狂い始めている。一刻も早く手を打たなければ、手遅れになる。そんな気がする。いや。すでに、事態は抜き差しならなくなっているのかもしれない。

僕は唇を舐《な》めた。鮎川は昨日の礼を言っている。これは昨日、僕と彼女がデートをしたということを言っているのだろうか？　しかし、僕には、昨日、彼女とデートした記憶はない。深呼吸して心の中を探ってみたが、今度ばかりはいっさい何も出てこなかった。だいいち、昨日は一歩も家から出ていない。家族が証人だ。ということは二重人格とか記憶喪失とかそういうことではないということだ。もう一人の僕が文字どおり一人歩きを始めたんだ。いや。結論を出すのはまだ早い。その前に彼女に確認しなくては。

ああ。しかし、どうやればいいんだ？　いきなり核心にふれるようなことを訊《き》いては彼女にショックを与えてしまう。かといって、適当に話を合わせるのにも限界がある。

「ぼ、僕のほうこそ」僕は当たり障《さわ》りなく答えた。額から汗が流れる。

「それで昨日のあなたは本当のあなただったの？　それとも、演技のほう？」彼女はおどけた調子で言った。

目の前が真っ暗になった。やはり、昨日はデートだったのだ。動悸《どうき》は激しくなり、呼吸が苦しくなる。

「うーん。どうかな？　最近は自分でもよくわからなくなってきたんだ」僕は立ち眩《くら》みの中、なんとか倒れないようにバランスを保った。「鮎川さんはどっちだと思った？」

「そうね。わたしにもよくわからないけど、昨日のあなたは素敵だった。たとえ、あれが演技だとしても」鮎川は悪戯《いたずら》っぽく笑った。「でも、いくらなんでも昨日はちょっと急ぎすぎだったわ。わたしたちまだ付き合い始めたばかりなんだから、焦らずにゆっくりいきましょうよ」

僕は耐えきれず、その場にしゃがんでしまった。

「あら。どうしたの？」

「なんでもない。ちょっと眩暈《めまい》がしたんだ。きっと寝不足のせいだよ」

「ひょっとして、今日のテストのために徹夜したんじゃないでしょうね。馬鹿ね。そんなことをするんだったら、デートは今度でもよかったのに」

「君に会えたからこそ、徹夜だってできたんだ」

鮎川は首を傾げた。

しまった。いかにもドッペルが言いそうなことを言ったつもりだったんだが、どうやら的はずれだったらしい。余計なことは言わず、口をつぐんでいたほうがましのようだ。

「体を壊したら、なんにもならないわ。さあ、手を貸して」

鮎川が差し出した手を摑《つか》んだ。

「ひっ！」鮎川が手をひっ込めた。

僕は中腰の体勢から尻餅《しりもち》をついてしまった。

「あなた、誰なの!?」鮎川は怯《おび》えた目で僕を見つめている。

どう答えるべきだろう？　僕は僕だ。これは、紛れもない真実だ。だが、ドッペルだって僕には違いない。現に鮎川はドッペルを僕だと思っているようだ。だとすると、ドッペルでないこの僕はいったい誰だろう？

鮎川はしばらく呆然《ぼうぜん》としていたが、やがてはっと口を押さえた。「ごめんなさい。わたし、何だか変なこと言っちゃって」

「かまわないさ。疲れてるんだ。僕も疲れているし、君も疲れている。みんな疲れていて、少しずつおかしくなってるんだ」

「なんだか怖いわ」

「すぐに収まるよ」僕は静かに答えた。「切り札は僕が握ってるんだ」

僕は家に帰ると、すぐ昨日のことを聞き出すためにドッペルを呼び出そうとした。一人で部屋に閉じこもって、自分の姿を思い描く。ところが、どうしたわけか、その日はうまく空間にイメージを結ぶことができなかった。いつもはくっきりと見えていたのに、ぼやけたすがたが見えかけたかと思うとすぐに、拡散してしまう。しばらく、ドッペルを呼ばなかったのでこつを忘れてしまったのか、それとも、疲れているため精神集中ができないのかと思ったが、どうやらそうではないらしかった。

輪郭を結ぶところまでは簡単にできる。そして、細部が形作られる段になると、何か抵抗を感じてプロセスが逆転してしまう。理由ははっきりとは言えないが、ドッペル自身が呼び出されることを嫌がっているような気がした。僕に隠れて勝手な行動をしているのは間違いないようだった。

結局、僕はドッペルを呼び出すのを諦《あきら》めた。ドッペルを完全にコントロールすることができなくなっていることはショックだったが、現実を認めないわけにはいかない。今、僕がしなければならないのは嘆き悲しむことではなく、ドッペルをふたたび支配し、そして鮎川から手を引かせる方法を見つけ出すことだ。

僕は風呂《ふろ》に入り、湯船にゆったりと浸《つ》かりながら考えた。しょせんドッペルは僕が作り出した影にすぎない。本当の人ではないのだ。ドッペルがいなくても僕は存在できるが、僕がいなければドッペルは存在できない。悩むほどのことはない。ドッペルはけっして僕に手出しできないのだ。いざとなればドッペルを脅迫して従わせることだってできるんだ。

僕はすっかり楽観的な気分になっていた。

大きな水音をたてて、誰かが湯船に飛び込んだ。ちょうど僕の背後だったが、ドッペルであることは間違いなかった。

僕は振り向きざま、ドッペルを非難する言葉を吐いた。「なぜ、さっき呼んだ時にこなかったんだ？」

「へえー」ドッペルは人を小馬鹿にしたような間延びした喋《しゃべ》り方をした。いつの間にかタオルを畳んで頭に載せ、湯船の中で手足を伸ばしてかなりリラックスしている。「さっき、呼んだって？　そいつは全然気がつかなかったなあ」

「いい加減なことを言うなよ」僕は苛立《いらだ》ってきた。「君と僕は同じ人間なんだから、僕の一挙一動はすべてわかってるはずだろ！」

「それが奇妙なことなんだが」ドッペルは歯を見せて笑った。「最近はそうでもないみたいだぜ。ちょっと立ってみろよ」

僕はドッペルの命令に従う気はまったくなかったが、ドッペルは先に立ち上がると僕の二の腕を摑み、僕は強引に湯の中から引き上げられてしまった。

「どう思う？」裸で僕と対面しながら、ドッペルは意味ありげに尋ねる。

「別に何も」僕は精一杯虚勢を張って答えた。

何も感じないどころではなかった。僕は驚きと恐怖のあまり腰が抜けそうになってしまった。なんたることか、ドッペルは僕よりもほぼ十センチも背が高かったのだ。手も足も僕よりもずっと長い。僕はひょろりとした貧弱な体をしているのに、ドッペルはがっしりとした筋肉質の骨太の肉体になっていた。

僕の二の腕には指の跡が赤くはっきりと残っていた。相当な握力だ。僕の肌は生白くにきびだらけだったが、ドッペルの皮膚は浅黒くひき締まっている。何より、顔付きがまるで違った。鼻が尖《とが》り、目は鋭い眼光を発している。頰はこけ、獲物を狙う肉食獣のような様相を呈していた。ドッペルは、僕がまったく感情移入できないタイプの姿形になっていたのだ。

「強がりを言ってるつもりかもしれんが、声が震えてるぜ」ドッペルの声は一段と凄味《すごみ》を増し、太くなった。「ほら、俺たちはもう全然別人じゃないか」

「僕はそんなことは認めないぞ。君は僕の一部にしかすぎないんだ。暴走は許さない。その気になればいつだって始末できるんだ」

「そりゃあ、面白い」ドッペルはにやりと笑った。「勝負してみるか？」

突然、ドッペルは右の掌《てのひら》を僕の喉《のど》に押し当てた。そのまま、力を込めて僕を宙に浮かせる。僕は息をすることも、声を出すこともできずに、空しく足をばたつかせ、両手でびくともしないドッペルの手首を握った。

いったいどういうことだろう？　どうして、こんなことになってしまったんだ。ドッペルは僕のただ一人の親友ではなかったのか？　僕を苛《いじ》めから救ってくれるはずだったのに、どうして苛める側にまわってしまったんだろう？

目の中に小さな星がちかちかと瞬《また》き始めた。

ああ、僕は僕の作り出したもう一人の自分に殺されようとしている。客観的に見ると、僕はどんな状態になっているんだろう？　自分で自分の首を締めているのか？　念動力で空中に浮かんでいるのか？　それとも、湯船の中で意識朦朧《もうろう》となって溺《おぼ》れかかっているのか？　切羽《せっぱ》詰まった状況の中、妙な思いが頭をよぎる。

「どうしてこんなことになってしまったのか、と思ってるだろう」ドッペルは顔を近づけ、むっとする息を吐きかけながら言った。「全部、おまえのせいなんだよ。俺がおまえとは別の人格を持ったきっかけは、おまえが俺に名前をつけたことだったんだよ。俺を自分とは違う名前で呼ぶということは、つまりおまえは俺を他者として認識したということだ。俺はおまえの心が生み出したものだから、おまえの心の動きは忠実に反映される。あの時から、俺は独自の人格として歩み始めたんだ。最初は小さな食い違いだった。しかし、時間と共にそれはどんどん拡大されてしまったんだ。今では、俺はすっかりおまえとは独立した他者になってしまった。もともと、俺は、苛められないためにこうありたいというおまえの願望によって生まれたんだよな？　だから、常により強くなろうとする方向性を持っていた。しかし、それと共に自己同一性を保たなければならないというジレンマに陥っていた。一見、変化のない静かな状態に思えたかもしれないが、二つの力が俺を引き裂こうとしていたんだ。だから、自己同一性のたががはずれた時、俺は急速に成長した。そして、今も変わりつつあるんだ！」

　僕は必死に足をばたつかせてもがいた。どうやら、ドッペルは自分を僕から独立した存在だと思っているらしい。それが本当かどうかはわからないが、真実でないとしても今の僕にはなんの意味もない。僕がこのまま死ねば、ドッペルも消えてしまうのだろうが、それではなんの救いにもならない。しかし、なんの手立てもないわけではない。あれを思い出せば、すべては元に戻る。今こそ……思い……出すんだ。

　目が霞《かす》んできた。何も考えられなくなってきた。もう何もかも、どうでも、なんでもよくなってきた。無理に頑張る必要なんてあるんだろうか？　どうせこれからも苦しいことがいっぱい待ち受けているに決まっている。このまま、負け犬としてドッペルに殺されるのもいいかもしれない。僕は全身の力を抜いて、ドッペルに委《ゆだ》ねた。すべてが弛緩《しかん》していく。心地好い。

「わっ！　汚え！」突然、喉からドッペルの手が離れた。「こいつ最低だぜ!!」

僕は湯船の中に落下し、飛沫《しぶき》が上がった。僕のペニスからはまだ勢いよく、尿が出ていた。

「小便塗《まみ》れになっちまったじゃねえか!!」ドッペルは顔をしかめた。「臭いぞ」

僕は咳《せき》込んだ。気管がごぼごぼと嫌な音を立てる。

ドッペルはふたたび僕を見据えた。

「寄るな！」僕はなんとかそれだけ言った。

「なに。本気じゃねえよ。今ここでおまえを殺しちまったら、さすがにまずい事になることぐらい、俺にもわかる。そんなことをしなくたって、もうしばらくすればおまえは消えちまうんだ。俺はただ、俺とおまえの立場が逆転しちまったことを教えたかったまでだよ。抵抗するのをやめろ。そうすれば、おまえを心の闇の中に沈めてやるからよ」

僕はただ息も絶え絶えに首を振った。

「明日、俺は鮎川とデートする。神社の裏の公園で、六時に待ち合わせしている」ドッペルは僕の前髪を摑《つか》み、うなだれた僕の顔を上に向けた。「おまえも来い。その時、俺は実在し始めるだろう」

ドッペルが手を離すと、僕の顔は再び下を向いた。力をふり絞ってなんとか、顔を上げた時、ドッペルは姿を消していた。

状況はもはや絶望的だった。

「ごめんなさい。待った？」鮎川は息を切らしながらかけてきた。

周囲は薄暗く、人影はまったくなかった。夕焼けに照らし出される鮎川の顔は、妙になまめかしい。

僕が鮎川に返事をしようと口を開きかけた時、神社の森の中から、ぬっと巨漢が現われた。ドッペルだ。昨日よりもさらに大きくなっている。おそらく僕よりも頭一つ分は大きいだろう。

鮎川は一瞬、えっ？　という表情を見せた後、僕とドッペルを交互に眺めた。そして、ふっと表情を和らげると、僕のほうに向き直った。僕はほっとして、手を差し延べた。

「わたし、どうしたのかしら？　人違いしちゃったんです。どうもすみません」鮎川はぺこりと一礼すると、ドッペルのほうへ駆け出した。

「わあああああ!!」僕は頭を押さえてしゃがみ込んでしまった。「やめてくれよ、ドッペル」

「ドッペル……それが俺の名前か？」

「彼女だけはほっといてくれ。僕の持つ他のすべてはくれてやってもいい。鮎川だけには手を出さないでくれ」

「何都合のいいことを言ってるんだ？　鮎川は最初から、俺の女だぜ。俺が口説《くど》いたんだ。鮎川と付き合うために、おまえはこれっぽっちも努力していない」

「彼女は僕の生きがいなんだ」

「俺の知ったことじゃない」

「いや。君にはとても深い関係があることなんだ。君が存在する理由に」

「俺の存在する理由？　苛めっ子を見返すためだろう？」

「違うんだ。苛めっ子を見返すのは、目的のための条件の一つに過ぎないんだ。僕は君の存在理由を知っている。そして、君は自分の存在理由を知らない。この一事だけでも、どちらが主かわかるだろう」

「陳腐《ちんぷ》な詭弁《きべん》にすぎない。それを言うなら、おまえは自分の存在理由を知っているというのか？　もし、知っているのなら言ってみるがいい。どうだ？　とても言えまい」

「たしかに僕は自分の存在理由を知らないかもしれない。でも、だからといって、僕と君が対等だということにはならない。君も僕の存在理由を知らない。僕は君の存在理由を知っている。僕が先で君が後だからだ。さあ、馬鹿なことはやめるんだ。僕に最後の手を使わせないでくれ。元の友達同士に戻ろう」

「笑わせるぜ。最後の手なんかあるものか。はったりついでに、俺の本当の存在理由を教えてみろよ」

「鮎川だよ」僕の目からは涙が溢《あふ》れた。「僕は鮎川に気に入ってもらえる自分が欲しかった。苛めっ子を見返すのはそのための条件にすぎない」

「ねえ。いったい、何の話をしてるの？　あなたたち、いったいどういう関係なの？」鮎川はしばらく二人の会話を聞いて唖然《あぜん》としていたが、ようやく気を取り直して話に参加しようとした。

「元同一人物さ」ドッペルは鮎川の肩を抱いた。「そうだ。いい考えがある。鮎川に判定してもらおう」ドッペルは鮎川の可愛い瞳《ひとみ》を見つめた。「いいかい。よく聞いて、答えてくれ。この男と俺と、君——鮎川みちの恋人はどっちだ？　学校の廊下で君を見つめていたのは？　何度もデートを繰り返しているのは？」

「不公平だ」僕は叫《さけ》んだ。「君は彼女の理想の男性になるよう方向づけられていたんだ。自己同一性のたががなくなれば、君は彼女の理想の恋人へと変貌《へんぼう》していくに決まっているんだ」

「なに馬鹿なこと、言ってるの？」鮎川はにこりと笑った。「わかったわ。あなた、友達を連れてきて、わたしをからかっているのね。わたしの恋人はあなたに決まってるじゃないの」鮎川はドッペルの腕を握り締《ね》めた。

　ドッペルは勝ち誇った顔で僕を睨めつけた。

「消えろ!!」僕はドッペルを指差し、大声で叫んだ。「本体が命ずる。分身は今すぐ、姿を消せ！」

　一瞬、ドッペルは驚いたような顔をして、動きが止まった。空気が張り詰める。鮎川は目を見開いている。ドッペルはゆっくりと手を持ち上げ、自分の顔の前で開いたり、閉じたりした。固まった表情が徐々に柔らかくなり、ついに高笑いを始めた。「最後の手ってのはこのことか？」ドッペルは涙を流して笑い続けた。「『本体が命ずる。分身は今すぐ、姿を消せ！』だと？　まったくばかばかしい。俺はもうおまえの分身なんかじゃないんだよ。まだわからないのか？　俺は成長したんだ。実体があるんだ。弱虫野郎の白昼夢とは違うんだ」ドッペルは鮎川の肩を抱いた。「見ろ！　俺たちは触れ合うことができるんだ。鮎川と俺は互いに愛し合っているんだ。おまえは余計者なんだよ。そう言えば、おまえ輪郭がぼやけてきたんじゃないか？」

僕は慌てて、自分の両手を見た。心なしか、色がくすんでいるようだ。いや。そんなはずはない。僕が消えかかっているなんて。僕こそが本体なのに。きっと、涙で滲《にじ》んでいるだけのことだ。

「本当のことを教えてやろうか？」ドッペルが陰湿な笑いを浮かべた。「全部、反対だったんだよ。情けない苛《いじ》められっ子が強い自分を妄想したんじゃないんだ。強い体と心を持った少年がちょっとした空想をしたんだ。もし自分が意志薄弱な苛められっ子で、今の彼女に声をかけることもできなかったとしたら、どんなだろう、ってな。でも、もうそんな遊びにも飽きた。だから、おまえには消えてもらう。これから、鮎川と楽しいデートなんでね」

全身から力が抜けていく。僕は地面に膝《ひざ》をついた。立ち上がろうとしたが、さらに両手をついてしまった。そして、そのまま腹這《はらば》いになる。全身が痺《しび》れていうことをきかない。

「消えろ」ドッペルが言った。

鮎川はドッペルを見つめている。僕のことは目に入らないらしい。

僕は決心した。最後の切り札を使うのだ。

「さようなら、僕の憧《あこが》れ。君は消滅する」

「まだ、そんなことを言ってるのか」ドッペルは僕に勝ち誇った表情を見せた。と、突然何か異変に気がついたかのように振り向いた。「鮎川！　どこに行った⁉」

「そんな子はいないよ」僕はゆっくり立ち上がると、服とズボンの汚れを払った。「ドッペル、君は知らなかったんだ。君は鮎川より後に、僕の前に現われた。鮎川より後に作られたんだ」

「煩《うるさ》い！　何も言うな！」ドッペルは両耳を押さえて蹲《うずくま》った。

「僕は気が小さくて、ガールフレンドを作ることなんか、とうていできなかった」僕は手の甲で涙を拭《ぬぐ》った。「だから、寂しくて寂しくてどうしようもなかった僕は、自分の理想の女の子を思い描くことで、気を紛らわしていたんだ」

ドッペルは地面に這いつくばった。手の先から陽炎《かげろう》のようになって空気の中に溶けていく。

「僕の作り上げた鮎川はまったく素晴らしい女の子だった。ところが、なぜか僕は自分と鮎川が恋人同士になっている光景を思い浮かべることがどうしてもできなかったんだ。鮎川が完璧《かんぺき》すぎて僕とは釣り合わなかったんだ。だから、僕は」僕は唾《つば》を飲み込んだ。「鮎川に相応《ふさわ》しいもう一人の自分——つまり、ドッペル、君を作り出したんだ」

ドッペルは地面に拳《こぶし》を叩《たた》き付け、天を仰いで大声で喚《わめ》き散らした。

「どこかでボタンをかけ違ったんだ。理想の恋人と理想の自分を作り出すだけのはずだったのに、僕は同時に親友を得ようとしたんだ。理想の自分と理想の友達を重ね合わせてしまった。しかし、自分自身を友達にすることはできない。君を友達にするために、僕は自分とは別の人格を君の中に見てしまったんだ。君は独立した人格になり、鮎川を連れていってしまった。二人は理想のカップルだから当然だ。でも、僕と結ばれる可能性がなくなったことで鮎川は存在意義を失ってしまったんだ。彼女には消え去る運命しかなかった」

「くそ！　この馬鹿野郎!!」ドッペルは泣き叫んだ。「鮎川は俺の命なんだ。鮎川を今すぐ返してくれ!!」

僕は首を振った。「鮎川は僕のために存在した。そして、君は鮎川のために存在した。鮎川が消えた今、君の存在意義もなくなる」

ドッペルは悲しげな表情になり、口を半開きにし、呻《うめ》き声をあげながら、僕に手を伸ばした。

「さようなら。ごめんよ。全部僕の勝手なわがままが原因だったんだ」僕は顔を背けた。

次に振り返った時、もはやドッペルの姿はなかった。

僕の胸の中にかけがえのない人たち——恋人と友達を同時に失ったという思いが、突如としてとめどもなく湧き上がった。
僕はこの日の悲しみを一生忘れない。

停留所まで

「えっ？　なんだって？　今何か言ったかい？」

「だから、あの噂、知ってるかってことだよ」

「噂？　どんな噂？　面白い噂なら教えてよ」

「でも、次ぎのバス停で、僕は降りなきゃならないから……。どうしよう？」

「なんだよ。自分から言い出して、それはないだろ。大急ぎで話せばいいんだから。なっ。頼むよ」

「じゃあ。手短に言うよ。今日、学校で聞いたんだけど……」

「ちょっと待った。学校で聞いたって？　じゃあ、あれだろ。田中さんが一本足のミカちゃん人形を見たってやつだろ。

田中さんはミカちゃん人形を大事にしてたんだけど、ある時田中さんの不注意で足が片方とれてしまった。その後はなんとなく、気が重くなって、人形遊びをしなくなったんだ。だから、引越しの時荷物の中にミカちゃんがなかったのにも気が付かなかったんだ。

それがある晩から、毎日ミカちゃんが夢に出るようになった。それで、気になって夏休みに一人で前の家に戻ったんだ。すると、夕暮れの空家の中でぴょんぴょん跳んでたって話。

『わたし、ミカチャン。でも、足が一本しかないの』」

「違うよ。それとは違う別の話なんだ」

「じゃあ、あの話だろ。三年上の学年が修学旅行に行った時、写真屋さんが撮ってくれた写真に写っている人数がクラスの人数より多かったってやつだろ。

そんなことは写真屋さんの間では日常茶飯事で、そのために予《あらかじ》めクラスの人数を聞いておくんだそうだ。それで、こっそり先生を呼んで顔を確認したらしい。

写真屋さんは馴《な》れたもので、こんな時はすぐ先生が知らない顔を教えてもらって、修正した後で、プリントするそうだ。だけど、その時は失敗したんだ。写真に写っていた余計な顔は一つじゃなかったんだ。よく見るともう一つ顔が残っていて、渡す時に先生が気付いたんで結局みんなには配られなかったんだ。誰かのお父さんが先生にねじ込んで無理やり見せてもらったら、みんなの足元に子供の首が落ちていたんだって」

「僕が聞いた話だと、写真屋さんが幽霊と間違えて本当はそのクラスにいた子の顔を消しちゃったんだ」

「嘘だろ」

「嘘なものか。鈴木の兄さんは顔を消された後、すぐに交通事故に遭《あ》って、写真の通りになったんだ。

……でも、僕が言おうとしたのは、その話じゃない」

「じゃあ、女の子たちの噂だろ。

中学校の女生徒が何人か学校をサボって、街に出た時に、一人の女の子がブティックの試着室に入って出てこなくなったんだ。あんまり遅いんで、中を覗《のぞ》いてみたら、誰もいなくて試着室の前に靴だけが残っていた。慌てて警察を呼びにいって戻ってきたら、靴もなくなっていた。

店員が笑って、この子たちには見覚えがありません、なんていうから、警官もこれは中学生たちに一杯食わされたと思って、帰っちゃうんだ。それで……。

ええと、結局女の子は見つかるんだっけ？」

「外国の見世物小屋で見つかるんだ。恐ろしい姿に変えられて。麻薬漬けにされているから、自分がどうなっているのかもわからなかったことが不幸中の幸いだって。今でもどこかの病院にいるそうだよ。

……同じ誘拐団は遊園地にも現れるらしい。トイレに一人で入った子供なんかを捕まえて、包帯でぐるぐる巻いて動けないようにするんだ。そうしておいて、車椅子で遊園地の外に連れ出すんだ。そいつらは身代金を要求したりしないから、遊園地から連れ出されたらまず見つからない。大きな遊園地にはこいつらに対抗するため、あちこちに隠しカメラが仕掛けてあるって言うよ。

……僕が言いたい話はこれとも違うんだけど」

「木下のお姉さんの話かい？

二年前から東京で一人暮ししているんだけど、ある日仲のいい友達が泊りに来たんだ。ところが、夜遅くにその友達がどうしても、サンドイッチが食べたい、一緒にコンビニエンスストアに買いに行こう、と言い出したんだ。木下のお姉さんは眠かったから、一人で行くように言ったんだけど、その友達はどうしても二人で行くと言って聞かない。それでしぶしぶついていくと、友達は一一〇番しようって言うんだ。『あなたのベッドの下に知らない男の人がいたのよ』って。それで、警察が部屋に踏み込むと、もうそこには男はいなかった。ただ、ベッドの下には食べ物のかすや古新聞があって、まるで何ヶ月もそこで暮したみたいだったそうだよ。

で、それから何ヶ月かして、その友達がまた遊びに来たんだ。そして、今度は夜になっても、帰りたくないって言い出したんだ。窓から見える公園の茂みにあの男が隠れているから、外に出たくないって。でも、木下のお姉さんには何も見えなかった。あいにくその晩は木下の両親が泊りに来ることになっていたし、まだ時間もそれほど遅くなかったから、無理に帰らせてしまったんだ。その友達はそれっきりいなくなってしまった」

「そんな誰でも知ってる話じゃないんだよ、僕が言いたいのは」

「じゃあ、いったいどんな話なんだよ？」

「バスに出るお化けの話さ」

「バス？　わかった、僕を怖がらせるつもりなんだろ」

「この路線には時々間違ったバスが走ってるんだ」

「間違ったバス？　どういうことだい、それは？」

「よくわからない。本当はこの世を走っていてはいけないバスなんだって。よく見れば、そうだとわかるらしい。車体には赤錆《あかさび》みたいな色がべっとりとついていて、シートもじくじくと湿っていて、嫌なにおい——甘いような、酸っぱいような、何かが腐ったようなにおいが漂ってるんだ」

「そんなバスに乗るやつなんか、いるもんか」

「夜だとか、急いでいる時なんか、うっかり乗ってしまうんだ。いつものバス停にいつものバスのようにすっと入ってくるもんだから、ついふらふらっとね。でも、本当はバスの方が乗る人を選んでるって話だ」

「信じられないよ。バスが人を選ぶなんて」

「いつも人がいっぱい待っているバス停なのに、なぜか自分一人しかいない時なんて危ないらしい。そんな時でも、本当は他の人はちゃんといつも通りの時間にバスに乗ってるんだ。そして、みんなはその人だけが来てないと思ってる」

「そ、そのバスにお化けが乗ってるのか？」

「うん。後の座席のところに、子供の幽霊が並んで座っているらしい。生きている時はいつも仲良く喋《しゃべ》っていて、今でも話しつづけてるって。そして、乗った人の魂を捉《つか》まえて、そのまま連れていってしまうんだ」

「おっと、騙《だま》されるところだった」

「騙す？　どういうこと？」

「しらばっくれても駄目だよ。だっておかしいじゃないか。バスに乗っているお化けが乗った人をそのまま連れて行くんなら、誰がその話をみんなに伝えるんだよ。誰にもわからないままになるはずじゃないか」

「それはそうさ。そのバスに乗った人、みんながみんな連れて行かれるわけじゃないんだ。中にはちゃんと目的地の停留所で降りることができた人もいる。その人たちはバスの中で振り向かなかったんだ」

「振り向かなかったって？　どういうこと？」

「お化けはバスの一番後にいる。人の気配がするから、後を振り向くんだけど誰もいない。その時にはもう手遅れなんだ。生きてバスを降りることはできないんだ。だから、夜遅く一人でバスに乗った時は決して振り向いちゃいけないんだ。お化けはじっと後から見ているけれど、こっちが見たら、引きずり込まれてしまうんだ」

「でも、それなら避けるのは簡単だな。後を振りかえりさえしなければいいんだろ」

「お化けの方もいろいろな手を使うんだ。降りかけに忘れ物に気が付いて、振りかえってしまったり。それは、お化けがわざと荷物を隠したのに、引っかかってしまったんだ」

「でも、力ずくで振り向かせたりしないんだろ」

「そりゃ、そうだけど……」

「じゃあ、心配ないよ。どんなことがあっても、絶対に後を見なければいいんだもの。たいてしまうんだ」

「それはどうかな。あいつらは、いつもとてもうまい手を使う。だから、ついつい振り向とえ、呼びかけられても、僕ならぜったい後ろを見ないよ」

バス停が近づいてきた。確か少年たちの一人は次ぎのバス停で降りると言っていたっけ。どうやら、噂話に夢中になっていて、気が付かないらしい。本当に子供っていうのは大人から見ると、馬鹿馬鹿しいことに熱中するものだ。自分も昔はこんな可愛らしいところがあったなあ、と微笑ましい気分になる。

だが、こんな夜遅くに小学生がバス停を乗り過ごしたりしたら可哀想だ。逆方向のバスがすぐこなかったりしたら、長い間一人バス停で待つか、夜道を歩いて帰らなければならないだろう。一言、注意してやった方がいいかもしれない。

「君、ここで降りなくていいの?」わたしはバスの後部に乗っている少年たちに声をかけながら振り向いた。

「ほらね」少年の声がした。

同窓会

てしまった。

「いやあ、懐かしいなぁ」幼馴染《おさななじ》みの顔がずらりと並んでいるのを見て、思わず声を出し
「おお、おまえか！　まぁ、ここに座れよ」威勢のいい男が自分の横の空いている席を示した。「横に人がいなかったんで、寂しかったところだ」

その顔には見覚えがあった。昔から、おどけたところがあるやつだった。授業中でもおかまいなしで、冗談を言っては教室をわかしていた。先生も型通りに怒ってみせてはいたが、目が笑っているのを見逃した生徒は一人もいなかったはずだ。

そうだ。先生はどうしたんだろう？

すぐにわかった。一人だけぐんと年上の人物が数人の男女に囲まれている。上機嫌で、みんなに何か話をしている。先生の話好きはずっと変わってないんだなぁと思うと、とても幸せな気分になった。

早いものだ。あれから、二十年もたつのか。感慨深げにそう思ってはみたが、回りで騒いでいるかつての同級生たちを見ていると、とてもそんな遠い昔のことのような気はしない。いっきに二十年の歳月を引き戻され、あたかも今、修学旅行の真っ最中であるかのよ

うな気がしてくる。

修学旅行。……首を捻《ひね》った。そう言えば、修学旅行で何かがあったような気がする。何だろう？　とても大事なことだったようでもあるが、こうして度忘れしているところをみると、さして重要でもなかったんだろうか？　一生懸命、思い出そうとしたが、同級生の顔が頭の中でぐるぐると回るばかりで、何も思い付かない。

「おい、どうしたんだ?!　せっかくの席で、しけた面をしてうんうん唸《うな》っているやつがあるか」隣から、溌剌《はつらつ》とした声がかかる。

「ええ？　ああ、うん」生返事を返す。

「どうかしたか？」少しだけ真面目に訊《き》いてくれた。

「いや。たいしたことはないんだが……」

そうだ。こいつなら、覚えているかもしれない。

「ちょっと気になっているんだ。修学旅行の時だったと思うんだが、何か大変なことが起きなかったか？」

一瞬、会話が止まる。

「修学旅行？　ははぁ。おまえ、何か悪さでもしたんだな。女湯でも覗《のぞ》いたのか？」

「からかうのはやめてくれよ。おれは真面目なんだよ」

彼の顔は真剣になった。「おまえ、本気で言ってるのか？　まさか、本当に忘れちまったとは思いもしなかったから、てっきりふざけているのかと……」

「そんなに大事なことか？」

「ああ、大事なことだ。忘れるなんて、いくらなんでも酷過《ひど す》ぎるぜ」

何のことだろう？　何があったんだろうか？　喉元《のどもと》まで出かかっているのに、どうしてもはっきりしない。胸の辺りに何かがつかえているようで、どうにも具合が悪い。

「おい、大丈夫か。バスだよ、バス」

バス？　バスとは？　修学旅行の時のバスのことか？　そう言えば、あの時……

また、一人遅れてやってきた。

三十過ぎの女性だ。同級生の一人には間違いない。確かに顔に見覚えがある。しかし、もやもやとしたものが頭の中に沸き出して、どうしても名前が出てこない。

他のみんなはどうなのかと思って、見回してみた。

全員、顔面蒼白《そうはく》になっていた。

「まさか、そんな……」女子の中には声を詰まらせて、泣く者もいた。

「弥生《やよい》が来るなんて……こんなことが起きるなんて……」

弥生……。そうだ。あれは弥生だ。ずいぶん、変わってはいるが、面影は残っている。

しかし、どうして、あんなに顔色が悪いのだろう？

弥生はほとんど音も立てずに、宴の中に入り込んだ。そして、同級生の一人の前に立ったかと思うと、低い声で何か呟《つぶや》いた。お経のように聞こえないでもない。

声をかけられた方はしばらく呆然《ぼうぜん》としていたが、やがて気を取り直したのか、震えながら、弥生に声をかけた。

しかし、彼女はその声が聞こえないのか、全く無視をして、その隣の席の女性の前に立った。

「こんなことって……」弥生と対面した女性はあまりのことに、身動きすらできなくなっているようだった。

青白い顔をしたまま、弥生はそれからも順番に同級生の前に立っては何ごとかを呟いていった。

あと数人で、目の前に来る。そう思うと、突如として、うすら寒いものが腹の奥底から吹き出してきた。

「そうだ。思い出した。弥生は……。あれは修学旅行の時だったんだ」声が震える。

「そう。バスの事故だ。やっと、思い出したのか？」隣の席でうつむいて、震えている。

「そんなはずはない。これは何かの間違いだ。あいつがここにいるなんて」立ち上がろうとしたが、できなかった。

あいつは……あいつだけは……この世にいるはずがないのに……。

目が回る。思い出したくはなかった。こんなどす黒い思い出は消えて欲しかった。そうだったのだ。本当は忘れてなどいなかった。あまりにも、忌まわしいことなので、心が拒否していたのだ。だが、もう手遅れだ。あの顔色の悪い女はもうそこまで来ている。死者と生者との出会いだ。

バスの運転手とバスガイドが隅で震えている。

一つずつ、丁寧にお参りをし、やっとのことで最後の墓に手を合わせたころ、弥生の顔色は徐々に赤みを取り戻し始めていた。

あの時のことを思うと今でも胸がつまる。弥生は二十年間もあの事故のことを否定し、こころの奥底に閉じ込め続けていた。

交通事故によって、無残にも奪われた彼女以外のクラス全員の命。彼女だけが熱を出して修学旅行を休んでいたために助かった。弥生は自分だけが助かったことが罪悪であるかのように、自分を責め続けていた。

しかし、やっと踏ん切りがついた。勇気を出して、過去と対峙《たいじ》するために、みんなの墓参りをすることまでできるようになれた。あの事故は彼女の手の届かないところで起きたのだ。ようやく、気が付いた。生き延びることは罪ではない。優しい日の光に包まれ、弥生ははればれと、ほほ笑んだ。

ふと、あの日のままのみんなの気配を感じた。

影の国

1

これはわたし自身が体験したことの覚え書きである。おそらく、ひじょうに混乱して意味の取りにくいものになるとは思うが、勘弁していただきたい。すでに記憶は薄れつつあり、一刻も早く文章にしてしまわなければ、あとには何も残らなくなってしまう。こうして、断わり書きを書いている間にも、わたしの頭の中で、事件の詳細はどんどん不明瞭《ふめいりよう》になっていくのだ。とても、頭の中で整理している時間はない。

その日、わたしはなんの気まぐれか、ビデオの整理を始めた。元来凝《がんらいこ》り性な質《たち》で、いろいろなビデオ——購入したもの、借りてダビングしたもの、テレビから録画したもの、自分のカメラで撮影したもの——が、何百本も自宅にある。買ったものはまあいいとして、その他のものには、ついいい加減な題名をラベルに書いてしまう癖があって、今となってはどういう内容なのか判別できなくなってしまっているものも少なからずある。そんなテープをわたしは片っ端から、再生して、中身を的確に表わす表題をつけてやろうと決心したのだ。しかし、始めてみると、この作業はなかなか厄介《やっかい》で、わたし自身の手際の悪さも重なって、思ったほど簡単には進まなかった。なにしろ、一本のテープにぐちゃぐちゃと何種類もの録画が入っているのだ。一本チェックするのに、何分もかかってしまう。朝から夕方までかかっても、六十本ほどのテープの整理しか行なえなかった。そのうちだんだんやる気が失《う》せてきて、惰性で嫌々ながら、チェックを行なうという状態になっていた。

そんな時、あのテープに出会ったのだ。そのテープには何度もラベルを貼り替えたらしい跡があり、最後に貼ったラベルには鉛筆で住所らしきものが乱雑に書き込んであった。メモ用紙代わりに使ったらしいが、ほとんど消えかかっている。カセットの汚れ具合からみても、かなり使い込んだテープであることは明らかだった。このようなテープは画質もよくないため、通常保存する気がない番組の留守録や裏録にしか使っていない。今、整理しているテープは全部、保存用のはずだ。おそらく、何かの拍子で紛《まぎ》れ込んでしまったのだろうと思って、わたしはそのテープをそのまま、放り出そうとした。

いや。待てよ。ひょっとすると、保存する気がなかった番組の中に意外と良いものがあって、気を変えて保存ビデオのほうに移したのかもしれない。そういえば、そんなことがあったような気もする。

わたしはテープを再生してみた。

殺風景《さうぷうけい》な部屋の中に冴《さ》えない中年男が座っている。画質の悪さから、テレビ番組を直接録《と》ったものでないことは明らかだった。男が座っているのは安楽椅子のようだ。その他に画面に映っているのは、壁と床、そして小さな丸テーブル。壁も床も鼠《ねずみ》色一色だった。あまりにも均一な色なので、壁と床の境目もはっきりしない。あるいは画質のせいかもしれない。安楽椅子の色も鼠色。中年男のよれよれの服やズボンの色も同じ鼠色だった。そして、男の肌や髪の色までもが鼠色だった。最初、カラー調整の失敗で色が全部とんで、モノクロになってしまったのかと思ったが、丸テーブルの足が緑と赤のストライプになっているので、男は本当に鼠色らしかった。

わたしはその部屋に見覚えがあった。なんのことはない。わたしの仕事場だ。カウンセリング・ルーム。ということは、あの男はわたしのクライエントに違いない。いつ、撮《と》ったのだろう?

わたしは画面の隅に日付を探したが、あいにく日付機能をオフにしていたらしく、それらしきものは見つからなかった。

わたしは必要だと判断した時にはクライエントの承諾を得て、録音したり、ビデオ撮影をすることもある。まれなケースだが、クライエント自身の口調や表情や身振りに重要な意味があることもあるからだ。また、法的な証拠になるのではと考えた場合も、カウンセリング記録を残すこともある。もっとも、実際に法廷で必要になったことはない。あとクライエント自身が録画することを願い出ることもある。いずれにしても、カウンセリングの記録は全部、仕事場——いちおう、一《いち》の谷《たに》心理研究所と名乗っている——に保管しているはずだ。しかも、こんな使い古しのテープを使うことはないはずだ。たまたま、テープを切らして、手元にあったこのテープを使ったんだろうか? うっかり、テレビ番組なんかを上に録画しなくてよかった。それとも、これはただのコピーで、オリジナルはちゃんと研究所に保管してあるのか？　もし、これがオリジナルテープだとしたら問題だ。クライエントの情報はすべて、事務の女の子が管理しているはずだから、明日にでも訊《き》いておこう。

「では、あなたが経験したと言われる不可解な出来事……と言われましたが、それのお話をお願いします」

　テレビのスピーカーからわたしの声が聞こえてきた。

　やはり、カウンセリングの記録だ。わたし自身はカメラの後ろにいて、画面には映っていない。わたしは男の顔を見つめて、記憶を探った。解像度が悪いのではっきりしないが、鼠色の髪の毛はロマンスグレーといった類《たぐ》いのものではなく、なんとなくべたっとした不潔感を漂わせていた。服は背広ではなく、ジャンパーのような感じのものだった。だらしなく、ジッパーを開けっ放しにしている。その下に着ているものはどうやら、ワイシャツらしかったが、汚れている上に皺《しわ》くちゃで、やはり鼠色に見える。ズボンはスーツのようでもあるが、作業着のようでもあり、はっきりしない。少なくとも色は鼠色だ。ベルトはしていない。靴はどうやら革製らしいが、泥のようなものがこびりついて、やはり鼠色だ。男の顔にはたいした特徴はなかった。画質のせいでのっぺりとした感じになっているということもあるが、その顔からは生気というものがまるで感じられない。眉《まゆ》の辺りが前に出ているため、光線の具合で、目の周辺が影になってしまい、表情を読み取りにくくしている。男の顔をいくら凝視しても何も思い出せなかった。ということは、最近のカウンセリングではない。かなり前のものだ。ビデオを撮ればいくらなんでも、数カ月間ぐらいは印象に残っている。

「ええと。はい」男は抑揚《よくよう》のない、かすれた声で話し出した。「あの。そのビデオはもう回っているんですか？　……そうですか。ちゃんと回っていますか。いえね。絶対というわけではないんですけどね。でも、ほら、せっかくお話しさせていただくわけですから、先生も何もかもメモできるというものでもないでしょうから、ビデオで記録していただこうと、こう思ったわけです」

わたしを信用していないと言っているようなものだが、こういう場合は相手の要求を素直に聞いておいたほうがいい。ビデオ撮影を断わる理由はない。もし断わったら、このようなクライエントは帰ってしまうかもしれない。

「実際はビデオ撮影しても、足りないぐらいなんです。いや、はっきり言って、ビデオに撮ってもらっても、気休めにしかならないんですがね。でも、撮ってもらわないではいられないんです。万が一、ってこともあるかもしれないですからね」

神経症から来る強迫観念かな？　ここで手に負えない時は病院を紹介しなければならない。はて、この男についてはどうだったろう？　まだ、思い出せない。

「では、始めてください」わたしの声がした。

男は俯《うつむ》くと押し殺すように笑った。

「あっ、いや、すみません。この話を撮ってもらえるかと思うと、もう嬉《うれ》しくて。いつか、気まぐれで、先生が見直してくれるかもしれないですからね……ああ、わたしの話ですね。ええと、どこからお話するのが、一番いいかな？　じゃあ、まず会社の話でもしましょうか」

どうやら、本題に入るらしい。

「わたしはね、営業をやってるんですよ。成績が悪けりゃ、当然プレッシャーをかけられるわけですが、良ければ良かったで、いつまでこの調子が続いてくれるかと気が気ではありません。まあ、良かった時なんか、ほとんどありませんでしたがね。

初めての相手のところに行く時なんか、相手が嫌がるんじゃないだろうか？　自分は相手の仕事の邪魔をするだけの、ゴキブリのような存在なんじゃないんだろうか？　このまま、黙って帰るのがこの相手のため、ひいては社会のためなんじゃないだろうかと、思い始めましてね。それでまあ、胃がきりきりしてくるんで、何時間か、相手先の近くをぶらぶらして、時には喫茶店なんかに入って、イメージトレーニングをして気を落ち着けようとするんですが、相手に門前払いされたり、怒鳴られたりするイメージしか、浮かばない。それで、何も今日ここを開拓する必要はないんじゃないか。来週あたりのほうがもっと体調も良くて、うまく売り込みができるんじゃないか、とそんなふうに思えてくるわけですよ。こうなると、もう駄目ですね。そのまま、パチンコに行ったり、公園でぼうっとして、一日が過ぎてしまう。

かといって、馴染《なじ》みの相手ならいいかというと、今度は突然取り引きを打ち切られるんじゃないかと心配で、玄関先に来るだけで心臓がどきどきして息もできなくなってしまうんです。おまえのところの商品のおかげで酷《ひど》い目にあったとか、こんな欠陥があったとか、そういう嫌な光景ばかりが頭の中をぐるぐる回るんです。いえ。もちろん、実際にそんなことがあったというわけじゃありませんよ。もし、実際にそんなことがあったりしたら、それこそ耐えられることじゃありません。想像しただけで、失神しそうになるんですから」

「なるほど、それで職場の雰囲気はどんな様子ですか？」

　わたしの声が言った。

「たとえば、あなたの営業成績が振るわないことについて、上司の方はどうおっしゃられてますか？」

「まあ嫌味を言うとかそういうこともあるんですが……それより、わたしの担当区域をどんどん変えていくとか、そういう形でプレッシャーをかけてきます。つまり、もともと、営業不振で今後もあまり好結果が見込めないところとか、会社から遠くて不便なところとか。最近では地方都市を任されたりしてるんですが、今までその地域の実績は同業他社も含めてゼロで、営業に行こうにも出張費がでないんですよ」

　体《てい》のいい窓際族ということだ。気の毒だが、これは認めざるをえない。

「それからもう少し直接的には、わたしの側《そば》で大声でわたしより成績のいい人間を褒める、ということもあります。

成績のいい人というのは、なんというか、平気なんですよ。初めての客のところにも平気で突っ込んでいく。断わられるなんてこと、全然想像してないみたいです。実際にも断わられることは少ないみたいですよ。たまに断わられても、気にならないみたいです。すぐに忘れてしまうらしくて、一度断わられたところに一週間後に再挑戦したりするわけです。顧客からクレームがついても、次の時からは何もなかったように、セールスに行く。もちろん、わたしのように消極的な性格の方も中にはいますよ。それなりに頑張って、まずまずの成績にはなっているようです。苦しいけれど、やるしかないですものね。ストレスは溜《た》まるけれども、生きていくにはしかたないですから」

いいぞ。ほとんど、自分で解決策を出しているじゃないか。実際、カウンセリングに来るクライエントはすでに自分の答えを持っていることは多い。彼らはカウンセラーのひと押しが欲しいだけなんだ。

「あなたもそれなりに頑張れないんでしょうか？」

「頑張れないんです」

「それはなぜですか？」

「ストレスが嫌だからです」

「でも、そのストレスから逃げると後で、もっと大きなストレスがやってくることはわかりますか？　現にあなたは会社から、より大きなストレスをかけられている」

「それでも逃げるしかありません。わたしは頑張ることができない人間なんです」男は呟《つぶや》くように言った。

　この方面ではこれ以上、追及しても無駄だな。この男を追い込んでも袋小路に入ってしまうだけだ。自分自身と周りの状況をすでに分析しているというのが、かえって問題だ。そこまでして、解決しない問題をどう扱えばいいのか？　きっと、わたしはここで話を変えたはずだ。

「ところで、ご家族のことをお訊《き》きしてもよろしいですか？」わたしの声が言った。

「はい。別にかまいませんよ。家族はわたし以外に二人です。家内と娘です。娘は、今年高校に上がったばかりなんですよ。子供ができるのが遅かったもので。というのも、結婚が遅かったからなんです。十八年前に親類の勧めで見合い結婚したんです。家内のほうが年上だったんですが、これを断わったら、もう後がないような気がしてましてね」

「それで、ご家庭ではあなたはどのように振る舞われていますか？　それから、あなたに対するご家族の扱いはどうですか？」

「よくわかりません」

「でも、毎日、顔を合わせているわけでしょ。いつもはどんな話をされてますか？」

「そう、言われましても……」男は口ごもった。

「では、一番最近の奥様との会話は何についてでしたか？」

「小言です」

「小言⁉」「小言⁉」

画面の中と外で同時にわたしの声が響いた。

「はい。小言です」

「その小言というのは何についての小言ですか?」わたしの動揺を隠した声が聞こえた。

「わたしが邪魔だというのです」

「具体的には何に邪魔だと言うんですか?」

「掃除をするのに邪魔だと。日曜日でも、仕事に出ればいいのにとか、そういうことを言われました」

「それで、あなたは何か答えましたか?」

「ええ。休日出勤は認められないよ、と答えました」

「奥様はそれに対してなんと?」

「鼻で笑いました」

「それから?」

「また、掃除を続けました。掃除機の先でわたしをぐいぐいと押して」

「ええと。では、その前の奥様との会話についてお訊きします。どんなことを話されましたか?」

「服装のことです」

「服装がどうだと?」

「まったく、だらしがない。まあ、あんたは何を着ても、だらしなくなるけど、と小言を言われました」

確かにだらしないかっこうだ。しかし、馬子《まご》にも衣装というではないか。この男だって、着るものを選べば、もう少しなんとかなるはずだ。わたしは少しその男に同情した。

「その他には？」わたしの声はさらに質問を続けた。

「できれば、夕食は外で食べてくれと言われました」

「それはまたどうして？」

「娘の帰りが不規則だからです」

「あの、説明していただけませんか？　お嬢さんの帰宅時間が不規則だと、どうしてあなたが外食しなければならないんですか？」

「わたしの帰りが規則的だからです。残業もしないし、呑《の》みにも行かないので、自然と同じ時間になってしまうんです。娘はその日によって帰る時間はばらばらですから。わたしは家に帰るとすぐ食事をとりたいほうなので、家内にすると、わたしと娘の分を毎日二回ずつ作らなければならないわけです。わたしが外食すれば一回ですむというわけですよ」

「なるほど。では、お嬢さんは外では食べて来られないわけですね」

確認するわたしの声が聞こえた。

「いや。娘は外食してくることが多いようです。帰宅してから、家内に夕食はいるかと訊かれて、すませてきたからいい、とよく言ってますから」

「じゃあ、そんな時は一回ですむわけでしょ。あなたが外食する必要はないのでは？」

「よくはわかりませんが、家内はわたしの食事を作りたくはないようです。毎日のわたしの夕食よりも、たとえ週に一回でも娘と夕食をとるのが楽しいみたいです」

男は淡々と答えた。

「なぜそう思われるんですか？」

そう。なぜそう思うのか？

「家内がそう言ってたからです」

それなら間違いない。わたしはため息をついた。

「奥様はどうして、そう思われるようになったのでしょう？」

「わかりません。自分の心さえ、よくわからないのに他人の心はなおさらわかりません。ただ、娘と話す時の和《なご》やかな声と優しい顔に比べて、わたしと話す時はいつも眉間《みけん》に皺《しわ》をよせてとげとげしく話しています。家に電話をした時など、最初は明るい声で出るのに、わたしだとわかった瞬間、暗く落ち込んだ声に変わります。これは見事なぐらいです。お聞かせできないのは残念です。時にはおおっぴらに、わたしの顔を見て舌打ちをすることもあります。はっきりとは断言できませんが、家内はわたしの存在が不快なんでしょう。これは確認したわけではないですが、家内はわたしと見合いをする以前にも何回か見合いをしていたそうで、その相手がみんな今では社長だとか、大学の先生だとかになっているということでした。どこまで、本当のことかわかりませんし、見合いで断わったのがどっちかはわかりませんが、家内にしてみれば籤運《くじ》が悪かったと感じていて、わたしの顔を見る度《たび》に不愉快になるのかもしれません」

つらいなぁ。本人が分析的すぎる。逃げ道を自分で塞《ふさ》いでしまっている。男の推測が正しいかどうかは別にして、筋が通っているだけに扱いづらい。

「そうですか。ところで、さっきお嬢さんの帰りが不規則だとおっしゃってましたね」わたしの声は話題を変えた。「女子高生だということでしたが、帰りが不規則なわけはなんですか？」

「一度、家内に尋ねたことがあるんですが、その時はクラブやアルバイトをしているからだと言ってました。夜の十時を過ぎることもあるので、理由はそれだけではないような気はします」

「直接、お嬢さんにお訊きになったことはありますか？」

「ありません」男は躊躇《ちゅうちょ》もせずに答えた。「訊いても答えてくれません。無視されるのです」

「無視？　どういうことですか？　話していてその話が出たら急に黙り込んでしまうということですか？」

「いいえ。最初から話などしないのです。ここ十年ほど、娘とはまったく口をきいていません」

問題があるのはこの男だけではないようだな。できれば家族全員のカウンセリングをやりたいところだ。

「まったく無視ですか？」

「はい」

「お嬢さんは奥様とはちゃんと話をなさるんですか？」

「はい」

「お二人が会話されている時に割り込んでみるのはいかがでしょうか？　最初は奥様と話す形で、徐々に間接的にお嬢さんと会話をしていくようにするのです」

「そういうことも、やってはいるんですよ。でも、家内が非協力的でして、初めはおざなりに相槌《あいづち》程度は打ってくれるんですが、すぐに娘との話に戻ってしまいます。それでもあきらめずに二、三回話しかけていますと、『しつこいわよ』と家内が怒鳴り出しますので、それっきりになってしまいます。近頃では、家の中で話をしているのは家内と娘だけですよ」

会社でも家でも閉塞《へいそく》状況だということか。おそらく娘のほうは母親との接点が多いため、徐々に影響を受けて父親を軽蔑《けいべつ》もしくは嫌悪するようになってしまったのだろう。

「ええと、あなた自身は家庭と会社とではどちらがより深刻な状況だと思いますか？　あるいは、より早急に手を打たなければならないのはどちらでしょう？」

「おっしゃる意味がわかりませんが」男はきょとんとして言った。

「あなたは会社でもご家庭でも辛い状況にあるわけですよね」わたしの念を押す声が聞こえた。

「ええ。辛い状況にありました」

男はぎらぎらした笑顔を見せた。

どういうことだろう？　なぜ過去形を使うのだろう？

「でも、もうそんなことはいいんです。どうでもよくなったんです」男はなおも不気味な微笑《ほほえ》みを絶やさない。

「えっ⁉　そうだったんですか？　では、どうしてここにいらっしゃったんですか？」わたしのやや動揺した声がした。

ということは今までの話はこの男の主要な悩みではなかったということか。つまり、これから本論に入るというわけだ。しかし、妙なのはまだこの時のことが思い出せないということだ。この男はかなり興味深いクライエントの部類に属するというのに。

「すばらしいことが起こったんですよ」男はくすくすと笑った。「先ほど、お話ししたように、職場でも家庭でもどうにもならないぐらいに、わたしは追いつめられていました。カウンセリングを受けようなどと思いつくことさえありませんでした。思いつめた時など、なんというか、世の中全部がぼうっと霞《かす》むような、そんな感覚がわたしを襲うようになっていました。なんというか、わたしを取り巻く世界が遠くなるような」

離人症《りじんしょう》という言葉がわたしの脳裏をかすめた。

「ところが、いつのころからでしょうか、ストレスがずっと軽くなっていることに気がついたんです」男は続けた。「家にいても、会社にいても、営業に回っていても、前ほど苦しくなっているんです。最初は自分でもなんだかわかりませんでした。そのなんというか、うきうきとする感触だけを楽しんでいたのです。ところがある時、ふと気がついたのです。わたしは家族や会社の人間を含めていっさい会話をしていなかったのです」

一種の逃避だが、回復へのプロセスとしてみることもできるかもしれない。

「疑われるかもしれませんが、わたしは本当に一切誰とも口をきかないようになっていたのです。朝は目覚まし時計で起きます。家内も娘もまだ眠っています。歯を磨いて服を着て、家を出るころになって、二人は起きてきますが、当然何の挨拶《あいさつ》もありません。出勤しても、誰かと話す必要があるわけでもなく、無言のままタイムカードを押し、自分の席でぼうっとしているか、営業に出ていきます。営業に出ていくといっても、実際にはどこかの公園で日向《ひなた》ぼっこをしているか、喫茶店で雑誌を読んでいるだけですが。その後、いったん会社に帰るにしても、直帰するにしても、朝と同じで人と話すことはありません。自分の予定は勤務予定カードに書き込んで、上司の机の上に提出するのですが、その時、上司は顔も上げませんし、内容についてとやかく言われることもなくなりました。なぜか嫌味すら言われません。家内の言いつけどおり、外食をして帰りますが、注文する時もただメニューを指差すだけです。家に帰った後は勝手に風呂《ふろ》に入って寝るだけです。テレビは家内や娘が見ている番組の内容に興味がある時は便乗して見ることもありますが、自分からチャンネルを変えることはありません」

聞いていると、以前よりもさらに状況は悪化しているようにしか思えない。この男は何が嬉《うれ》しいというのだろうか？

「そのような状況が楽しいと言われるのですか？」わたしの声が聞こえる。

「もちろんです。わたしにストレスを与えてきたのは何かご存じですか？」

「お仕事ですか？」

「そうじゃありません。仕事そのものはわたしを苦しめたりはしません。仕事というのは実体のあるものではないですからね」

実体があるもの。家族。会社。

「ということは、人間関係ということでしょうか？」

「そのとおり！　上司、同僚、顧客、家内、娘……。わたしを苦しめるものは人間だったんです。人間との触れ合いがわたしのむき出しの神経を痛めつけ、ぼろぼろにしていったのです。しかし、彼らとのコミュニケーションがなくなってしまえば、関係がなくなってしまうわけです。関係がなくなれば、彼らはみんな、いないことになるのですよ」

「ちょっと待ってください。どうしているのにいないことになるんですか？　いるものはいるんですよ。いくら、あなたに都合がいいといっても、存在するものを勝手に存在しないことにすることは許されませんよ」

「許すとか許されないとかではないんです。関係がなくなれば、それはすなわち存在しないのです。先生が存在しているのは、今わたしと関係しているからなんです」

唯我論か。思春期にこの思想に到達する人間は多い。自分以外の人間はすべて幻であるとか、ロボットであるとか、そのように仮定しても特に矛盾点は生じない。自分は宇宙においていて唯一の存在であるという考えにとりつかれてしまう。だが、たいていの場合、この思想は長引くことはない。他人の言動を観察するかぎり、人間にはすべて意識があると考えるのが自然であると気づく場合もある。たとえ自分以外の人間に意識がないとしても今までうまくいってきたのだから、なんら自分の態度を変える必要はないのだ、という考えに至る場合もある。そして、いつの間にか、そんな思想にかぶれたことさえ、忘れてしまうのだ。しかし、この男は中年期も終わりに近づいたころ、唯我論に行き着いてしまったらしい。

「いいですか？　それじゃあ、こういう考えはどうですか？」わたしの諫《いさ》めるような声が聞こえた。「あなたは今、自分と関係があるものだけが存在していると言われた。しかし、わたしにとってもそれが言えるのです。あなたが存在しているのはこのわたしと関係を持っているからにすぎないのだ、と。どうです？」

「あはあはあ、あはあはあ」男は笑った。「そのとおりです。そのとおりです。先生の言うとおりです。わたしは先生と関係があるから存在しているのです」

「それは矛盾しているんじゃないですか？」

「矛盾ではないんですよ。矛盾では。……存在とは、つまり相互関係なのですよ。家内とわたしの間に関係があった時、わたしと家内が存在していた。わたしと家内と娘の間に関係があった時、わたしと家内と娘が存在していた。わたしと家内と娘の間に関係があって、わたしと同僚と上司の間に関係があった時、家内と娘と同僚と上司は、わたしを通じて互いに関係していることになる。だから、わたしと家内と娘と同僚と上司が存在していたのです」

「それで彼らとの関係がなくなった今、彼らは存在しなくなったというわけですか？」

「あはあはあ、あはあはあ。そのとおりです。やっと、わかってもらえましたか？　もちろん、完全に存在しなくなったわけではありません。わたしはまだ彼らの姿を見ています。だから、かろうじて微《かす》かに彼らは存在しています」

「よく考えてください。わたしとあなたが会ったのは今日が初めてです。それなのに、わたしは昨日も存在していた。これはどう説明してくれますか？」

「昨日も先生は存在していた。わたしも存在していた。しかし、先生とわたしは存在していなかった。今日、初めて先生とわたしは存在する」

「だから、それは矛盾しているじゃないですか。……あっ、そうか」何かに気がついたようなわたしの声がした。「わたしは常にわたしの宇宙には存在している。そして、あなたも常にあなたの宇宙に存在している。両者に関係がない状態ではわたしの宇宙にあなたはなく、あなたの宇宙にわたしはない。しかし、両者の間に関係がある間は二人の宇宙は同一のものになり、互いに存在していることになる。そういうことですか？」

「さっきまで、先生の宇宙にはわたしの家族はいなかった。しかし、わたしの話を通じてわずかに先生と関係ができた。だから、今では微かに存在しています」

なるほど。しかし、その理論には致命的な欠陥がある。

「確かにわたしはあなたのお話を通じて、奥様と娘さんのことを知りました。しかしですね。お二人はわたしのことを知らないはずです。つまり、お二人の宇宙にはわたしは存在していないことになる。それなのに、わたしの宇宙にお二人が存在するとはどういうことです？　矛盾しているじゃないですか？」

「観測するものと観測されるものは観測が始まった瞬間に相互作用し、一体化します。観測するものと観測されるものの間には区別がないのです」男はまったく動じる気配も見せずに話し続けた。「観測できるものは存在します。そして、観測できないものは存在もしない。家内と娘はわたしの記憶を通じて先生に観測されたのです」

　ひじょうに奇妙な考えだ。しかし、どこがどうおかしいのかを指摘するのは難しい。なぜだろう？　まさか、わたしはこの男に影響を受けはじめているのだろうか？

「家内も娘も今ではほとんどわたしのことを思い出さなくなってしまいました。会社でも同じです。少しずつ影が薄くなっていき、今ではわたしの席もなくなっています。会社にあるわたしに関係のある書類——営業計画書だとか、勤怠管理表などはひょっとすると、まだ残っているかもしれません。しかし、それらもいずれ何かに紛《まぎ》れてなくなってしまうでしょう。そう。わたしはまもなく、すべての人間と関係を断《た》ちます。そうすれば、この世界にとって、わたしは存在しなくなり、逆にわたしにとってこの世界は存在しなくなります。ああ、何たる喜び、何たる幸福」

男はうっとりとなった。

「いいですか。よく考えてください」わたしの声が根気よく言った。「あなたのいない世界というのはありうることかもしれない。しかしですね。世界のないあなたとは、いったいなんですか？　そんなもの想像もできないでしょう」

「あはあはあ、あはあはあ」男は笑った。「確かにこの世界はなくなります。しかし、あの世界が現れるのです」

「あの世界？」

「そうです。影《シミユラクラ》の世界です」

「影？　なんのことですか、それは？」わたしの面食らった声が聞こえた。

「先生も子供の頃はよく感じていたはずです。子供は大人よりも影の世界に近い。一人で留守番をしている時や夜中にふと目が覚めた時、家の中に家族以外の気配を感じたことはありませんか？　影はうまく物陰や暗闇に隠れているんですよ」

わたしは思わず吹き出してしまった。なんの話をするのかと思ったら、『幻の同居人』のことだったのか。やれやれ。

「いいですか」わたしの声が聞こえた。「人間の心とは不思議なものでしてね。神経が疲れている時には見知らぬ人物が自分の家に密《ひそ》かに住み着いているというような気がするものなんですよ。ものがなくなったり、変な音がするんでしょ？　でも、よく考えれば全部説明がつくんですよ。あなたの場合、奇異だと感じることがあっても家族に尋ねて、その原因をつき止めるということをしないから……」

「先生は彼らとはまだ気配程度の関係でしかないんですね」男は言った。「わたしも初めはそう思っていました。誰もいない部屋で誰かが歩き回る音がするのは建材が温度や湿度の関係で軋《きし》むのだとか、別の場所の音が共鳴しているだけだとか。今、ここにあったものがなくなって、何日か後にとんでもないところから出てくるのは、自分が勘違いをしているのだとか、家内か娘が知らずにやったことだろうとか。でも、頭を洗っている時に冷水をかけられたり、誰も入っていないトイレの水が流れたり、壁に手形が現われて知らない間に消えていたりしだすと、自分を納得させる理由をでっちあげるのが難しくなってきました。そして、家内と口をきかなくなった頃から、少しずつ家の中に彼らが増えてきていることに気がついたのです」

「そんなことはありえないでしょう。あなたの言うその影とやらは、姿を見せないのでしょう。人数なんかわかりっこないでしょ」

「いいえ。彼らは見えるんです。ほら、そこにもいる」男は何かを指差したが、画面の外なので見ることはできない。「かわいいダンスを踊っているでしょう？」

わたしの声にはしばらく反応がなかった。

「い、いいえ。あれは電灯の笠《かさ》の影ですよ。笠をとってしまえばなくなります。それに、動いてなんかいませんよ」ようやく聞こえたわたしの声には少し動揺があった。

「そんなに怯《おび》えなくてもかまいませんよ。わたしだって最初は怖かった。夜中に一人で本を読んでいる時には決まって肩越しに盗み読みにきますし、寝ている時に脇腹のすぐ横を踏んで通っていきます。決まって、二時ごろです。布団にはっきりと影の足の裏の湿り気が残っていることからしても夢でないことはわかります。わたしはなんとか気にしないようにしようと努力しました。しかし、影たちはますますはっきりとその存在を示すようになってきたのです。たとえば、夜中にトイレに行こうと真っ暗な廊下を横切る時、ほんの一瞬だけ、廊下の端に姿を見せることもあったのですが、はっとして見直した時には姿を消していました。また、わたしの部屋の中でぼそぼそと声が聞こえた時、思い切ってドアを開けたのですが、中はもぬけの殻でただ押し入れの襖《ふすま》がほんの二センチほど開いていました。おそらく、そこから出て行ったんでしょう。妙な気がしました。だって、そうでしょ。影たちはわざとわたしの気を引くようなことを始めたんです。今までひっそりとしていたことが何かの間違いだったかのようにです。この頃から、わたしは積極的に自分の方から影たちを追うようになっていました。恐れはすっかりなくなっていたんです。人間に対する嫌悪感に反比例するように、影に対しては強い親近感を覚えるようになっていたのです。そして、ついにわたしは影たちと接触しました。今では片時も離れられないほどの関係です。見てください。今もこうして、わたしの後ろに」

男は親指を立てて背後を指差したが、画面が粗くて男の指摘するものはよくわからなかった。

「ある時、わたしは気がつきました。すべてが逆だったことに。わたしは必死で人間と付き合おうとして、苦しみました。しかし、実際には人間との関係を断つことによって、苦しみから逃れることができたのです。それと同じことだったんです。わたしは影が怖くて、影から逃れようとその存在を拒絶しました。ちょうど今の先生と同じです。しかし、いったん影たちを受け入れる決心がついたら、恐怖は跡形もなく消え去りました。影たちは敵でも、異質なものでもなかったのです。影たちはわたしの友人でした。そうです。わたしは住む世界を間違えていたのです」

画面の男の姿が歪《ゆが》み出した。

「帰還の時は近づきました。一週間前、わたしは部屋の隅の暗がりの中にはっきりと見ることができたんです。われわれから見れば部屋の隅の暗がりはとても狭いように見えますが、本当は広大な真の世界なんですよ。そこには大勢の影たちが蠢《うごめ》いていました。途方もなく巨大な建物が無数に立ち並んでその中から、液体が溢《あふ》れ出たり、吸い込まれたりしていましたが、よく見るとそれは液体ではなく、無数の影たちの集合体だったのです。一人一人の影は自由に動いているように見えながら、全体では秩序ある運動をしている。わたしはその姿に感動し、どうしても影たちの仲間になりたくなったのです。今では、毎日自分が影の一人になっていることを想像しては笑っています。あはあはあ、あはあはあ」男は乾いた声で笑った。「わたしは何人かの影に呼び掛けて、すでに話をつけてあります。転移はわたしの意志で随時行なうことができます。どうです。やってみましょうか？　わたしは先生の前から姿を消せるのです」

わたしは生唾《なまつば》を飲み込んだ。この男は異常だ。自分の言っていることを信じ込んでいるとしか思えない。そうでなければ、これほどの凄味《すごみ》がでるわけがない。

「いいですよ」わたしの少し震えたような声が聞こえた。「いつでも、どうぞ」

「では始めます」

わたしはビデオの山を見てぞっとした。

まだ、半分も終わっていない。どうして、ちゃんと整理しながら溜《た》めていかなかったんだろうか？　いつもあとでそう思う。本だってそうだ。買ったはじから本棚に放り込んでいくもんだから、分野も大きさもばらばらに入っていて欲しい本が簡単に探し出せる状態ではない。その上、この間のちょっとした地震で本箱が倒れてしまってからは、床に散乱してしまった状態のまま放ってある。ますますもって、混沌《こんとん》としている。そんなんだから、前に買った本がどうしても読みたくなっても、書庫の中を探してみようとは思いもせず、同じ本をまた買ってしまうことになるんだ。そして、そのせいで書庫の本はさらに増える。中には貴重な本もあるはずなのに……。今では大量の本が出す殺気のようなものに押されて、書庫に入ることも億劫《おっくう》になってしまった。ビデオの次は本の整理だ。その次はクライエント関連の記録の整理もしなくては。最初はノートにつけていたけれど、途中からコンピュータ管理に変えてしまった。あの昔のノートはどうしてしまったんだろう？　それに古いコンピュータのハード・ディスクは？　それから……。

「今戻りました。どうです？　わたし立派な影になっていたでしょ」

男の声が聞こえた。わたしはぎょっとなって、テレビの画面を見た。

そうだ。ビデオを見ていたんだった。つい、うっかり忘れてしまっていた。

「えっ？」すっとんきょうなわたしの声が聞こえた。「影になった？　そんな……馬鹿な……だって……わたしは今、ちょっと考えごとをしていて……それで、あなたのことをうっかり……」

嫌な感覚が背中を走った。氷でできた蜘蛛《くも》が這《は》い登って来るようだ。わたしは背中に手を回し、それが妄想であることを確認した。

ということはつまり、同じことが二度繰り返されたということか。一度目はいつだかわからないが、このビデオを録画した日に、わたしは目の前にいるこの男の存在をうっかり忘れてしまった。そして、今そのビデオを再生しているわたしも、うっかりビデオを見ていることを忘れてしまった。これは偶然で説明できることなのだろうか？　もし、説明できないとしたら？

ビデオを巻き戻して、この数分間の録画内容を確認することもできる。しかし、わたしはどうしてもそうする気になれなかった。何か得体のしれないものを解放してしまうような気がしたのだ。

「あはあはあ、あはあはあ、さっきはわたしは先生にとって、まさに影でしたよ。先生の顔を覗《のぞ》き込んでも、気がつきもしなかった」

「妙なことを言うのはやめてください」

わたしの怒気を含んだ声が聞こえた。「いったい、あなたは何しにここに来たんですか?!」

「最初に言いませんでしたか？　わたしは記録をとってもらいたいだけです。わたしはまだ影になりきっていません。だから、未練があるのです。自分がこの世界から消えても、なにか痕跡《こんせき》を残したいという未練が。だからと言って、こんなわたしの話をまともに聞いてくれる人間はそうそういない。それでカウンセラーである先生を選んだのです。なにしろ、あなたは人の話を聞くのが商売だ。それがどんな非常識な話でも」

「そら、ご覧なさい。自分でも非常識な話だと認めているではないですか」

「あはあはあ、あはあはあ。どんな真実も無知な者から見れば非常識です」

「この秘密にあなただけが気づいたという訳ですか？　どうして、あなただけが？　彼ら——影たちに選ばれたとでも？」

「この秘密を知っているのは何もわたしだけではありませんよ。現に今、先生もお知りになった。もっとも、すぐに忘れてしまうでしょうがね。影たちに聞いたところによると、人間が影になるものたちはけっこう多いそうですよ。そう。十人に一人程度でしょうか？　逆に影だったのに、いつのまにか人間になりすましてしまう者も多いらしいですよ」

「馬鹿な。いくらなんでも、そんなにも多くの人間が消えれば社会問題になるはずだ」

「人間が影になるということは、人間同士の関係をすべて断ってしまうことなんです。痕跡までもすべて消えてしまうのです。もちろん、その人間に関する記憶も。現に先生もさっき、わたしのことを忘れてしまったでしょう？　あのまま、帰ってこなければ、先生は一生思い出すこともなかったでしょう」

「わたしがあなたに関する記憶を失ってしまうとしたら、このカウンセリングはなんの意味もないじゃないですか。あなたはさっき痕跡を残すためだと言われたが」

「ビデオはそのためです」男はにやりと笑った。「ビデオが残っていれば、あなたの記憶が消えても、もう一度くらいは気がついてくれるかもしれませんからね。まあ、たかだか一度でしょうから、自己満足であることには変わりはありませんが」

「そうだ。娘さんだ。あなたには娘さんがいる。あなたに関する記憶は消えてしまうかもしれませんが、娘さんの存在はどうなります？　彼女は存在しない者の子供だとでも言うんですか？」

「断たれた人間関係は自然に変形し、収まるところに収まります。わたしの娘はわたしの娘ではない誰かになるのでしょう。おそらくは、わたしではない誰かとわたしの家内の間に生まれた娘に」

「そんなことは信じられない。だって、そんなことがあったとしたら、われわれは、まるで……まるで……ひゃあ!!」わたしの叫び声が聞こえた。

「心配ありませんよ。わたしの話を聞いてしまったので、先生は少し影の世界に近づいたんです。だから、彼らが見えるのです」

「いや。こいつらは……これは錯覚だ。あなたの暗示にかかって……」

「気配として感じる人は実際にはかなり近づいているのです。そして、わたしのように半分向こうに行きかかっている状態になれば、もっとはっきりと見えます。もっとも、先生だって影の国の住人から見れば、ただの気配にすぎないんですけどね」

「話にならない!! あなたはわたしをからかいに来たんですね!! 帰ってください!! 影の国だろうとどこへだろうと、勝手に行ってください」

「あと少しだけ待ってください。もう少しで最後の準備が整います。それまで、もう少し付き合ってください。何の話をしましょうか? そうそう。わたしはこちらではしがない会社員でしたが、影の国では……になれるそうです」

「なんだって?!」わたしの苦しそうな声が聞こえた。「聞き取れなかったぞ!!」

「なるほど。こちらの世界にない概念の言葉なので聞き取れないのですね。そうですね。こちらにあるもののうちでもっとも近い概念は『王』でしょうか」

「『王』だと!!」

画面が激しく乱れ始めた。

「さあ、始まります」

男の周りに黒いものが現れ始めた。

わたしはビデオを止めた。耐えられなかったのだ。この後、何が起きたかはわたし自身が記憶していなければならないはずだ。しかし、これだけビデオを見ても何も思い出せない。この事実自体があまりにも異様で、わたしの神経をずたずたにしてしまった。これ以上、ビデオを見続ければ、発狂してしまう。そんな確信がわたしの脳を捕らえていた。

わたしはすぐにデッキから、ビデオを引き抜いた。そして、読めないところが何ヵ所かあるラベルの住所をメモ用紙に書き写した。ビデオ整理の続きをする気にもなれず、その日はそのまま寝ることにした。朝まで寝室の中をうろつき回る者の気配に悩まされて一睡もできなかった。あるいは悪夢だったのか。


わたしは思い出せる限りのことをこの覚え書きに書き留めた。わたしの感情を含めて、体験をできるだけ忠実に記録しようとしたため、客観性に欠ける、まるで私小説のような文体になってしまったが、おそらくはこの形式がもっとも適切であったと思う。あのビデオはどこかにいってしまった。確実に保管しなければと考えてはいたのだが、気がついた時にはもうどこにも見当たらなかった。あの男の記録を探そうと思ったが、研究所の記録にはそれらしいものもなかった。どのクライエントの住所もビデオラベルのものとは一致しなかった。

わたしはこの覚え書きをできるだけ早く書かなければならなかった。実際に起きたことはもっとたくさんあったような気もするが、失われた記憶は取り戻せない。なんとか、これだけは掬《すく》い出せた。わたしは一人部屋の中でこれを書いている。

今、わたしは周囲に群がる無数の影たちに気がついた。

2

この前、書いた覚え書きをなくしてしまった。内容は本当におぼろげにしか思い出せない。たしか、ラベルに住所が書かれたビデオに関することだった。それには奇妙なクライエントへのカウンセリングが録画されていた。彼は影の国を発見し、そこに行くと言っていた。そんな内容だったような気がする。それは夢の内容を書いたものなのか、事実を書いたものなのかもはっきりしない。何かもやもやと落ち着かない気分だ。しかし、なくしてしまったものは仕方がない。その代わりと言ってはなんだが、その後に体験したことを書き記しておこうと思う。

わたしはメモの住所を訪ねることにしたのだ。ところどころ消えてはいたが、該当しそうな住所を片っ端から当たってみると、企業のビルだったり、病院だったり、学校だったりで、住宅はほんの数軒しかなかった。人を探しているという触れ込みで、一軒ずつ回ったが、奇妙な点など一つも見つからない家ばかりで、失望とも安心ともつかない不思議な感情を感じながら、ついに最後の一軒に辿《たど》り着いた。すでに人が住まなくなって、何年もたっているという空き家だった。周囲が住宅地であることから、廃屋というほどまでには荒れてはいないようだったが、門の外からでも玄関の鍵《かぎ》が壊されているのがわかり、あきらかに不特定の人物が侵入した形跡があった。

近所の人たちに話を聞くと、不良少年たちの巣窟《そうくつ》になったりしては物騒なので、ちゃんと管理をして欲しいと、持ち主に連絡をとろうとしているのだが、いっこうにつかまらない。それで仕方がなく、近所の有志で門の鍵だけはつけたが、あまり効果はないようだ。かと言って、これ以上のことを行なうと、逆に持ち主から抗議される可能性もあるので、どうしようもない状態だと言う。

「持ち主というのはどんな方ですか？　ひょっとしたら、中年の男性ではなかったでしょうか？」わたしは思いきって尋ねてみた。

「いいえ」その隣りの家の主婦は不思議そうに答えた。「小さな不動産業者ですよ。社員には一人も会ってませんけどね。たしか、この分譲住宅地の中で隣りは最後まで売れなかったんで、大手不動産から零細に売り渡されたんだって聞きましたよ。うちも中古を買ってここに来たんですけど、隣りがこんなんで迷惑してるんですよ。ちゃんと管理してないから、お化け屋敷みたいになってしまって、気持ち悪いったらないわ」

さすがに、昼間どうどうと他人の敷地内に侵入するわけにはいかないので、わたしはいったん引き返し、夜にもう一度出直してきた。

当然のことながら、電気が来ていないため、家の中は真っ暗だった。三階建てで、敷地の割に背が高く、真っ暗な古城のような姿には不気味なものがあった。

門を乗り越えるのは簡単だった。ドアの前まで来て、目立たないように地面に向けて懐中電灯のスイッチを入れた。鍵とノブが壊されている。ドアには開かないように、簡単に板が打ち付けてあった。わたしは手袋を持ってきていないことを少し後悔したが、素手で板を引き剝《は》がすことにした。指紋は残るが、特に重罪を犯すわけでもないのだから、警察が動いたりはしないだろう。

ドアを開けて中を照らすと、一面に蜘蛛《くも》の巣が見えた。近所の人々が言ったように、今まで誰も住んだことはないらしく、家具や生活用品など人の暮らした痕跡《こんせき》はなかった。ただ、空き缶や食べ物の袋、そして古着のようなものが無数に散乱していて、無法者たちの侵入を裏づけていた。もっとも、わたしもその中の一人ではあるが。

わたしは躊躇《ちゅうちょ》せずに靴のまま、廊下に上がった。靴を脱いでも、靴下を汚すだけで、誰も褒めてはくれない。

一階には、台所や風呂場《ふろば》などの水回りと、少し広めの和室があった。わたしは畳の上へも靴のまま上がりこんだ。特に変わったことはない。あるのはごみだけだ。そのまま、二階に登る。敷地が狭いためか、かなり急な階段だ。二階にはいくつか部屋があったが、中身は一階と同じただのごみばかりだ。わたしは窓に懐中電灯の光を向けないように気をつけて物色を続けた。近所が懐中電灯の光に気づいて、警察に通報したりしたら、まずいことになる。三階は半分がテラスになっていて、残りは大きな部屋になっていた。窓の側に近づくと、近所が一望に見渡せた。といっても、ただの住宅地ではそれほど目新しいものがあるわけでもない。わたしは落胆したが、空き家に何かおもしろいものがあると考える方がおかしいのかもしれなかった。下に降りようと階段のほうを振り返った。

何者かがいた。この部屋に入る時に開けっ放しにしておいたドアの陰だ。懐中電灯で照らしているため、光と影のコントラストが強くなってかえって見にくい。

「誰ですか？」わたしは呼び掛けた。

相手の素性がわかるまで、名乗るのはやめておいたほうがいい。向こうがただの侵入者だった場合、わたしを正当な管理者と間違えて逃げてくれるかもしれない。だからといって、自分を管理者だと名乗るのはよくない。相手が本物の管理者だった場合、無用な不信感を与えてしまう。その場合は正直にただの好奇心でしたことだと、あやまって許してもらうしかないだろう。

わたしは相手の出方を見るために、じっと待った。ところが、相手はいっこうに動こうとはしなかった。影の中にいるので、はっきりしない相手の姿をわたしは凝視した。年は中年、それも後期の部類に属すると思われる男性だ。表情ははっきりしないが、こちらをじっと睨《にら》んでいるような気配がする。服装もよくはわからないが、どうやら鼠色を基調としているらしい。そして、手招きをするような恰好《かっこう》のまま硬直している。

見覚えがある。わたしはやっと気がついた。ビデオの男性だ。やはり、ここに住んでいたのだ。何か理由があって、潜んでいるんだろう。やはり影の国というのはこの人の妄想か、でっち上げだったんだ。

わたしは笑いかけながら、ドアの陰に近づいた。

懐中電灯で照らしたドアの陰には誰もいなかった。

どういうことだろう？　逃げ出す余地も機会もなかったはずなのに。

わたしは懐中電灯で照らしながら、ドアをくまなく調べた。どこにも仕掛けらしいものは見つからない。

ドアの反対側から誰かが覗《のぞ》いている。さっきと同じ男だ。やはりじっと動かず、蔑《さげす》むような目でわたしを見つめている。

わたしはもう一度ドアの裏側に回り込んだ。誰もいない。何かぞくぞくとする寒気を感じた。この部屋の中に何かが潜んでいる。

窓の外に光が漏れるのも気にせず、懐中電灯を部屋のあちこちに向けた。何もない。

本当に？

部屋の中にはごみが散乱している。そして、懐中電灯に照らされたごみには影ができていた。その一つ一つの中から、わたしは監視されていた。やつらは息をこらしてうかがっている。わたしは後退《あとずさ》りをした。懐中電灯からの光線の角度が変わり、ごみの影がいっせいに変形する。やつらはざわざわと位置を変える。

わたしは思いきって、近くのごみに近づいた。懐中電灯の光が影をかき消す。同時に何かが別の影に飛び移った。そこには何も残っていない。

すっかり囲まれていた。しかし、焦《あせ》りは禁物だ。何もやつらが有害だと決まったわけでもない。それに光の中には出てこられないようだ。あるいは、光の中ではこの世のものが見えるため、わたしがやつらを観測できなくなるだけかもしれない。どちらでも同じことだ。観測できなければ、存在もしない。はて？　どうして、こんなことを思いついたんだろう？　とにかく、懐中電灯さえついていれば、ここから脱出することなぞたやすいはずだ。

その時、懐中電灯の光が揺らいだ。影たちは飛び跳ねる。わたしは震える手で、懐中電灯を点検しようとした。手が滑《すべ》った。懐中電灯は床に向かって落下し始めた。まるでスローモーションのようにゆっくりと落下する。光線はくるくると回転し、影の形を様々に変えていく。やつらは部屋の中を乱舞する。こつんと音をたてて、懐中電灯は床に接触する。

光が消えた。

やつらは解放された。無数の小さな影はいっせいに沈黙の爆発を起こし、一瞬のうちに家中の空気に隙間《すきま》もなく満ち溢《あふ》れた。互いに凄《すさ》まじくぶつかり合いながら、口々に何かを叫んでいる。翼のようなものがわたしの背中を掠《かす》って、飛んでいく。生臭い獣のような息がわたしの顔に吹き付けられる。むせ返るような中をわたしは窓に向かって走り出した。ぐにゅぐにゅとした嫌な感触がわたしの足を捕らえる。窓の近くでは僅《わず》かに外の明かりが差し込み、やつらの存在は稀薄《きはく》になる。わたしは窓ガラスに映る影に怯《おび》えながら、なんとか鍵をはずし、テラスに飛び出した。

そこからはどこをどうやって、下に降りることができたのかはよく覚えていない。ただ、気がついた時、わたしは夜の住宅街を全力疾走していた。電柱、ごみ箱、自動車、曲がり角――あの家のほうからやつらは次々と溢れ出て、影の中からわたしを見ている。そんな気がして仕方がなかったのだ。なにより、わたしは見てしまった。懐中電灯が消えた時、影たちの中央にすっくと立ち上がり、何かを宣言するあの男の姿を。
　影の国の王。なぜかそんな言葉が浮かんだ。

3

　なにかとても悪い夢を見たようだ。とてつもなく、恐ろしくおぞましい夢だった。しかし、その内容はまったく思い出せない。

　夢の中でわたしは何かを思い出し、再び忘却した。不安を呼び起こすものたちに追われたという感覚も残っている。なのに、具体的なことがらは何も浮かんで来ない。

　とても大事なことのような気がする。そうだ。忘れてはいけないと何度も自分に呼び掛けていた。

　これだけは忘れてはいけない。やつらには気をつけなければならない。けっして、気を許してはいけない。やつらに近づいてはいけない。もう二度と関心を持ってはいけないのだ、と。

　しかし、それが何を意味しているのかも思い出せない。わたしは夢の内容を忘れないようにと何かにメモをしていた。しかし、そんなものは見つからない。そもそも、メモをしたこと自体が夢だったのではないか？

きっと、その夢には何か重要な意味があったのだろう。覚えてさえいれば、自己分析できたかもしれなかったのに……。

いったいなんの夢だったんだろう？　とても気になる。

4

今日は朝からすがすがしい。空は晴れわたり、一点の雲もない。ちょうど、休日なので今日はどこかに出掛けよう。やりかけのビデオの整理はまた今度すればいい。

なにかうきうきする。今日はいいことがありそうだ。

声

わたしは携帯電話を拾った。それがすべての始まりだった。いや。正確に言うと、その時にはすでに始まっていたというべきか。

駅のベンチに置きっぱなしになっていたそれはとても小さく、最新式のように思えたが、酷《ひど》く汚れていた。手で触れると何か赤黒い汚れがべっとりと指についた。

わたしは別にそれをどうこうするつもりはなかった。ただ、奇妙に思って手に取っただけだった。

呼び出し音が鳴った。

わたしはしばらく躊躇《ちゅうちょ》した後、通話ボタンを押した。落し主がかけてきたのかもしれない。もしそうなら、住所を訊《き》いて返してあげればいい。

「もしもし」わたしはおずおずと言った。

「もしもし」なにか聞き覚えがあるような声だった。「これから、わたしのいうことをよく聞いてちょうだい」

「ちょっと待って」わたしは面食らった。「あなたは誰なの?」

「知りたいというのなら教えてあげるわ」声は高圧的な調子だった。「わたしはあなたよ」

わたしは溜《た》め息をついた。どうやら、誰かが悪ふざけをしているらしい。

「いいえ。これは悪ふざけや悪戯《いたずら》の類《たぐい》ではないのよ」声は続けた。

まるで、わたしの心を読んだかのようなことを言う。たぶん、偶然なんだろうが……。

「いいえ。偶然ではないわ！」声は少し怒ったような調子になった。「わたしはあなたの考えがわかるのよ」

テレパシー？

「テレパシーなんかじゃないわ。わたしはあなただと言ったでしょ。自分の考えがわかったって、不思議でもなんでもないわ」

「話が混乱してきたわ」わたしはこめかみを押さえた。「もしあなたがわたしだというのなら、このわたしはいったい誰なの？」

「何わけのわからないことを言ってるの？　あなたはあなたに決まっているじゃない」

「ということはわたしが二人いるってこと？」

「何人いるかなんて、見当もつかないわ。そんなことより、大事な話があるの。あなた、株を持っているでしょ」

「ええ」確かに一年ほど前、勧められるままに購入した株がある。おかげで銀行預金はほとんどなくなってしまったが、将来性のある会社の株だったので、損はないはずだった。

「今日中にその株を全部売ってちょうだい」

「どうして？　ここ一週間は株価が下がっているから、売ると損だわ」

「その株は明日紙切れになってしまうのよ」

「ふん。冗談はほどほどにしてよね！」わたしは電話を切った。

次ぎの日、その会社は倒産した。

全財産を失ったショックのあまり何日もなにもできない日々が続いた。そして、一週間後ふとポケットにあの携帯電話が入りっぱなしになっていることに気が付いた。

思えば、あの声のいうことを聞き入れていれば、こんなことにはならなかったのに。

わたしは無意識のうちにリダイヤルボタンを押していた。

何度か呼び出し音が聞こえた後、おどおどとした女の声が聞こえた。「もしもし」

その瞬間、わたしはすべてを悟った。今、電話に出ているのは一週間前の自分だ。いったい何が起こっているのか、よくはわからないがどうやらこの携帯電話は一種のタイムマシーンらしい。別々の時点にいる自分同士で会話ができるのだ。

「もしもし」わたしは興奮気味に言った。「これから、わたしのいうことをよく聞いてちょうだい」

「ちょっと待って」女の声が言った。「あなたは誰なの？」

「知りたいというのなら教えてあげるわ」わたしはいらいらしながら、答えた。「わたしはあなたよ」

どうして、こんな簡単なことがわからないのかしら？　今、株を売っておかないと、破産してしまうのに！

わたしは過去の自分の心中を言い当て、信じてもらおうとしたが、どうやら彼女は悪ふざけだと思ったらしい。

「ふん。冗談はほどほどにしてよね！」そう言って電話を切ってしまった。

最悪の結果だった。奇跡が起きて、二度も破産を免れるチャンスがあったのに、二度とも逃してしまった。

その時、またベルがなった。ひょっとすると、過去のわたしが考え直してくれたのかもしれない。わたしは慌てて電話に出た。

「もうわかったでしょ」電話の向こうのわたしの声はさっきとうって変わって落ち着いていた。どうやら、また未来かららしい。「わたしたちには幸運が舞い込んできたのよ」

「その幸運も今逃げていってしまったわ」わたしは肩を落した。

「何言ってるの？　チャンスはまだまだあるわ。競馬だって、それに宝くじだって……」

それから、わたしは毎日未来の自分の指示通りに行動した。未来のわたしはギャンブル、宝くじ、株、先物取引などすべての結果を握っているのだ。わたしは彼女の言いなりになるだけで、あれよあれよと巨万の富を築いた。

「お嬢さん、お話させていただいてもよろしいでしょうか？」一人の若い男性がとあるパーティーでわたしに話し掛けてきた。

「いいえ。だめよ」わたしは舌打ちをしながら答えた。「今とても忙しいの」

わたしはその時、未来の自分と話をしていたのだ。

「金を売って、イリジウムを買ってちょうだい」未来のわたしはいまいましげに言った。

「買い方を間違えて、全財産をすってしまったわ」

「あらあら。あなた、この間も美術品取引の失敗で破産したって言ってたけど……」

「え？　知らないわ。そんなこと。それはもっと未来のわたしよ。わたしはあの時言いつけ通りにして、ちゃんと破産は免れたわ」

「でも、確かにあの時……」

「あなただって、美術品取引で破産したりしなかったんでしょ」

「ええ」

「わたしは未来のあなたなんだから、あなたが破産しなければ、わたしも破産しない。当然のことじゃない」

「それって、何かおかしくない？」

「もういいじゃない。わたし、ややこしいことを考えるの嫌いなの。あなたもでしょ」

確かにそうだ。すべてがうまくいっているのに、無理にややこしくすることはない。わたしは未来からの指示をメモした。


一週間後、わたしはテレビを見て呆然《ぼうぜん》となった。先物取引のことではない。あれはうまくいった。呆然となったのは、とある国の王子の婚約が報じられていたからだ。お忍びで日本にきていたが、一週間前にあるパーティーで知り合った女性と電撃的に婚約を決めたという。

先週のパーティーで声をかけてきた青年が王子だったのだ。

わたしは地団駄を踏んだ。一世一代のチャンスを逃してしまった。才能さえあれば、金《かね》儲《もう》けは簡単だが、王族になるのは極めて困難だ。

いや。まだチャンスはあるわ。

わたしは例の携帯電話を取り出し、リダイヤルボタンを押した。

「どうしたの？」驚いたようなわたしの声が聞こえた。「さっき、先物の件で、電話をかけてきたばかりなのに……」

「さっきのはわたしじゃないわ。それより、今若い男が声をかけてきたでしょ」

「ええ。でもタイプじゃなかったから、相手にしなかったわ」

「すぐに彼を見つけて、デートの約束を取り付けるのよ。彼は王子なの」

「えっ！　本当に!!　じゃあ、イリジウムなんて、もうどうでもいいわね。これから、アタックしに行くわ」過去のわたしは電話を切った。

妙な感じがした。そして、過去に電話をしたのは最初の時以来、これで二度目だということに気が付いた。あれからは、いつも未来からかかってくるばかりだったのだ。

でも、そんなことは気にしなくていいわ。だって、わたしは王妃になるんですもの。

テレビの中では、王子が見知らぬ娘と幸せそうにならんでいる。

今度はわたしがあの横に並ぶの。

今度って、いつ？

過去のわたしに指示は終わっている。だから、今あそこにはわたしがいるはず。じゃあ、ここにいるわたしは？

そうだったのだ。今になってすべてがわかった。わたしに電話をしてきた未来のわたしたちはみんな失敗していた。その失敗をわたしがなかったことにしてきた。だから、彼女たち自身もなくなってしまったのだ。過去を改変することは現在の自分を否定することだったのだ。

過去の自分に電話して、さっきの指示を取り消さなければ、取り返しがつかないことになる。わたしは慌てて、携帯電話に手を伸ばした。

しかし、その手はすでに朦朧《もうろう》として、携帯電話とともに空間に溶け込み始めていた。

消え行く意識の中、テレビの中に微笑むわたしの顔が見え

C
市

その街の空はいつも鉛色だった。

わたしがそこで暮らしたのは九か月余りだったが、快晴や嵐の日は一日とてなく、毎日が陰鬱《いんうつ》な鉛色の天気だった。時には雨が降ることもあったが、まるで霧のように細かな粒子が地面をほんの僅《わず》か湿らすだけだった。

湿気の多い風は仄《ほの》かに腐臭を含み、まるで衣服を絡め取るかのようにねっとりと全身に纏《まと》わりついた。そのせいか油断をすると、壁や天井や家具や本や人体にすら奇妙な胸糞《むなくそ》悪い色をした黴《かび》が増殖した。

わたしは自分にあてがわれた部屋の中で、一日中——研究所に出勤して、不在の時も——除湿機を回し続けていたが、その甲斐《かい》もなく、部屋全体が常にしっとりと濡《ぬ》れていた。

なぜ、こんな場所に研究所を建てたのだろう？　赴任当初わたしは同僚たちに尋ねた。

ここのみんながおかしいのはこの気候のせいも少しはあるんじゃないかしら？

同僚たちの殆《ほとん》どはわたしの質問を無視した。中には鼻先で笑う者もいた。

ただ一人、日本人科学者である骨折《ほねおり》博士だけはすまなそうに答えてくれた。メアリー、日本の街がみんなこんなだとは思わないで欲しい。ここは特別なのだ。研究所が建つまで、この場所には小さな漁港があるだけだった。地形と海流のせいで常に大量の水蒸気を含む風がここに吹きつけてくる。作物も殆ど育たず、ここの住民は荒々しい海に出て乏しい海産物をとるしかなかったんだ。停滞した海流のせいか、ここら辺りの海に棲《す》む生物は何かのミネラルが不足しているらしく、他の地域のものよりも小振りで奇形も多い。あるいは、何かが過剰なのかもしれない。とにかく、そのせいで、ここの住民達は血色も悪く、日本人離れした風貌《ふうぼう》をしている。もっとも、レオルノ博士によると、ここの住民の身体的特徴は食物のせいではなく、近親結婚を何代にもわたって続けたのが原因らしいんだが。ああ。近親結婚を繰り返したのは事情があったんだ。彼ら自身が望んだことじゃない。いつの頃からか近隣の住民たちがここの住民と縁組を結ぶのを極度に嫌うようになったからなんだ。恥ずかしいことだが、この地域ではほんの数十年前まで馬鹿げた地域差別の悪習が残っていたらしい。実は僕の祖父はこの近くの出なんだが、ここの住民の容姿を嘲《あざけ》る特別の言い回しまであったらしい。全く酷《ひど》い話だ。まあ、そのおかげで研究所の用地をびっくりするほど安く手に入れられたんだがね。

　CAT研究所は数キロメートル四方にも及ぶ広大な敷地に建てられていた。数十棟からなる建築物の群れは一つの研究所というよりは、都市の様相を呈していた。それも真新しい近代都市ではなく、なぜかすでに滅亡した古代都市のような印象を見る者に与えていた。CAT研究所が日本に建設されることに決まった経緯はさだかではない。ただ、わかっているのは、建設候補地が見付からず、困り果てた日本政府が苦し紛れに各国に提示したのがこの土地だったということだ。この土地の本来の名前は何かの禁忌があるらしく、めったに耳に入らないため、すっかり忘れてしまった。仲間内ではCAT研究所があることから、単にC市と呼ばれていた。C市は猥雑《わいざつ》と言ってもいいほど、統制のとれていない佇《たたず》まいの街だった。各国が思い思いの形をした建物を設計したために、建物間で色や形の統一が全くとれていない。階数どころか、一階分の高ささえまちまちだった。それも、どうやら日本政府が各国に送った敷地図に間違いがあったらしく、建築途中で互いにぶつかりそうになった建物を急遽捻《きゅうきょね》じ曲げた跡や、諦《あきら》めて全く違う様式の建物を融合してしまったらしき部分があちらこちらに散見された。しかも、元々湿地だったためか、地盤の脆弱《ぜいじゃく》さは予想を超えるものだったらしい。建築中に早くも地盤はうねうねと褶曲《しゅうきょく》し始めた。限られた時間と予算の中で街の建造はそのまま続行され、殆どの建物は奇妙に捻じ曲がった状態で完成してしまった。屋根も柱も壁も床も天井も窓もドアもすべて様々な角度を持っていた。建物の色も湿気と黴のせいで変色しており、わたしは街を見渡す度に奇妙な吐き気をもよおした。

C市に住んでいたのは大勢の科学者と様々な雑用を請け負う職員たちだった。わたしを含め、科学者たちは世界各国から集められていた。そして、その過半数はビンツー教授を中心とする主戦派に属していた。その次に多い勢力はラレソ博士をリーダーとする反戦派——骨折博士もこのグループに属していた——である。そして、最も弱小な勢力がわたしが属している懐疑派だった。このグループには明確なリーダーすら存在していなかった。

主戦派の科学者たちはC――彼らは Cthulhu という発音をすること自体、重大な結果を齎《もたら》すと信じていて、常に頭文字で呼んだ――を討つべしという点では意見の一致をみていたが、もちろん彼らとて一枚岩ではない。

ビンツー教授自身はCをあらゆる環境に瞬時に適応できる宇宙生命体の超進化形態であると考えていた。Cが地球に飛来したのは先カンブリア代だと考えられている。それから今日に至るまで同一個体が生息しつづけている。その間、地球環境は何度となく大規模な変動を経験した。また、地球に来る以前Cは別の惑星にいたはずだし、そこから地球まではおそらく宇宙空間を旅してきたはずだ。地球においても、陸上と海底の両方に生息できたらしい。つまり、Cはあらゆる環境に耐え得るということだ。Cに知性があるかどうかは明らかではないが、少なくともどのような環境にも適応できるほどに進化していることには間違いない。おそらくすでに究極の進化を終えているのだろう。そのような存在にはもはや知性の有無などという瑣末《さまつ》なことは無意味なのかもしれない。

主戦派内の別の分派はCをこの宇宙に属するものとは考えていなかった。彼らによると、Cこそは異次元知性体の一断面であるという。Cの最大の特性はそれを理解することが不可能だと言うことだ。それがなぜ存在するかという合理的な説明すら不可能だ。なぜなら、我々人類はすべての存在をこの宇宙の範疇《はんちゅう》の中で理解しようとするからだ。しかし、もしCがこの宇宙に属さないものだとしたら、理解不能で当然だと言える。超進化などという定義不能な概念も持ち込まなくてすむ。そもそもこの宇宙は有限なのだから、必要なだけ充分に進化する余地は存在しない。もしそのような進化を達成しているとするなら、それはこの宇宙外の存在にほかならない。例えば海面にのみ生息する生物がいたとしよう。そして、その生物は海水と空気の境界に囚《とら》われ、海中に潜ることも空気の中に飛び出すこともできないとしよう。その生物にとって、活動範囲は海面だけであり、いつしか海面以外の領域を認識することすらできなくなってしまう。もしその生物の生息域に人間が踏み込んだとしたら、どうなるだろうか？　生物は人間が海面と接している部分しか認識することができない。空中に出ている部分も海中に潜っている部分も生物にとっては無である。人間が足首の辺りまで水に浸かって、ばちゃばちゃとその領域を歩き回ったとしよう。生物の感覚においては、人間とは形や大きさが様々に変わるだけでなく、数すら不定であり、しかもその近くでは世界が変容するほどの怪現象を起こす存在なのだ。その生物と人間の関係が、人類とCの関係に相当するとしたら、どうだろうか？

さらに別の分派はCを時間的無限大に位置する究極観測者の探査針だと主張していた。彼らはまた強い人間原理の信奉者であった。この宇宙の遺伝子とも言える様々な物理定数——光速度、プランク定数、素電荷、重力定数、空間の次元数等——が、ほんの僅かであったとしても、我々の知る値からずれていたとしたら、人類が存在できなかったことは簡単なシミュレーションで証明できる。ではなぜ、この宇宙は我々のためにしつらえたような物理定数を備えているのか？　弱い人間原理ではこう説明する。それはたまたまそうなったのだと。例えば宝くじに当った人は自らの幸運に何かの原因を求めるかもしれない。しかし、それは偶然に過ぎないのだ。宝くじに当るなどという幸運が偶然で説明できるとは思えないかもしれないが、それはあとづけの考えなのだ。そもそも宝くじに当っていなければ、なぜ宝くじに当ったのかという疑問は発生しない。もしこの宇宙の物理定数がずれていたならば、問いを発する人類そのものが存在しなくなる。人類が発生している宇宙の物理定数が人類の発生に適しているのは不思議でもなんでもない。だが、強い人間原理の支持者はそれとは違う考えを持っている。宇宙は人間が観測することによって、まさに正しい物理定数を獲得することができたのだ、と。二十世紀に生まれた量子力学は観測問題というある種哲学的な命題を科学者たちにつきつけた。誰も観測していない状態では、どのような現象も不確定な波の形でしか存在できず、人間の観測という行為があって初めて、具体的な現象になれることが示されたのだ。つまり箱の中にいる猫の生死は確定しておらず、蓋《ふた》を開けた瞬間に決定されることになる。人間原理の信奉者はこの解釈を宇宙開《かい》闢《びゃく》時点の物理定数決定過程にまで拡大した。つまり、人間が宇宙観測することにより、無限の可能性の中から人間が生存を許されるこの宇宙の姿が確定したと考えるのだ。Cのことを知った人間原理主義者たちはさらにこの考えを推し進めた。過去の宇宙が現在の人類の観測によって確定したのなら、現在の宇宙は未来の何ものかの観測によって確定したのではないか。そして、その未来の宇宙はさらに未来の何かの観測によって確定したのではないか。こうして、原因を追究していくと、ついには時間的無限大に位置する究極観測者の概念に達する。それは最終観測者であり、それ自身は何ものにも観測されることはない。それが観測することにより、この宇宙の過去・現在・未来が無限の可能性の中から選び取られ、確定した。人間が光子や電子やフォノンを介して観測を行うように究極観測者も何かの探査針を使って観測を行い、この宇宙と相互作用をしているはずだ。時間的無限大から来る探査針の作用はとてつもなく増幅されていることだろう。おそらく、Cはその探査針の役割を担っているのだ。全時空間に広がっているその特性を説明する解釈は他にない。

さらに奇妙な解釈としては、Cを人類の進化に対応した暗在系の非生命反応だとするものがあった。ここまで来ると現代物理学の範疇を大きく逸脱してしまうため、賛同者はさほど多くはなかったが、一つの勢力であることには間違いなかった。この世界は人類に観測可能な領域と観測不可能な領域からなっている。観測不可能な領域は時空の地平線の向こうのことでもいいし、プランクの長さ以下の極微の世界のことでもいい。とにかく、その領域は人類にとっては全く不可知である。しかし、不可知領域——暗在系——は可知領域——明在系——と相互作用しないわけではない。この派の科学者たちは物理法則が通用しない暗在系を導入することによって、相対論と量子論の間に横たわる理論的矛盾を解決しようとした。例えば、相対論で禁止されているにも関わらず、量子論ではその存在が不可欠である超光速はこの暗在系の中だけに存在すると考える。超光速が存在したとしても、それが現実に観測されることがなければ、相対論に抵触しないと考えるのだ。人類の進化には様々な謎が含まれている。そのうち最も大きな謎は五万年前の段階で人類の進化はほぼ終わっていたということだ。なぜ石器しかない時代に現代人と同じ性能を持った脳が必要だったのか？　そして、なぜ五万年前の時点でその進化が止まらねばならなかったのか？　暗在系の信奉者たちはその原因を暗在系に求めた。暗在系の中で人類の進化に呼応する存在こそがCなのである。Cそのものは生命ではない。しかし、生命と相互作用を持つが故にあたかも生命であるかのように振る舞う。それは暗在系に存在するため、決して物理的に観測することはできない。ただ、互いに呼応する人類の脳には影響を与えることができる。Cの超越性と普遍性はこの理論で完璧《かんぺき》に説明することができる。つまり、人類の急速な進化とその後の停滞はCの死と復活とに密接な関係があるのだ。

各派は互いに相容れない理論を展開し、激しい論争を繰り返した。異次元派や無限大派そして暗在系派は最初Cと対戦することは無謀だと考えていた。それは通常の物理的存在ですらないのだから。しかし、ビンツー教授は、一刻も早くCに対する攻撃手段の開発を始めるべきだと主張した。そして、辛抱強く何度も繰り返し、他の派閥を説得し続けた。

たとえCが異次元の生物だとして、それがなんだというのか？　三次元空間に住む我々にとってはそれが断面であろうと三次元の存在しか意味がない。高次元の肉体を持っていたとして、それで我々に触れることすらできない。だとすれば、異次元生命の三次元空間における断面はこの三次元に住む生命と違いはない。ひょっとすると、我々だって自分たちが気付いていないだけで、高次元生命の一段面に過ぎないのかもしれないではないか。

無限大派のみなさんは大きな勘違いをしている。究極観測者は我々を観測できるが、我々は決してそれを観測できない。これは証明云々《うんぬん》の話ではなく、究極観測者の定義の話なのだ。もしそれを観測することができたのなら、それは究極観測者ではありえない。観測したあなたが究極観測者だということになってしまう。究極観測者はむしろAの属性ではないか。それに対し、無限大派は反論した。確かにAは究極観測者だろう。だが、我々はCを究極観測者だと言っているわけではない。我々とAの間に存在し相互作用の橋渡しをする媒体こそがCだと言っているのだ。究極観測者はそうやって全時空領域を観測する。つまり、全時空領域と相互作用するのだ。Aと相互作用する全時空領域はAに対するという意味合いにおいて、Yそのものである。そして、我々もまたYの一部なのだ。ビンツーはさらに食い下がる。しかし、Aが究極のそして最終の観測者だとしたら、直接間接の違いこそあれ、全宇宙の森羅万象はAの被観測物なのではないか？　だとすると、CもまたAの被観測物であり、Yの一部ということになるのではないか。もしそうだとしたら、我々とCは同格の存在だ。確かにAは不可侵の存在かもしれないが、Cはそうではない。

Cが真に暗在系の存在だとしたら、それは全く我々の観測に掛からないはずだ。しかるに、今この世界にはC復活の兆が満ちている。これをどう説明するのか？　暗在系派は反論する。暗在系を直接観測することは不可能だが、その痕跡《こんせき》は確認でき得るのだ。例えば、波動関数を直接観測することはできないが、無数の粒子の分布を探ることによって、その形を類推することはできる。それと同じようにC自体を観測することはできないが、多数の人間の夢や幻想を統計的に処理することによって、Cの振る舞いを間接的に類推することができるのだ、と。ビンツーは諦《あきら》めない。いいだろう。Cそのものは決して観測できないし、この世界に姿を現すこともないとしよう。しかし、それにも拘らず、Cの兆はこの世に現れることだろう。そして、その徴候こそが我々の言う宇宙生命体の超進化形態だとしたら？

　各派閥は次々とビンツーに論破され、主戦派に組み込まれていった。今や主戦派に組み込まれていないのは二つの小派閥だけだった。

　ラレソ博士をリーダーとする反戦派はCを解釈すること自体を放棄していた。彼らはCの正体を云々すること自体ナンセンスだと考えていた。Cは人知を超えた存在であり、人間の言葉で表現することも、人間の知性で理解することもできない。それがCの本質だ。しかし、人間は正体がわからないものに対して恐怖する。そして、恐怖から逃れるために、恐怖の対象に名前を付け、分類し、解釈しようとする。そのことによって、恐怖そのものを捉《つか》まえることができるかのように。しかし、それは錯覚に過ぎない。名前を付けたからといって、その存在を支配下に置くことはできないのだ。そうやって、自分たちを欺いても仕方がない。我々がしなければいけないのはまず認めることだ。Cは、人類の知性では捕らえきれない程強大で、戦うことなど不可能だ、と。我々にできることはただ、Cが人類に無関心であるようにと祈ることだ。戦いを挑むなどもってのほかだ。我々にできるのは、Cがこの世界から去っていくまで、息を殺して逃げ隠れすることだけなのだ。ビンツーはこのグループをも論破しようとした。隠れれば見逃してくれると考えるのは安易過ぎる。攻撃は最大の防御だ。だが、反戦派の人々は薄ら笑いを浮かべて答えた。あなたは、猫の前から姿を消す鼠と、自分から猫に戦いを挑む鼠とどちらが長生きできると思うのか？　と。反戦派は主戦派と一線を画し、決して折り合うことはなかった。

残りの最も少数のグループが懐疑派だった。そして、最も理性的だった。主戦派、そして反戦派の主張はどれも根拠のあるものではなく、仮説に過ぎない。仮説の検証は三段階の手続きを踏んで行われる。まず、その仮説自体に矛盾が含まれていないことの確認。これは説明するまでもないだろう。自らを否定するような理論は問題外だ。そして、第二は現実の観測事実に合致していることの確認。たとえ、どんなに綿密に構築された理論であったとしても、現実から遊離していては単なる思考遊戯でしかない。そして、第三に単純であることとの確認。つまり、「オッカムの剃刀《かみそり》」の要請である。人はこれを忘れがちである。ある仮説に執着している場合、それが観測事実に合わないと、それを捨てる代わりにパッチを当てて、理論の綻《ほころ》びを隠そうとする。そして、さらに矛盾点が見付かるとまたパッチを当てる。このようなことを繰り返せば、常に観測事実を説明することはできるが、理論自体は膨大で複雑で例外ばかりのものになってしまう。理論を立てた本人は満足かもしれないが、複雑な理論は扱いにくい上、新しい事実が見付かる度にパッチを当てなければならない理論には現実問題として使い道がない。観測事実を説明し得る様々な理論の中から我々が選択すべきなのは、その中で最も単純な理論なのだ。単純な理論は理解しやすく、応用も簡単だ。そして、万が一その理論が間違っていたとわかった時は思いきって捨て去ればいい。主戦派が唱える様々な理論は確かに世界各地で起きている異常な現象を説明することができるかもしれない。しかし、その理論には夥《おびただ》しい仮定や厳密でない論理が含まれている。懐疑派は原点に立ち戻って考察しようと主張する。これらの異常現象を統一的に説明できるもっと簡単な理論はないだろうか、と。

世界各地で奇妙な教義を持つ新興宗教が同時発生した。通常では考えられない自然現象――風速百メートルを超える突風、数キロの内陸部まで押し寄せる津波、そして街一つを焼き尽くした落雷等――が短期間に集中して起きた。ある港街の住民の肉体に奇怪な変形が生じ、その直後米軍がその街の近海に核攻撃を行った――その経緯は極秘扱いで、いまだCATにすら報告されていない。ある女の産み落とした姿の見えない怪物が人々を襲った。最初、人々はこれらのできごとを関連付けて考えたりはしていなかった。しかし、異常事態が何か月も、何年も続くと、人々は不安や恐怖に苛《さいな》まれるようになった。そして、現状を説明できる理屈とそれを解決する手法を求め始めた。その中で、科学者たちは恐慌に囚《とら》われるのが一番遅かった。彼らは怪奇現象になんとか合理的な説明をしようとしていた。しかし、毎日報告されるあまりにも常軌を逸した事件と、大衆からの強硬な圧力に、彼らの考えも徐々に変節していった。そして、ついに三年前国連主導で、世界中の様々な分野の科学者を動員するCAT計画が始動した。千人を超える科学者が日本の海岸に建設された研究所に集められ、湯水のように資金を使い、Cについての対策を検討する。科学者の選び方は各国様々だった。完全に志願制をとった国もあったし、強制的に政府が選出した国——選ばれた側はこの制度を「徴兵」と呼んだ——もあったし、選挙をした国も、籤引《くじび》きで決めた国もあった。そして、幸運なことにそれらの科学者の中には少数ではあったが、我々のような良識派もいたのだ。

単純な理論構築のため、我々はまず収集した情報を再分析した。そして、予想通り、それらのCに関する情報の殆《ほとん》どは一次情報ではなく、伝聞情報が多かった。人は自ら体験したことでさえ、正しく記憶することはできない。ましてや、他人の体験なら当然間違った情報が含まれていると考えるべきだ。つまり、それらの情報は理論構築に寄与させるべきではないということになる。我々は忍耐強く一次情報を収集し、一つの結論に達した。Cはいない。すべては集団ヒステリーのなせるわざだと。

では、世界中で起きた異常現象をどう説明するというのか？　ビンツーは激しく詰め寄った。

説明などする必要はない。それらは起こるべくして起こったのだ。宝くじに当ることは非常に稀《まれ》なことのように思われているが、毎年ある決められた数の当選者が生まれている。珍しいことが起きたからと言って、それを特別視する必要はない。

怪現象がただ一度だけ起きたのだとしたら、その説明にも納得するだろう。しかし、これだけのことが続けざまに起こったのだ。偶然ではすまされないはずだ。

確かに、偶然ではすまされない。それには理由があるのだ。おそらく初期のいくつかの事件は実際に連続して起きたのだろう。異常気象や怪事件が連続することは極めて珍しいが、奇跡という程のことはない。何世紀かに一度その程度のことなら、起こってもおかしくはない。問題はその後だ。多くの人々はそれらの怪現象が偶然に連続して起きることなどありえないと直感したのだ。それはあくまで直感であり、根拠があったわけではなかった。だが、その直感は不安となり、人々の心に根を下ろした。そして、人々は自らの心を外部に投影し、そこに新たな怪現象を見ることになった。あるいは、人為的に怪現象を起こしてしまったこともあるだろう。それも意図的にではなく、無自覚的に。

世界各地で独立に発生した新興宗教がほぼ同一の教義を唱えているのはどう説明するのか？　そして、無数の人々が同時に細部まで全く同じ内容の悪夢を見たことはどう説明するのか？

それらの宗教が独立に発生したとどうして言えるのか？　現在のようにネットワークが進歩した社会において純粋に孤立した組織が形成されるとは考えにくい。二つの組織が同じ思想を持っていたとしたら、その思想自体が非常に一般的なものか、一方の組織からもう一方へと情報が伝わったか、同一の情報源を持っていると考えるのが自然だ。もちろん、彼らは本当のことを言いはしないだろう。宗教団体としては至極当然の行動だ。悪夢に関しても基本的には同じだ。今やマスコミのおかげで多くの人々は日々同一の情報に曝《さら》されている。夢が昼間に取得した情報によって形成されるなら、同じ夢を見たとしてもおかしくはない。もちろん、それだけの理由で細部まで一致することはないだろうが、本当に細部まで一致していると考える理由はない。そもそも夢の記憶は極めて曖昧《あいまい》なため、細部の確認は不可能なのだ。他人の夢の話を聞くうち、知らず知らずのうちに自分の夢の内容が引き摺《ず》られてしまったというのが真相だろう。

我々には確かな物証がいくつもある。例えばCの神像だ。二億四千万年前に制作されたものだ。

それが二億四千万年前のものだというのは、それが埋まっていた地層の年代のみを根拠としている。なぜなら、石自体が形成された時期を調べても意味がない――そこらに落ちている石の中にも数億年前に出来たものはごろごろしている――からだ。しかし、神像が確かにその地層に埋まっていたという証拠はない。また、埋まっていたとして、誰かが後の時代にその場所に埋めた可能性もある。

派閥間の論争は果てしなく続いた。懐疑派の意見は常に妥当なものではあったが、少数派であるため、説得は遅々として進まなかった。

C市で働く職員たちの大部分はこの土地の者だった。C市建設のあおりを受け、漁港が消滅してしまったため、救済措置としてここで働いて貰《もら》っていたのだ。住居はC市の一角にある宿舎だ。一見マンション風ではあるが、それぞれの部屋はさほど広いものではなかった。しかも、例の褶曲《しゅうきょく》が最も激しい場所に立っているため、外壁までひび割れ、見掛けは倒壊寸前のビルのように見えた。実は充分な補償金を受けとって、この土地から出て行く選択肢もあったのだが、なぜか殆どの住民は研究所の職員として働く道を選んだという。

おそらく長年周囲の土地の住民たちから差別的な扱いを受けていたため、他の土地に出ていくことに過剰な警戒心を抱いているのだろう。骨折博士の言った通り、ここの住民たちはこの国の人々とは明らかに違う風貌《ふうぼう》をしていた。単に日本人に変異が起こったというレベルではない。明らかに別人種であるかのような印象を受けた。わたしは決して人種差別主義者ではないが、彼らが近づいてくるだけで何かしら不安な気持ちになった。嫌悪感ではない。彼らの持つ異質性がわたしに強い印象を与えるのだ。C市には様々な国から様々な人種・民族が集まってきている。だが、ここの職員はそのどれにも似ていなかった。レオルノ博士は近親結婚の繰り返しによる突然変異形質の固定化のせいだと考えていたようだったが、わたしはむしろ海流に乗って、流れ着いた人々ではないかと思っていた。それもここ何十年とか、何世紀とかいう話ではない。たぶん、何千年、何万年前に日本に流れ着いた人々の末裔《まつえい》なのだろう。そして、おそらくはその母体であった人種はすでに滅亡してしまったのに違いない。なぜなら、ここの住民に相当する人種を知っている者はここの科学者の中にすら、一人もいないのだから。

いや。厳密に言うと、一人だけ心当りがありそうな人物がいた。米国人の科学者で軍関係の仕事をしていたと噂のあるスミス教授だ。彼はここに来て、職員たちの顔を見た時、咄嗟《とっさ》に呟《つぶや》いた。

なんて、ことだ。……マス顔じゃないか。

わたしはよく聞き取ることができなかったので、なんと言ったのかと、教授に尋ねてみた。しかし、教授は口を噤《つぐ》んで、それっきり何も答えてくれなかった。

職員たちは一様に覇気がなかったが、言われたことは忠実に実行した。単純なものから複雑なものまであらゆる種類の職務を黙々と遂行し続けた。給料は一般の公務員と較べても決して高くはなかったが、彼らが不満を言ったのを聞いたことはなかった。ある時、わたしは彼らの一人に尋ねたことがある。どうして、これほどまでに安い収入でがまんしているのか。もしかしたら、世の中の人々がどれだけ稼いでいるかを知らないのか、と。

もちろん、世間の相場は知っている。その職員はのろのろと面倒そうに答えた。でも、あの腐った海で死にかけた魚をとって生き延びるのに較べれば、ここの暮らしはまるで天国のようだ。

でも、都会に出ていけば、ここよりましな働き口はいくつもあるでしょう。たとえ、すぐに見付からなくったって、補償金でしばらくは暮らせるはずだわ。

確かにそうだろう。でも、自分たちはこの土地を離れるつもりはない。あんたたちがC市を建設することだって、自分たちがここに残れるという条件があったから、承知したのだ。

なぜ、そんなにこの土地に執着するの？

くらら様との盟約を守るために。

盟約って？　くららって誰？　いつ結んだの？

その職員は何も答えずに、薄ら笑いを浮かべたまま、去っていった。

わたしは昼食時に骨折博士にその職員の話をしてみた。日本人である彼なら、何か役に立つ情報を知っているかと思ったのだ。しかし、博士は何か考え事をしているようで、わたしの話など上の空だった。

何を考えているの？

えっ？　ああ、すまない。ちょっと心配事があってね。

心配事？

ビンツー教授たちの事だ。

わたしは溜《た》め息をついた。鷹《たか》派がまた何か企《たくら》んでいるの？

HCACSだ。

何の略？

学習型C自動追撃システム。

Cthulhu を自動追撃するの？

周囲で食事をしていた人々が一斉にわたしたちの方を見た。

君、そのままは拙《まず》い。頭文字を使うんだ。

あなたも Cthulhu の名前を唱えると、災いが起こると信じているの？

周囲がざわついた。

頼むから、二度とその名を口走らないでくれたまえ。さもなければ、話はこれでお終《しま》いだ。骨折は蒼《あお》くなって言った。

わかったわ。もう、Cth……——Cの本当の名前は言わないわ。……今日のところはね。

それで、名前を言うだけで災いが起こると、本当に信じているの？

もちろん、確証があるわけじゃない。骨折は口籠《くちごも》りながら言った。だが、そういう報告がある限り、唱えないでおくに越したことはない。

では、訊《き》くけど、どういうメカニズムで災いが起こると考えているの？

いくつか、説はある。一つはその音の並びが聞く者の精神に影響を与えるというものだ。特定の音が脳に特定の刺激を与えることは知られている。これらの音をこの順番に聞いた時、脳が特殊な状態になるというんだ。別の説では、これは、我々のすぐ側にいるが、我々には知覚できない存在への命令の言葉だという。もう一つ、面白い説もある。音とはつまり、空気中を伝わる疎密波なのだ。だから、一つの音に対し、一つの波形パターンが対応する。この発音をした時、空気中にある特定の疎密波のパターンが現れる。そのパターン自体が物理的な現象を引き起こすと言うのだ。

噴飯ものね。仮説なぞいくらでもたてられるわ。

例えばこんな実例がある。君はガ……のことを知っているだろうか？

ええ。日本の特定の地域の子供たちの間に広がった都市伝説の登場人物ね。確か駆け出しの作家がその話をノンフィクションに纏《まと》め上げたはずだわ。

そのノンフィクションは小説形式だったので、ほぼそのまま映画化されたことは知ってるかい？　ベテランプロデューサーが気鋭の監督と有名俳優を使って制作したんだ。

それが何か？

映画の登場人物がYとCの名前を唱えたんだ。映画館の中に何かが現れたのを見た観客がいる。

犠牲者が出たの？

いいや。特に実害はなかったらしい。大部分の観客はそれを映画会社が仕組んだ演出だと思ったそうだ。

たぶん、その観客たちの考えが正解よ。

映画会社側は何もしていないと……。

そんなことは信じられないわ。話題作りのために制作者側が何か仕掛けたと考えるのが自然よ。……ええと、話を元に戻しましょう。学習型C自動追撃システムというのはどんなもの？

名前の通りだ。自ら学習しながら、自動的にCを攻撃するシステムだよ。

答えになってないわ。ビンツー教授たちはなぜ自分たち自身で攻撃しないの？

彼らの言い分によると、そもそも人間の力でCに対抗することは不可能らしい。

だったら、なぜ攻撃計画を立てているの？

HCACSは人間を超える存在だからCと戦えるというんだ。

人間が造ったものなのに？

被創造物が創造者より劣っているという考えには根拠がないそうだ。現に、太古の地球における化学反応の偶然の産物である生物が進化の果てに人類となり、知性を獲得している。

ビンツー教授は無神論者なのね。少し共感が湧いてきたわ。

彼は自然界の生物進化の原理とコンピュータシミュレーションを使った最適化手法を組み合わせたんだ。

遺伝的アルゴリズムのこと？

遺伝的アルゴリズムを包括したさらに実用性の高い手法だ。ビンツー教授の計算では起動後約半年で現在人類が保有しているあらゆる兵器を無効化できるほどのレベルに達するということだ。

意味がわからないわ。ビンツー教授は核兵器を造ろうとしているの？

攻撃手段じゃなくて、戦略の話なんだ。

よくわからないわ？

兵器とはつまり道具なんだ。

人を殺すためのね。

Cを殺すためにも使える道具だ。道具はうまく使えばその価値を何百倍にもできるし、下手に使えば全く無意味な存在になる。どんなに素晴らしい大工道具があったとしても、使い方がわからなければ、犬小屋一つ作ることはできない。しかし、道具を充分に使いこなす力のある人物なら、鋸《のこぎり》一本と金槌《かなづち》と釘《くぎ》だけで犬小屋どころか、人間が住める家を造ることもできるかもしれない。同じように核兵器を持っていたとしても、闇雲に撃ち込むだけでは必ず勝てるとは限らないだろうし、ナイフ一本でもうまく使えば大戦争を終結させることもできる。

ビンツー教授は戦略シミュレータのようなものを作ったのね。

厳密に言うと、そうじゃない。それは実際に判断し、行動する。

人工生命？

そう。だが、君が思っているようなコンピュータのメモリ上だけに存在するものじゃない。それはこの現実世界にも居場所があるんだ。

まさか、本物の生命を創り出したとでも？

本物ではない。しかし、限りなく生命に近い代物だ。ビンツー教授によると、メカトロニクスと非DNA遺伝子工学の最高芸術だそうだ。

メカトロニクスはわかるけど、非DNA遺伝子工学って？　RNAを使うってこと？

いや。遺伝子と言っても、それは核酸ですらない。ビンツー教授一派のある科学者が隕《いん》石《せき》の中に非常に遺伝子に似通った振る舞いをする物質を発見したんだ。驚いたことにイリジウムが主元素らしい。振る舞いそのものは遺伝子にそっくりだが、その反応速度は数万倍に達するらしい。

急速に成長するのね。

彼らに言わせると、進化の速度も速いらしい。

それはどうかしら。まず進化のためには淘汰圧《とうた》が……。

淘汰圧は必要ない。なぜなら、ＨＣＡＣＳはそれ自身が自らの遺伝子を最適設計して、組みかえるからだ。

ちょっと待って。つまり、こうしている間にも、刻々と進化を続けている。

それって、人間に頼らず、ＨＣＡＣＳが勝手に自分を改造しているってこと？

その通りだ。ビンツー教授によると、ＨＣＡＣＳは人間が思いもつかなかったような革新的な設計手法を次々と開発していったそうだ。そして、その中の殆《ほとん》どは兵器以外の機器にも応用できる。我々は究極の発明製造機を手に入れたことになる。

なんだか、いいことずくめのような気がするけど、ＨＣＡＣＳは結局のところ、兵器なんでしょ。

ああ。自動車一台分の燃料で核兵器並の破壊力を実現する攻撃方法をいくつも開発したそうだ。

危険ね。

とても危険だ。

主戦派の科学者たちはＨＣＡＣＳが開発する武器によって、世界最大の軍事力を保有することになったってわけね。

グループのメンバーの何人かは嬉々《きき》として、ＨＣＡＣＳが開発した発明品の特許を申請したり、各国の軍事担当省庁に売り込みにいったりしていた。

そんなことして法に触れないの？

法律はこんな事態を想定していなかった。それに、そんな騒ぎはもう何週間も前に終わってしまった。

ＨＣＡＣＳが機能しなくなったの？

いいや。ＨＣＡＣＳは相変わらず、夥《おびただ》しい改良を加えながら、成長――進化を続けている。

だったら、なぜ？

彼らにＨＣＡＣＳが理解できなくなったんだ。

どういうこと？

人間が新しいアイデアを理解するまでには、一定の時間が必要だ。しかし、ＨＣＡＣＳの機能は加速し続け、ついには人間が理解する速度を超えて新しい機能を次々と開発し始めたんだ。科学者たちはＨＣＡＣＳが要求するままに莫大《ばくだい》な材料や装置を提供する。すると、数時間後には山のような構造体が完成し、ＨＣＡＣＳは自分自身をそれに接続する。それがどんな機能を持っているのか、どういう用途のものか、誰にも理解できないんだ。

そんな馬鹿な。ここには世界でも指折りの科学者が集結しているのよ。ひょっとしたら、それは意味のあるものじゃなくてただのガラクタかもしれないわ。たぶんビンツー教授のはったりじゃないかしら。

残念ながらはったりなんかじゃないようだ。科学者による解析も徐々に進んでいる。Ｈ

ＣＡＣＳが自らを拡張する速度より遥《はる》かにゆっくりだけれどもね。そして、解析結果を見る限り、すべての改造にはちゃんと意味があるんだ。

今言ったことが全部本当だとしたら、我々は人類が理解できない兵器を抱え込んでいることになるわ。

そうなる。我々反戦派はこのような事態を恐れていたんだ。やがて、ＨＣＡＣＳを狙って各国が動き出すだろう。いや。もう手遅れかもしれない。

誰もそんな事態になってるなんて教えてくれなかったわ。

誰かに訊《き》いてみたかい？　ああ。すまない。冗談だ。ここの連中は進んで他のグループに情報を漏らしたりはしない。そして、君たち懐疑派グループは少数である上、メンバー同士の結びつきも弱い。それが最新情報を手にいれられない理由だろう。

ＨＣＡＣＳを見ることはできるかしら？

もちろんだ。

ＨＣＡＣＳは想像以上に巨大だった。地下実験場をすべて占領し、それでも足りない部分は倉庫を改良して間に合わせていた。全体の印象は金属と半導体とセラミックと有機材料と血と肉による無秩序で野放図なオブジェといったところか。複雑に絡み合ったワイヤーで相互に接続された剝《む》き出しの回路基板が可動機械の骨組みに組み込まれ、その周囲に筋肉や血管や脳等の生物の組織が纏《まと》わり付き、時々思い出したように脈動している。組織の中には砲身やミサイルやアンテナや各種センサや牙《きば》や鉤爪《かぎづめ》のようなものがあちらこちらに見え隠れしていた。もちろんそれらが見かけ通りのものである保証は全くなかった。それらの造形物はただそう見えているだけなのかもしれない。HCACSは常に耐え難い悪臭を放っていた。床の上の粘度の高い液体はHCACS自体が分泌したものか、なんらかの環境維持のために人為的に撒《ま》かれているのかはわからなかったが、それからも別の種類の濃厚な臭気が発していた。

これに高度な攻撃能力が備わっているとは考えにくいわ。だって、内臓剝き出しじゃあ、いかにも弱そうだもの。わたしは内臓に触れてみた。ぶよぶよしていて触る度に黄色い汁を噴き出した。

表面の臓器は殆どが拡張用の機能しかなく、多少傷付けてもさほどダメージはないそうだ。それに今君は単に触っただけで、攻撃行動をとったわけじゃない。

もしわたしが攻撃的な素振りを見せるとどうなるの？

いくつかのセンサがわたしを狙い、そしてサーチライトがわたしを照らした。

何？　どういうこと？

君の言葉に反応したんだ。敵と判断したわけじゃあない。ただ、敵となる可能性ありと判断して注目しているだけだ。もし君が実際に敵対行動をとったなら、よくても君の両手は切断されてしまう。悪ければ即死だ。

まさか。

信じなくてもいい。ただ、少なくとも僕の目の前では攻撃しないでくれ。夢見が悪いだろうから。

わたしはしばらく考えてから、HCACSを攻撃するという試みを断念することにした。

HCACSはいくつかの大型トラック並の大きさの台車の上に分散して載せられていた。各部分は夥しい数のケーブルと血管で結びつきあっている。そして、驚いたことに台車の底には無限軌道が取り付けられていた。つまり、HCACSは自力走行できるのだ。それだけではない。発表されているビンツー教授による基本設計書の記述を信ずる限り、HCACSは陸・海・空・衛星軌道上での戦闘を想定されていた。そして、状況に応じて、変形・分離・融合する。まさに究極の万能兵器だ。

わたしは身震いした。もし本当にCthulhuが存在していなかったとしたら、人類は幻の恐怖を取り払うために、現実の恐怖を作り上げてしまったことになる。あるいは、ビンツー教授の本当の狙いはそれではなかったのか？　今彼は世界の帝王に最も近い場所にいる。

わたしは自分が持つ知識を総動員して、HCACSの構造を読み解こうとした。これだけの規模のシステムが自立して活動するためには、どこかに中央集中制御部が存在するはずだ。ちょうど人間における脳のような。しかし、そのような部分は見付からなかった。HCACSを構成するすべての部分はそれぞれがユニークであり、特定の部分だけ区別することはできなかった。あるいは、攻撃されることを予想しての偽装かもしれない。

わたしはHCACSのあまりの異様に圧倒され、数日間は食事も喉《のど》を通らなかった。そして、夜毎悪夢を見るようになった。それは半ば魚になった人間たちがのろのろと徘徊《はいかい》している深海の都だったり、砂漠の地下に潜む奇怪な蜥蜴《とかげ》人間たちの都市国家だったりした。もちろん、ここに来てから聞かされ続けた Cthulhu 関連の世迷言がHCACSを目の当りにしたショックで、夢に反映されただけだろう。しかし、困ったことに悪夢は睡眠中だけではなく、覚醒《かくせい》中にも現れるようになった。自分の仕事場に奇怪な半透明の異形生物が漂っていたり、寝室の床に置かれていた奇妙な結晶体を覗《のぞ》き込むと、そこに異世界の光景が広がっていたりという有様だった（結晶体はいつの間にか消え失せてしまった。結晶体そのものが幻覚だった可能性もある）。

そして、そのような奇妙な体験をしているのは自分だけではないらしかった。以前からそのような傾向はあったのだが、HCACSが本格的に稼動を始めてから頻度も規模も増してきているという。ある者はいよいよCの復活が間近に迫った証拠だと言い、別の者はここにHCACSがあるために、Cの攻撃の的になってしまったのだと言った。ただ、ビンツッー教授は皆の騒ぎをただ冷笑していただけだったという。彼の主張によると、Cの復活が近付こうが、Cに攻撃の的にされようが、いっこうに案ずる必要はないということだった。なぜなら、すでにHCACSは稼動を始めており、その影響下にあるC市は世界で最も安全な場所だからだ。たとえ、今ここに突然Cが現れたとしても、HCACSは確実にC市を防衛し、Cを殲滅《せんめつ》してくれるだろう。もちろん、それがどんな方法かはわからない。そもそも、我々に想像できるような戦略はCには通用しない。我々はただHCACS

を信頼し、それに全てを委ねていればいいのだ。ＨＣＡＣＳこそが我々に絶対の安心と安寧を与えてくれる存在なのだ。

わたしを含め多くの懐疑派メンバーはビンツー教授の言葉を信じなかった。そして、それは反戦派のメンバーも同じだった。ただ、違っていたのは、我々がＨＣＡＣＳ自体を脅威だと感じていたのに対し、反戦派はＨＣＡＣＳがＣの機嫌を損ねることを恐れおののいていたのだ。

ある日、Ｃ市全域に爆発音が鳴り響いた。大方の科学者たちはその意味を察していた。職員たちは知ってか知らでか落ち着き払っている。外に出て見ると、ＨＣＡＣＳが格納されている歪《ゆが》んだビルから墨のような煙が立ち上っていた。ついに誰かが破壊工作を実行してしまったのだ。ただちにＣ市全体に警戒警報が発令された。

わたしが爆発現場に到着した時にはもう何重もの人垣が出来ていた。ビルは全体的に激しく傾いており、その一階部分に大きな穴が開いていた。そこから濁った粘液が溢《あふ》れ出し、大地を汚していた。絶叫が響き渡った。声の方を見ると、ビンツー教授が呆然《ぼうぜん》と立ち尽くしていた。そして、頭を両手で押さえ、なぜだ、なぜだ、防衛機構はなぜ働かなかったのだと、喚《わめ》き続けていた。科学者たちの何人かはそんなビンツー教授の様子を冷ややかに眺めていたが、同じようにおろおろと取り乱す者たちもいた。そんな中、穴の粘液の中から人影が現れた。それは反戦派の有力者の一人レオルノ博士だった。おのれ、レオルノ貴様がやったのか、とビンツー教授が詰め寄る。しかし、レオルノ博士の目は虚ろで何かをずっと呟《つぶや》き続けている。ビンッー教授はレオルノ博士の粘液に塗《まみ》れた白衣の胸倉をぐっと摑《つか》んだ後、はっとして手を離した。興奮していたため、見落としていた異常に気が付いたのだ。レオルノ博士の下半身はずたずたに引き裂かれていた。内臓も骨格も全てが露出しており、到底こんな状態では立っていることはおろか、生きていることすらが信じられなかった。レオルノ博士が呟く度に口中から大量の粘液が流れ出し、内臓を伝ってぬらぬらと地面に流れ出した。なるほど、そういうことだったのかと、ビンッー教授は手を打った。しかし、HCACSはレオルノ博士をその姿形から普通の人間だと誤認してしまったのだ。レオルノ博士はすでに死者だった。だから殺すことができなかったのだ。

見事な推理だ、ビンッー教授。人垣の中から、反戦派のリーダーであるラレソ博士が現れた。レオルノ博士は一命を賭《と》してHCACSの破壊を試みたのだ。

塩の秘術を使ったのはおまえか？　ビンッー教授はラレソ博士を睨《にら》み付けた。

その通りだ。

では、自分の理想の為に仲間を殺したことを認めるんだな。

わたしはレオルノ博士を殺してなどいない。彼は自ら命を絶ったのだ。今朝方わたしが彼の部屋を訪れた時、すでにこときれていた。そして、手には一通の遺書が握られていたのだ。わたしの体を使って塩の秘術を実行し、ビンッー教授の野望を挫《くじ》いてくれ、という内容だった。

わたしにそれを信じろと？

ラレソ博士は首を振った。信じてくれとは言わない。だが、これは紛れもない真実だ。

ふん。これで勝ったなどと思うなよ。ビンッー教授は目を閉じると、奇妙な形に手を組み、呪文《じゅもん》を唱え始めた。

おうぐとふろうど　えいあいふ

ぎーぶる――いーいーふ

ようぐそうとほうとふ

んげいふんぐ　えいあいゆ

ずふろう

呪文開始と同時にレオルノ博士の動きはぴたりと止まった。そして、Yog-Sothoth――Yの名を呼ばわると同時にその体は崩壊を始めた。頭頂から足の裏まで体を縦に裂く亀裂が何本も走ったかと思うと、そこから体内の組織が体外に全て流れ出す。半ば溶けた内臓や眼球が濁った血液と共に足下に広がり、巨大な水溜《みずたま》りを形成する。残ったレオルノ博士の体は中空の袋となり、その場にくしゃくしゃと崩れ落ちた。ビンッー教授は目を開くと、ラレソ博士を睨んだ。

今更、レオルノ博士を滅ぼしたとて、どうなるものでもあるまい。ラレソ博士は静かに言った。

いいや。おまえは大きな間違いを犯している。レオルノ博士が命を賭《か》けて破壊したのは、HCACSの中枢部ではなかったのだ。

いい加減なことを！　わたしたちはあなたが書いた設計書で確認したんだ。レオルノ博士は確実に急所を突いたはずだ。

おまえたちの計画は成功していただろう。三日前ならな。だが、三日前に中央制御部の移転は終了していた。

嘘だ！　なぜ、あなたにそんなことをする必要があったというのだ!?

ビンツー教授は首を振った。もちろんわたしにはそんなことをする理由はなかった。しかし、ＨＣＡＣＳにはその理由があった。だから自発的に中枢を移動させたのだ。

運のいいやつだ。

運？　違うね。ＨＣＡＣＳはすべてを予測していたのだ。

馬鹿な。ただの機械にそんな予測ができるものか！

ＨＣＡＣＳはもはやただの機械ではない。人知を超越した絶対破壊者なのだ。ＨＣＡＣＳが攻撃者を物理的手段で撃退する防衛機構はわたしやおまえにも理解できる性質のものだった。だからこそ、おまえたちはそれを無効にする方法を考え出すことができた。塩の秘術とは考えたものだ！　しかし、ＨＣＡＣＳはすでにさらに高次の防衛機構を構築していたのだ。死者が攻撃してくることを予測して、予《あらかじ》め中枢の場所を移動させていた。

我々が塩の秘術を使って攻撃することを予測する手段はなかったはずだ。あなたは説明できるのか？

もちろん、できはしない。なぜならわたしもおまえと同じ限られた寿命と知性しか持たない存在に過ぎないのだから。人間がＨＣＡＣＳを理解しようとするのは全く無駄なことなんだ。わたしは嬉《うれ》しいよ。ＨＣＡＣＳはすでに人間を超えようとしている。この分なら、きっとＣにも勝てることだろう。ビンツー教授はラレソ博士に背を向けた。すまんが無駄話はここまでにさせてもらうよ。これから大急ぎでＨＣＡＣＳの修理をしなくてはならないんだ。もちろん、種さえ起動させれば、あっという間に自力で修復してしまうけどね。

我々は何度でも破壊するよ。ラレソ博士はビンツー教授の背中に声をかけた。何度でもだ。

これが最後さ。ビンツー教授は呟いた。低次の防衛機構ですら進化する。同じ手には二度とかからない。

その日のうちにＨＣＡＣＳの修復は終わった。いや。最初から壊れてなどいなかったのかもしれない。ビルの地下と一階に溜まっていた粘液がまるで培養液となったかのように、ＨＣＡＣＳは建物の下部に根を張り巡らし、さらに巨大になっていた。建物のそこここの亀裂から触手やマニピュレータが突き出て、黙々ともはや人間には理解できない作業をこなしていた。ビンツー教授はＨＣＡＣＳに大掛かりな改修を施した。ＨＣＡＣＳを構成する各部分に個別に自己組織アルゴリズムを組み込んだのだ。これによって、ＨＣＡＣＳの全体と部分の差はなくなった。各部分が独立に進化を始め、互いを侵略することによって、成長する。どの部分を破壊してもシステム全体が死ぬ危険はなくなった。生き残った部分は学習し、そして再びすべてを覆い尽くす。ビンツー教授によると、ＨＣＡＣＳに手を入れるのはこれが最後になるという。これ以降の段階は完全に人間の理解を超えてしまうからだ。

　その言葉通り、HCACSの活動は全く予測がつかなくなった。最初の建物を侵略し尽くすと、下水道やその他の地下配管、あるいは地中を直接貫いて、他の建物の内部にも侵入を始めた。元々崩壊の兆があった建物は急激に傾き始めるがすぐにHCACSの根が喰い込むので、ばらばらになりながらもなんとか崩落を免れていた。ラレソ博士の部下たちは何度もHCACSを破壊しようとしたが、すべてが無駄に終わった。塩の秘術は完全に無効化されてしまった。HCACSに近付くだけで肉体が崩壊してしまうのだ。ある科学者の報告によると、人間の可聴域外の周波数で例の呪文が流れていたというが、どうだろうか？　実際にはHCACSの周囲に存在する何らかの場が影響しているのだろう。反戦派は塩の秘術を使うことを諦《あきら》めた。代わりに攻撃力をアップした兵器で直接破壊を試み始めた。だが、結果はいつも同じだった。バズーカ砲で劣化ウラン弾を打ち込もうとした女性は地中から突き出した無数のパイプ状の突起物で下半身が粉砕されてなくなるまで陵辱された。旅客機を乗っ取って突入したメンバーもいたが、建物に接する直前旅客機は強烈な電磁場に捕捉され、そのまま蒸発してしまった。HCACSはC市の建物を次々と侵略し、拡大していった。HCACSの方から人間を攻撃することはなかったが、HCACSの組織に囲まれて生活することに耐えられなくなった科学者たちは次第にC市の外縁部へと居を移していった。ただ、この土地の住民である職員たちは自宅や職場でどれほどHC

ACSが繁茂しても全く意に介さない様子で、HCACSに紛れて生活を続けていた。やがて、科学者たちは一人また一人とC市を後にし始めた。ただ、HCACSを開発した主戦派の中でも特に急進派であるピンッーを中心とする者たちと、最後まで事態を冷静に観察しようとする我々懐疑派だけは、C市にほど近い場所でHCACSの観察を続けていた。

元々異形を誇っていたC市の外見はさらに物凄《ものすご》いものになっていた。さまざまな形の崩壊し掛かったビル群を巨大な粘膜が覆っている。粘膜からは金属製の機械や大小の触手が伸びており、それぞれが勝手気ままに動き回っていた。職員たちはどうなったかわからない。HCACSに取り込まれて構成物になってしまったのか、それともHCACSの組織の中で今でも普段通りの生活を続けているのか。いずれにしても一人もC市から脱出しなかったのは確かだ。

そして、我々はついにそれを見た。すでにC市と一体化していたHCACSに巨大な翼が発生したのだ。その胴体は龍《りゅう》へと変化し、頭部は頭足類のそれへと変貌《へんぼう》していた。ピンッー教授はその姿を見て高笑いを始めた。なるほど。こういうことだったのか。Cと戦って勝つためには、自らをもCと同じものにしなくてはならなかったのだ。あれはまだこの世に現れていないCの完璧《かんぺき》なコピーになりつつある。

それまでC市の科学者たちを放任していた各国の政府機関もさすがにHCACSの変わり果てた姿を見て不安になったのか、活動を始めた。CATの科学者たちは一人ずつ査問会に掛けられた。当然わたしも召喚された。

HCACSは現在あなたがたの制御下にあるのか？

いいえ。

では、CATの科学者のいずれかのグループの制御下にあるのか？

いいえ。

では、誰か一人の科学者の制御下にあるのか？

いいえ。

HCACSは危険か？

不明です。

HCACSは人間を殺したのか？

ええ。ただし、HCACSを破壊しようとした場合に限ります。

HCACSは人類への驚異に成り得るか？

不明です。

HCACSにはCを殲滅《せんめつ》するだけの力はあるか？

不明です。Cを知らないので攻撃能力を比較しようがないのです。

HCACSを破壊するべきだと思うか？

ええ。

わたしの意見が採用された訳でもないだろうが、各国はHCACSへの攻撃を始めた。

統一された指揮系統の下での作戦なのか、それとも各国がばらばらに攻撃を始めたのかはさだかではないが、C市の周囲はまさしく戦争状態になった。日本政府は各国に対して何度も非難声明を出したが、誰も聞く耳など持ってはいなかった。米国は最初まだ兵器としてのHCACSに未練があったらしく、特殊部隊を送り込んで鎮圧しようとした。何を鎮圧しようとしたのかはわからない。ただ、誰一人帰還しなかったことだけは確かだ。次には戦車部隊が投入された。日本国内の米軍基地から一般道路を通ってきた最新鋭の戦車軍団は一瞬のうちに触手に貫かれ爆発を起こした。その後、地上からHCACSに近付こうとするものはなくなった。沖に浮かぶ空母から発進する爆撃機によって、毎日のように空爆が行われた。だが、爆弾はすべてHCACSに吸収され、何の反応もなかった。そして、ついに燃料気化爆弾までが投入された。だが、炎がめらめらとHCACSの背中を舐《な》めただけの結果に終わった。残された方法はもちろん一つしかなかった。その日全部隊はC市の近隣から撤退した。C市に残されている住民たちを気遣う声もあったが、すべて黙殺された。この国で三つ目になる茸《きのこ》雲が立ち上った。雲が晴れた後、HCACSは姿を消し、巨大な原形質の湖が出来ていた。その表面は強い燐光《りんこう》を放っていた。世界の人々はその光景を拍手で迎えた。だが、それもつかの間、輝く原形質は自己組織化を始めた。世界各国は慌てて、核兵器を追加手配したが、すでに手遅れだった。HCACSは復活した。今度は放射能を帯びている。新たに撃ち込まれた核兵器はすべてHCACSに飲み込まれた。そして、HCACSからの放射線はさらに強力になった。核燃料がHCACSの内部で臨界に達したのだ。HCACSは核エネルギーを利用し、さらに巨大になっていった。放射線シールドのない生きた原子炉――それが今のＨＣＡＣＳの姿だった。

　同じ頃、もう一つのニュースが世界を駆け巡った。南太平洋に突如島が現れたという。航空機や人工衛星からの観測によると、島には巨大な石造建築物群が確認されたらしい。奇妙なことに、幾何学を超越した特殊な角度を持ったその古代都市の姿はＨＣＡＣＳと同化する前のＣ市の姿にそっくりだった。誰も何も言わなかったが、誰もがその街の名前を知っていた。人々はその街を単にＲと呼んだ。ＨＣＡＣＳの監視のために一隻だけ残された駆逐艦の他、すべての艦隊はＲ周辺の海域に集結した。だが、いつまで待ってもＲにCthulhuが現れる徴候はなかった。即刻上陸すべしという案も出たが、どこの国の軍隊が最初に上陸するかという結論が出ないまま何日も過ぎた。そして、世界が緊張に耐えられなくなった頃、ＨＣＡＣＳに変化が現れた。それは立ち上がり海を目指して歩き出したのだ。日本は未曾有《みぞう》の大地震に見舞われた。その肢が海面に触れた瞬間に発生した津波のため、待機していた駆逐艦は海の藻屑《もくず》と消えた。ＨＣＡＣＳは海上をＲへ向かって進み始めた。それまで、絶望の淵《ふち》に立たされていた各国首脳は諸手を挙げて喜んだ。そもそもＨＣＡＣＳはＣを倒すために造られたのだ。Ｒが浮上し、Ｃの復活が近付いた今その本来の役目を果たすのは当然のことだ。そして、ＨＣＡＣＳの攻撃力なら、Ｃにさえ勝てるかもしれない。

　ビンツー教授はついにＨＣＡＣＳがＲに上陸するところを見ることはなかった。彼はその数日前に自宅の浴室で手首を切ったのだ。家族の証言によると、彼はＲの浮上とＨＣＡ

CSの移動を知った後、髪を掻《か》き毟《むし》り、絶叫した。そして、なんということを、わたしはなんということを、と繰り返し呟《つぶや》くと、剃刀《かみそり》を持って一人で浴室に向かったという。今、わたしの手元には一通の走り書きのメモがある。おそらくこれはビンツー教授の遺書ということになるのだろう。家族は警察にもそれを見せることはなかったが、真実を知りたいわたしの熱意に負けて、ついに手渡してくれたのだ。それを読み終えた今、わたしの手の震えは止まることがない。ああ。こんなもの読まなければよかったのに。テレビにはまさにRに上陸しようとするHCACSの姿が映されていた。全世界の人々は歓声を上げているのだろう。だが、わたしの喉《のど》からは掠《かす》れた嗚咽《おえつ》が漏れるばかりだ。わたしの手から遺書が床に落ちた。それにはこんな言葉が書かれている。

馬鹿者どもめが！　まだわからんのか？　すべては逆だったのだ。我々はCに対抗するために我々自身の意志でHCACSを造ったと思い込んでいただけなのだ。HCACSこそがCだったのだ。我々人類は Cthulhu を復活させるための切っ掛けとして用意された、たったそれだけの役目しか持たない種族なのだ。

アルデバランから来た男

「遅いですね。本当に依頼主は今日来るんですか?」わたしは欠伸《あくび》交じりに先生に話しかけた。

先生は壁の時計を見上げる。「約束の時間を三十分も過ぎている。でも、彼はきっと来るはずよ」

二人がいるのはとあるビルの一室。二人とも机を前に座っているが、先生の机の方がややどっしりと大きい。机の上には数冊のファイルと数枚の書類が載っている。わたしの机はそれに較べるとやや小振りで、上にはさまざまな大きさの紙が山積みになっており、ほとんど机の用はなしていなかった。それでも、飲みかけのコーヒーカップは傾いた紙の束の上でなんとかバランスを保っていた。

「男の人なんですか?」わたしは椅子の上で足を組みなおした。「若い人ですか?」

「あなたはそんなこと気にしなくていいの」先生はぴしゃりと言ったが、何度も時計を見ている様子から、少しは心配しているようだ。

「その人から依頼内容はもう聞いたんですか?」わたしはコーヒーをスプーンでかき混ぜた。

「まだよ。今日これから聞くことになっているの」先生は手を組んだまま、真上に伸ばしそのまま椅子の上で体を反らせる運動をした。「まあ、話の内容はいつも通りのありきたりのものでしょうよ。そんなことより、依頼主が来る前に机の上を片付けておいて……ちょっと、あなた何してるの?!」

わたしは右手の親指と人差し指で、コーヒースプーンの柄の端を摘《つま》み、左手はスプーンに触れないように波打たせるような動作をしていた。そして、その動作に合わせて、スプーンはまるで尺取虫のようにぐにゃぐにゃと屈伸を繰り返していた。

「えっ？　これですか？」わたしは片手でスプーンをくるくると回した。それはまるで生きているかのようにのたくり伸び縮みした。「ちょっとした練習です。最近、力を使ってないので、なんだか鈍ってしまって……」

先生はわたしの手からスプーンを毟《むし》り取った。

「わっ！　何するんですか、先生?!」わたしは叫び声を上げた。

「何するんですかもないわよ」先生は立ち上がって、両手を腰に当てた。「不用意にそんなことをしていて、依頼主に見られでもしたら、どうするつもりなの？」

「別にいいんじゃないですか？　どうせ、この力を使って事件を解決するんだし。依頼者にも見せるんでしょ」

「もちろん。そうかもしれないけどね、ものには順序というものがあるの。探偵事務所を訪ねてきて、いきなり手品を見せられたりしたら、たいていの依頼主は驚いて帰ってしまうわ」

「でも、手品なんかじゃないじゃないですか」わたしは口を尖《とが》らせる。「これには種も仕掛けもないんだし」

「余計まずいわ」先生は立てた人差し指を振りながら、諭すように言った。「依頼主は探偵を求めて来るのよ。探偵というものは合理的な職業だと思われているの。どんなに奇妙でありえないように見える事件でも、それを誰もが納得のいく筋道だった推理で、謎解きすることを期待されているの。それがいきなり魔法だか超能力だかを使ったりしたら、どうなると思う？」

「どうなるんですか？」

「不信感を持たれるわ。碌《ろく》に推理もできないんじゃないかって」

「どうしてですか？　魔力や超能力があればたとえ推理力がなくったって、事件を解決できそうだと考えるかもしれないじゃないですか」

「探偵に要求されるのは推理力なの。魔力や超能力が必要なら、依頼主は探偵に頼ったりせずに、祈禱師《きとうし》や占い師の所に行くものなの」

はあ、そんなものですか、と答えようとした途端、チャイムが鳴った。

「ぐずぐずしてるうちに、来ちゃったじゃないの」先生は手首を跳ね上げる動作をした。と、同時にコーヒーカップは宙を飛び、奥の部屋の流しに跳び込んだ。そして、わたしの机の上の書類はいっせいに舞い上がったかと思うと、綺麗《きれい》に揃えられて机の上に積み上げられた。

「ドアは開いてますので、どうぞお入りください」先生はインターホンに向って言った。

「ほら。先生だって」わたしは小声で愚痴った。

「緊急事態よ」先生も小声で返す。

ドアが開き、小心そうな男が入ってきた。きょろきょろと周囲を見回している。

「今日、お約束していた方ですね。どうぞ、そちらにおかけください」無言で頷《うなず》く男をソファの方へ促す。

「ええと。まずお名前と住所をお教えいただけますか？」先生は事務的な口調で言った。

「わたしはフスッポクと申します」男はおどおどとした調子で答えた。「牡牛座のアルデバラン星系から来ました」

先生とわたしは無言で男の顔を見つめた。こういう切り出し方をされた場合、最初の対応が肝心だ。下手な受け答えをすると、依頼者は帰ってしまい、二度とやってこなくなる。

わたしは先生の手際を見せてもらうことに決めた。

ところが、先生はいっこうに男に話し掛けない。わたしと同じようにただぽかんと相手の顔を見ているだけだ。

ひょっとすると、この状況はまずいのじゃないかしら？　先生は何か考えがあって、わざと黙っているのかな？

ついに我慢できなくなって、口を開きかけた瞬間、男が再び話を始めた。

「ああ。驚いてるんでしょ。とても、信じてもらえないってことはわかってたんです。いえ、無理に話を聞いて貰《もら》う必要はないんです。今、あなた方は『この男はたちの悪い冗談を言っているのか、それとも何かの妄想を持っているのか』といぶかしんでおられますね。もっともなことです。常識ある人間なら、最初にそれを疑います。でも、確かに僕は今言った通りの異星人なんです。ただ、それを証明することができないんです」男は顔を手で覆い、俯《うつむ》いた。「やはり来るべきではなかった。こうなることは最初からわかっていたんだ。……お手間をとらせました。今言ったことは忘れてください。それでは」男は立ち上がった。

「まず、ご依頼内容をお聞かせ願えますか、フスッポクさん……と、仰《おつしや》いましたね」先生は薄っすらと微笑んだ。

フスッポクはきょとんとして立ったまま、わたしたちを見下ろしている。「ということはつまり……」

「まず、ご依頼内容をお聞かせください」先生は穏やかに繰り返した。「そのためにいらしたのでしょう」

「わたしのことを信じていただけるのですか?」

「わたしたちの仕事は依頼主との信頼関係に基づいています。だから、嘘をついていただいては困ります。先ほどのお話は真実ですか?」

「はい」

「では信じましょう」

「本当に？　僕は自分を異星人だと言ってるんですよ」

「それはさっき聞きました。どうします？　ご依頼していただけるんですか？」

　フスッポクはしばらく目を瞑《つぶ》って考えていたが、ゆっくりと目を開けると再びソファに腰掛けた。「わかりました。お願いすることにします。依頼内容を説明する前に、まずわたしの身の上話をさせていただきたいのですが、よろしいでしょうか？」

「それが依頼内容に関係あるのでしたら」

「もちろん、関係あります。それではまずわたしの故郷についてお話いたしましょう。牡牛座はもちろんご存知ですね」

「星占いに出てきますね」わたしはつい答えてしまった。「何月の星座だったかしら？」

「その牡牛座の中に一際明るく見える星がアルデバランです。夜空の星の殆《ほとん》どは惑星ではなく、太陽の様に自ら熱と光を出す恒星だということはご存知でしょうか？　アルデバランもそのような恒星の一つで、われわれの棲《す》む世界はその周囲を巡っている惑星の一つなのです」フスッポクはここで一息つき、不安そうにわたしたちの顔を見た。

「ちゃんと聞いていますよ。続けてください」先生はあくまで優しい態度を崩さない。

「われわれの惑星はあなた方よりも遥《はる》かに進歩しています。科学文明も行きつくところまで発達しつづけ、今では海も含めて、惑星の表面すべてが都市化しています。さらに、地下や周囲の宇宙空間にも居住区を広げています。いや、それ自体は驚くべきことではありません。当然の成り行きです。問題なのは、人口問題です。われわれの世界には人間が多過ぎる。エネルギーも食料もそして居住空間もすべて限りある資源です。いくら開発を進めても限度があります。われわれの世界は危機に瀕《ひん》しているのです」

「しかし、それほど科学が発達しているのなら、人口問題なんかとっくに解決してそうじゃないですか。子供を産まないようにすればいいのでは？」

「事はそう簡単ではありません。子供の数が減れば、社会全体が老齢化し、やがて破綻《はたん》してしまいます。老齢化を起こさずに人口を減少させるには、老人たちを削除するしかありませんが、そのようなことは許されるべきではないでしょう」フスッポクは悲しげに首を振った。「しかし、事態は抜き差しならない状況になっていました。数十年後にはアルデバラン星系人全体が滅亡するか、種族の一部を犠牲にして生き残るか二つに一つを選ばなければならなくなっていたのです」

「あなたがここにいるってことは宇宙旅行できるってことでしょう。どうして、宇宙移民を行わないの？」

「もちろん、数百人、数千人単位の移民は可能です。しかし、何百億もの人間をどうやって宇宙船に乗せればいいのでしょう？　そもそも、それだけの資源があれば何も問題は起こらなかったはずです。しかし、時間切れが迫った時、われわれの政府はついに第三の道を発見したのです。それがあのおぞましいバックアップ計画なのです」

「バックアップ計画？」先生とわたしはほぼ同時に叫んだ。

先生はわたしを目で制した後、彼に尋ねた。「それはいったいどんな計画なんですか？」

「お二人ともコンピュータはお使いになられますか？」フスッポクは不安げに言った。

「ええ。旧式のですけど。顧客のデータ管理などに使ってます」

「コンピュータを使っていると、ハードディスクにどんどんデータが溜《た》まっていくのではないですか？」

「ええ。それが何か？」

「データが入りきらなくなったら、どうします？」

「もう一つ別にハードディスクを増設します。あるいは、ふだん使わないデータだけを何かの記憶メディアにコピーして、元のデータをハードディスクから削除しますわ」

「別のハードディスクを増設するのは、人口の一部を他の惑星に移住することに喩《たと》えられます。それに対し、『バックアップ計画』は記憶メディアにコピーして、元のハードディスクから削除してしまうことに相当します」

「でも、『バックアップ』っていうのは」わたしは口を挟んだ。「大事なデータが故障やミスで消えてしまわないように、コピーしておくことでしょ。だったら、元のデータを削除するのはおかしいんじゃないですか」

「そこがわれわれの政府の巧みなところです。コピーと削除を抱き合わせで行うのは抵抗があるのは当然です。だから、コピーを行うのはあくまで、バックアップだと言い聞かせました。

『この惑星に住む人々はみなかけがえのない人物ばかりだ。しかるに、ひとたび事故や病気で死亡してしまうと、その命は永久に失われてしまう。社会の損失だと、いくら嘆き悲しんでも後の祭りだ。だが、予《あらかじ》め国民一人一人のデータをバックアップしておいたら、どうだろうか。たとえ、不幸な出来事でその人物が亡くなっても、もう心配はいらない。われわれは二度と生命を失うことはないのだ』と言われれば、反対する人間はいません。

そして、法案が通った後、頃合を見て、人口の一部削除を提案するわけです。もちろん反対派はいますが、すでにバックアップされている人間の削除に反対する強い理由は見つからないわけです。

最初はバックアップと削除の時期をずらしたりと、控えめなことをしていたのですが、いよいよ資源が枯渇してくると、おおっぴらにバックアップと削除を同時に行うようになってきました」

「バックアップというのは具体的にどういうことなんです？」先生は冷静に尋ねた。「人間はデータだけの存在ではないでしょう？」

「あなた方はもちろん遺伝子のことはご存知ですね」

「それほど詳しくはありませんが、一通りのことは知っていますよ。人間を含めた全生命の遺伝情報は遺伝子の中の四種類の塩基の並び方で決まっているんでしたっけ？」

「そうです。つまり、遺伝子というのはたった四種類の文字で書かれた設計図だということです。人間の遺伝情報は単なるデータに過ぎないということになる」

「人間は遺伝子だけで決まるわけではないでしょう。もしそうだとすると、一卵性双生児は同一人物だということになりません？　人は心を持っているんですよ」

「では心とは何でしょう？　われわれの科学者はすでにその正体を突き止めていると主張しているのです。彼らによると、心とは脳の中で起きている電気化学的な変化に過ぎず、ある瞬間の思いは数百億の脳細胞一つ一つの状態の集積でしかないということです。そして、それを電子的に写し取り、コンピュータの中に再現することすら可能だと証明したというのです」

「わたしなら、そんな説明では納得しないわ」わたしは呟《つぶや》いた。

「もちろんですとも！」フスッポクは興奮して、テーブルを叩《たた》いた。

「それでそのコピーされたデータはどうなりますの？　今の話によると、コピー自体が人格を持つことになりますけど」

「コピーされたデータは同じく現実世界のコピーの中で、今まで通り暮らしていけるそうです。しかし、いくらコピーがわたしと同じ記憶を持っているとしても、コピーはコピーです。現実のわたしが削除——つまり、殺害されていいはずは絶対にありません。わたしは、バックアップセンターからの呼び出し状が家に届いた次ぎの日、エクソダス団にコンタクトを取りました」

「なんですか、それは？」

「バックアップ計画に反対し、センターから呼び出されたものを逃亡させることを目的とした非合法組織です」

「じゃあ、あなたがたの世界は一枚岩だというわけではないんですね」先生は少し驚いたように言った。

「もちろんです」フスッポクは答えた。「政府の強引なやり方に反対する心有る人々は大勢います。しかし、そのような活動が見つかるとその中心人物が片っ端からバックアップ――そして、同時に削除――されてしまうので、自然と反対グループは地下に潜むようになってしまったのです。そして、その組織は誰が言うでもなく、エクソダス団と呼ばれるようになりました」

「秘密組織ということは、つまり一般に知らされてないということですね」

「ええ」

「では、あなたはどうやって、コンタクトをとったのですか？」先生の語気は少し強くなった。

「先生、そんな詰問するような言い方をされなくても」わたしはフスッポクが気を悪くするのではないかと思ったのだ。

「いいえ。疑われるのは当然です。ここまで、ちゃんと聞いていただいているだけでも、奇跡的なことですからね」フスッポクは同じ調子で話し続けた。「わたしは幸運だったのです。実はバックアップセンターから呼び出しがある数ヶ月前に友人の一人がエクソダス団の一員だと知ったのです。ある時呑《の》みながら政府のやり方について愚痴っていると、その友人が黙ってメモをくれました。そして、『その話題はもうやめろ。もしもの時はそこに連絡しろ』と耳元で囁《ささや》きました」

「なんだか、都合がよ過ぎませんか？」

「ええ。わたしもそう思いましたが、エクソダス団のアジトで受けた説明で納得できました。つまり、政府に不満を持っているような人間は元々バックアップの対象にされやすかったのです。エクソダス団はそのような人の中から口の固そうな者を選んで、連絡先を教えていたのです」

「なるほど。それでエクソダス団は実際にはどんな活動をしているのですか？」

「先ほど、言った通りデッドラインにはまだ数十年の余裕がありました。だから、まず逃亡者の保護を行い、その後脱出方法をゆっくりと検討するのです」

「でも、脱出方法がないからバックアップ計画が実行されたんでしょ」

「もちろん、全員は無理です。しかし、少数のバックアップを希望しない者たちが生き延びる可能性はあります。問題なのはそれを検討しようとさえしなかった政府の態度なのです」

「それから何があったのですか？」

「一緒に匿《かくま》われていた仲間たちは一人ずつ脱出していきました。行き先は知らされていません。万が一、誰かが捕まった時、他のメンバーに被害が広がらないようにとられた措置です」フスツポクはここで一呼吸置いた。「そして、ついにわたしの番が来ました。アルデバラン星系の有人観測基地がいくつかの惑星系に設置されているのですが、そこへの物資の輸送は無人貨物船によって定期的に行われています。わたしのために考えられた計画はその貨物の中に紛れて、別の惑星系に脱出するというものでした。わたしは用意された冷凍睡眠装置の中で眠り続け、到着寸前に自動的に解凍・覚醒《かくせい》して、小型宇宙艇で貨物船から脱出しました」

「ひょっとして、その惑星系って……」

フスツポクは頷《うなず》いた。「生存可能な惑星があるのでここを選びました」

「じゃあ、アルデバランの基地がこの近くにあるっていうこと？」

「はい。それが問題なのです。彼らは何者かが無人貨物船から脱出したことにすでに気付いているはずです。そして、その事実をエクソダス団と結びつけるのはそれほど難しくありません。母星の法律を破った者を彼らが見逃してくれるはずはありません。おそらくすでにわたしへの逮捕命令も出ているでしょう。最悪、殺されてしまうかもしれない」

「まさか、そんなオーバーな」

「オーバーではありません。バックアップ計画の崩壊を避けるためには一人の例外も野放しにはできないはずです。わたしはこの星に着陸すると、すぐさまあなたがたの政府機関やマスコミに連絡してすべてをぶちまけました。ところが政府機関もマスコミも全く相手にしてくれません。この星の政府に保護してもらうつもりだったのに、そのあてがはずれてしまい、わたしは途方にくれてしまいました。そんな時、ここの広告が目に止まったの

『身辺警護承ります。どんな敵からでも百パーセントあなたをお守りします』でしょ。あのコピーわたしが考えたんですよ」わたしは自慢げに言った。

「『どんな敵からでも』というのが言葉の綾《あや》だとはわかっていました。駄目で元々だと思ったんです」

「あら。失礼な。わたしたちの看板に偽りはありません」

「あなたたちはわかっていない。わたしの星の殺人ロボットがどれだけ恐ろしいか」

「そちらこそ、わたしたちの力がわかってません」わたしは口を尖《とが》らせた。

「まあまあ、二人とも。論より証拠。ちょうどいい具合にお客さんが来たようですよ」先生は顎《あご》で窓を指し示した。

窓には巨大な金属でできた昆虫のような怪物が貼り付いていた。

「なんてことだ。わたしの後をつけていたんだ」フスッポクは顔面蒼白《そうはく》になった。「しかも、六型殺戮《さつりく》マシーンだ。どうしたって逃げられっこない」

「なら、心配ないわ」先生はにこやかに言った。「わたしたち逃げる気はないから」

「こいつらはそんな生易しいものではありません」フスッポクは震えていた。「あなたが持っている最強の兵器は核爆弾ですが、こいつはそれより遥《はる》かに恐ろしいのです」

「爆発するんですか？」

「爆発はしません。殺戮を行うだけです」

「確かに物騒なものだけれど、核兵器ほどではないでしょう」

「こいつはプログラムされた通りに百万人でも一億人でも殺しつづけるのです。惑星全体を皆殺しにすることも可能です」

「そうなる前に壊せばいいのでは？」

「こいつを壊すことはできないのです。なにしろ、ニュートロニウムの鎧《よろい》をきているんですから」

「何の鎧ですって？」

わたしがそう尋ねた瞬間、窓側の壁がなくなった。爆発したのではないらしい。突然壁がなくなってしまったのだ。

「壁は気化しました。こいつはなるべく静かにわたしを始末するようにプログラムされているらしい」フスッポクは腕時計の竜頭を摘《つま》んだ。「あなたがたには気の毒なことをしてしまいました。この星の人間に助けを求めること自体無理だったのです。でも、お二人が助かるチャンスはまだあります。こいつの目的が僕を殺すことなら、あなたがたが逃げても追い掛けないかもしれません」

「くどいようですけど、逃げる気は毛頭ありませんよ」

「十秒だけ食い止めます。早く逃げてください」

フスッポクの腕時計から赤い光線が放射状に無数に放たれた。光線はあたかも蜘蛛《くも》の巣のように広がり、殺戮マシーンと三人の間を遮った。

殺戮マシーンの頭部が割れ、金属の細い棘《とげ》が飛び出した。棘が光の蜘蛛の巣に触れた瞬間、強烈な熱を発し、数秒間脈動したかと思うと、爆音とともに蜘蛛の巣は消滅した。

「十秒もつんじゃなかったんですか?」わたしは皮肉っぽく言った。

「なぜ逃げなかったんだ⁈　もう手遅れだ!」フスツポクは頭を抱えた。

その時、入り口側の壁も消滅した。そのあとには金属製の巨大な爬虫類《はちゆうるい》が立っていた。

「どっちみち逃げ道はなかったようですね」先生はのんびりした口調で言った。

「七型も来ていたのか!　もうだめだ」フスツポクはその場にへたり込んでしまった。

昆虫タイプの六型がまず行動を開始した。最後尾の二本の足ですっくと立ちあがると、残りの足をすべて先生に向けた。と、その先端から次々と針が発射され、先生は数万本の針に埋め尽くされてしまった。

一方、七型はわたしをターゲットに決めたらしい。口から合金製の舌が飛び出し、わたしの腹部に突き刺さった。そして、酸を撒《ま》き散らしながら腹の中を掻《か》き回し、喉《のど》を通って、左目から飛び出した。

可哀想にフスツポクは恐怖のあまり身動きさえできないようだった。目を見開き、理解不能な言葉を呟《つぶや》いている。

「ムッシュムラムラ!」先生が呪文《じゆもん》を唱えた。

まるでビデオを巻戻すかのように、すべての針はそれが発射されたのと全く同じ軌跡を後戻りして、六型の体内に戻っていった。どんなに頑丈な鎧に守られていようが、針の発射口は無防備だ。六型は動きを止めたかと思うと、無気味な軋《きし》む音を発し、粉々に砕け散ってしまった。

「先程のお言葉を返すようですけど」先生は退屈そうに言った。「やっぱり核兵器の方が厄介だと思いますよ。以前、食らった時には、爆風と放射能を無効化するのに苦労しましたもの」

わたしは左目から飛び出す舌の先を握り締めると、七型をぐいと引っ張った。七型は床の上で滑ってひっくり返った。

「先生、こいつどうしましょう?」

「吸収しちゃえば? あなた最近鉄分不足のようだから、ちょうどいいわ」

わたしはにこりと笑うと一声叫んだ。「シャランラ!」

七型はぐしゃりと潰《つぶ》れるときいきいと轟音《ごうおん》を立てながら畳み込まれ、わたしの腹の中に吸い込まれていった。

「うげ。こいつ鉄じゃなくて、分析不能の合金でしたよ、先生」わたしは左目を元の形に整えながら言った。

「若い子が好き嫌いするもんじゃありません」先生はぴしゃりと言った。

フスッポクは目をぎょろぎょろとさせ、悲鳴のような声を絞りだした。「あなたがたはいったい何者なんですか?!」

「わたしたちはベテルギウス星系人です」先生は自慢げに腰に手を当てた。

「ベテルギウスって、星の名前じゃないですか?!」フスッポクは驚いたようだった。

「そうですよ。宇宙人がいるなんて信じられないなんて言わないでくださいね」

「われわれ以外にも、異星人がここに訪れていたなんて……。どうして、教えてくれなかったんですか？」

「あなたが尋ねなかったからです」

「では、あらためてお訊《き》きします。あなたがたはどういう目的で、この世界に来られたのですか？」

「わたしたちは星系間にまたがる非人道的な活動を阻止する任務を帯びています」先生は誇らしげに答えた。「一つの星系に留まる限り、どんなことが行われようが干渉しないのがわれわれの方針です。しかし、他星系にまで害悪が広まった場合、無視するわけにはいきません。あなたがたの政府は一線を超えてしまったのです」

「因《ちな》みに、アルデバラン星系の基地の機能はすでに停止させました。観測員たちは全員宇宙船に乗せて送り返している途中です」わたしは付け加えた。

フスッポクは頭を振ると、椅子に座り込んだ。「まずはお礼を言わなくてはなりませんね。ありがとうございます。それから、質問なんですが、アルデバラン星系はこれからどうなるのでしょう？　やはり緩慢な滅亡の道を辿《たど》るのでしょうか？」

「その心配はありません」先生はきっぱりと言った。「人口爆発の問題にはわたしたちの文明も過去に直面したことがあるのです。時間工学の技術があれば簡単に解決できます」

「時間工学？なんですか、それは？」

「平たく言うと、タイムマシンの技術です」

「タイムマシンができたとして、なぜ人口問題が解決するのですか？　過去の人口が少なかった時代に人間を送り込んだりしたら、現在の人口がさらに増えてしまう。かと言って、未来に送り込んでも、問題を先延ばしにしているだけで、根本的な解決にはならないのではないですか？」

「日曜日の次は何曜日？」わたしはフスッポクに尋ねた。

「えっ？　もちろん月曜日ですよ」

「タイムマシンを使えば、日曜日の次の日をまた日曜日にすることができます。六日間の時間を飛ばすわけです。それを繰り返せば、毎日日曜日が続くことになります。同じように毎日月曜日にすることも、毎日火曜日にすることもできるのです」

「何をおっしゃりたいのか、よくわからないのですが」

「つまり、惑星に住む全人口を七等分するのです。そして、それぞれが別々の曜日に暮らすわけです。そうすれば、見掛け上人口は七分の一になります。もちろん、十分の一でも百分の一でも好きなだけ小さくすることが可能です」

「やはりよくわかりませんが、とにかくもうアルデバラン星系のことは心配しなくてもいいというわけですね」

「その通りです」先生はにこりと笑った。「この世界に留まるのもアルデバラン星系に戻るのもあなたの自由です」

「それなら、わたしはここに残ります。アルデバラン星系がすぐに変わるとは思えませんからね」フスッポクは今にも踊り出しそうなぐらい嬉《うれ》しい様子だった。「今日はこれで帰ってもいいでしょうか？　少し頭と体を休めないとこの事態を理解できそうにありません」

「ええ。もちろんですよ。ゆっくり休んでじっくり考えてください。あなたには時間はたっぷりあるのです。危機は過ぎ去りました」

フスッポクは歓声を上げると、わたしたちに一礼し、外に飛び出して行った。

「わたしたちの作り話をうまく信じてくれたみたいですね」わたしは先生に言った。

「フスッポクはわりと単純な性格だったみたいね。自分がコピーであることには全く気がついてないわ。コンソール可視化」先生の目の前の空間にキーボードとディスプレイが現れた。先生は慣れた手つきで、操作する。「初期化開始」

壊れた窓や壁が元に戻り、殺戮《さつりく》マシーンの残骸《ざんがい》が消滅していく。

「エクソダス団自体が政府の組織で、冷凍睡眠装置だと思っていたのが実はバックアップ装置だと知ったら、フスッポクは驚くでしょうね」

「そんなことになったら大変よ」先生は言った。「フスッポクのようなバックアップ計画に懐疑的な人間のコピーは自分がコピーであるという事実に耐えられなくなってしまい、自己崩壊を起こしてしまうの。だから、わたしたちがここはコンピュータの中のコピー世界ではなく、遠い惑星だと信じ込ませる仕事をしているんじゃないの」

「でも、彼らを騙《だま》すのはなんだか良心が咎《とが》めませんか？」

「これは彼らのためなのよ。コピーたちは幸せになれるんだから、わたしたちがしているのはいいことなのよ」

「いいことなんでしょうか？」

「そう思わなければやってられないわ」先生はわたしの肩を叩《たた》いた。「そんなことより次ぎの依頼者のためのプログラムを準備しておいて。今度は若い女性らしいから、わたしたちは男性になっておいた方がいいかもしれないわ。それから、殺戮マシーンとの戦いはもう少しソフトにね」

わたしは頭を振って疑念を振り払うと、新たな依頼者のために、プログラムの手直しを始めた。

綺麗な子

女の子のお家は森の中にありました。それはとても大きな森で、夜になると恐ろしい獣たちが歩き回ります。でも、女の子は今まで一度も怖い目にあったことはありませんでした。女の子はママの言い付けを守っていたからです。

「一人でお外に出てはいけませんよ」

そう。お家の中にいれば何も怖いことなどないのです。

お家の中でもふかふかのベッドは特別な場所でした。女の子はいつもママと、そして大好きなお人形たち、縫《ぬ》い包《ぐる》みたちと一緒にそこで眠るのです。

眠る前は、いつもママの手を握っているのですが、朝起きるといつの間にか手は離れていました。

「ママ、どうしてわたしの手を離したのよ！　ずっと握っててっていったのに！」女の子は頬を膨らませます。

ママは何も言わず、女の子の髪に手をかけたままです。

女の子はにこりと微笑むと、左手にミカちゃん人形、右手にクマタンの縫い包みを抱えて食卓に向かいます。

食卓にはもうパパが座っていました。

「パパ、おはよう！」女の子は元気にパパの膝《ひざ》に飛び乗ります。

仲良し家族の一日が始まります。


「犬を飼いたいって言ったのは君じゃないか」男は不服げに言った。「今更、要らないって、どういうことだよ？」

「だって、要らないんだから、しようがないじゃない」女はぶっきらぼうに言った。「お店に返してきて」

「生き物は返品できないんだよ」

「じゃあ、捨てればいいじゃない」

「条例違反になる。いったん飼い始めたら、最後まで面倒をみなくてはいけないんだ。それが飼い主の務めってもんだよ」

「ばかばかしい！」女は吐き捨てるように言った。「お金を出して買ったわたしが、どうしてそんな責任を押し付けられるのよ！」

「金を出したのは僕だよ。……とにかく理由を言ってくれよ」

「臭いのよ！」

「えっ⁉」

「この子、酷《ひど》い臭いがする。ぞっとするわ」

男は茶色い仔犬《こいぬ》の背中に鼻を近づけ、くんくんと嗅《か》いでみた。「そうかな？　そんなに酷くはないようだけど」

「酷いわ。耐えられない」女は顔を顰《しか》めた。「この子、部屋でうんこするのよ。信じられないでしょ」

「仕方がないよ。犬なんだから……」男の顔に疑問の色が浮かんだ。「君、犬を飼ったことがあるって言ってたよね」

「ええ。子供の頃にね。わたしの家は森の中にあったのよ。いろんな動物が家の周りにいっぱいいた。ああ。懐かしいわ。わたしの動物好きはあの頃からずっとなのよ」

「そうか」男は一瞬首を傾げたが、すぐにこう言った。「とにかく、糞《ふん》ぐらい我慢すればいいじゃないか」

「なんてことを言うの!?　この子のうんこは誰が掃除するのよ！」

「自動掃除機があるだろう」

「駄目よ。犬のうんこはプログラムに入ってないから、止まっちゃうの」

自動掃除機は手当たり次第にそこいらのものを吸い込んで捨ててしまうわけではない。そんなことをすれば、うっかり置き忘れた大事な書類や床に落としたアクセサリーまで始末されてしまうことになる。自動掃除機は予《あらかじ》めプログラムされたものだけをごみとして認識するのだ。もっとも、買った人間が必ずプログラムしなければならないというわけではない。この手の製品には、最初から汎用《はんよう》プログラムが施されているのが普通だ。つまり、綿《わた》埃《ぼこり》や黴《かび》や丸めたティッシュなど、明らかなごみのみを吸い取り、それ以外のものは無視するのだ。特別な理由があって、それらのものをごみと認識されたくない時、あるいはそれ以外のものを片付けて欲しい時は、プログラムし直す必要がある。

「プログラムすれば対応してくれるはずだよ」男は辛抱強く言った。

「プログラムのやり方なんか知らないわ。知っていたとして、どうして、わたしがそんな面倒なことしなくちゃいけないわけ？」

「わかった。僕がやるよ。説明書を見せてくれないか」

「そんなもの残ってるはずないじゃない」

「君、説明書、保存しないのかい？」

「当たり前よ！　そんなもの残している人なんか、いるもんですか！」女は苛立《いらだ》たしげに言った。

「わかった。とにかく、糞はなんとかしよう」男は女の剣幕に押されていた。「だから、捨てるなんてことは考え直して……」

「駄目よ。臭いだけじゃなくて、その子嚙《か》むんですもの」

「えっ!?　嚙むって、怪我をしたのかい？」

「わたしを嚙んだりしたら、ただじゃすまないわよ！　そうじゃなくて、これよ」女は端がぼろぼろになったテーブルクロスと底が抜けたスリッパを見せた。「なんで、わたしにこんな嫌がらせをするわけ!?」

「これはただ遊んでいるだけだよ。ひょっとしてストレスが溜《た》まってるのかな？　散歩の時の様子はどんな感じ？」

「散歩？　何、それ？」

「散歩だよ。こいつをつれてそこらをぶらぶら歩くんだ」

「ばっかじゃないの？　どこにそんな時間があるっていうのよ！」

「でも、犬は散歩をしなければストレスが溜まるんだ。病気になってしまうかもしれない。午前中、テレビを見る時間を減らせば、散歩に行く時間はつくれるんじゃないか？」

「なんですって⁉」女は目を吊り上げた。「この子の健康のために、わたしにテレビを見るのを我慢しろってこと⁉　いったい、なんでわたしがそんなめにあうのよ！」

「犬を飼うっていうのはそういうことなんだよ」

「違うわ！」女は口から泡を飛ばして抗議した。「わたしが子供の頃、飼っていた犬はもっと上品だったもの。うんこなんかしなかったし、そこらにあるものを勝手に噛んだりしなかったし、散歩に連れてかないでも文句は言わなかったし、お腹が空いたら、自分で充電してくれたし、部屋の掃除は代わりにやってくれたし……」

「ちょっと待った」男は女の言葉を遮った。「それ犬じゃないぞ」

「あら犬よ。こんな感じだったもの。もっと綺麗《きれい》でいつもお花の香がしてたけど」

「犬は自分で充電したり、掃除を代わりにやってくれたりはしない。……本物の犬は」男は頷《うなず》いた。「漸《ようや》く合点がいった」

「どういうこと？　わたしが飼っていたのは本物の犬じゃなかったってこと？」

「そうだ。それは玩具犬《がんぐけん》だったんだ」

「あら。そうだったの？」

「君が犬を欲しいって言うから、僕は本物の犬を買ってきたんだ」

「別にどっちだっていいじゃない」

「本物の犬は餌を食べなければいけないし、散歩に連れていかなくてはいけない。それに糞をするし、悪戯《いたずら》もする。だけど、玩具犬は自分の世話は自分でするし、排泄《はいせつ》も悪戯もしない。そして、いろいろな作業をして飼い主の手助けをする」

「そうだったの？　だったら、わたしは玩具犬の方がいいわ」

男は首を振った。「玩具犬は本当の友達になれはしない」

「なんですって⁉」女は顔を紅潮させた。「それどういう意味よ！」

「玩具には心がない。心のないものとは心は通わせられないんだよ」

女は甲高く笑い出した。「いったい何を言っているの？　ペスはわたしの親友だったのよ」

「違うんだ。そう君が思っていただけだ」

「あなたはペスを知らないからそんなことを言うのよ」

「玩具犬は、住宅事情やアレルギーなどの理由で、犬を飼えない子供たちのために作られた代替ペット玩具なんだ。だから、まるで本物の犬のようなしぐさや行動をするし、さらに本物の犬にはできないような高度な振る舞いもする。でも、それは結局全部プログラムされたものなんだ」

「何よ！　そんな理屈で誤魔化されたりしないわ。あなたはペスの何を知っていると言うの!?　ペスは……ペスは、いつもわたしといた。ママに酷《ひど》く叱られて外に追い出された時もずっとわたしに寄り添って慰めていてくれたわ。海や山にも一緒についてきてくれて、二人で遊んだのよ。道に迷った時もペスについていけば安心だった。溺《おぼ》れた時にペスがいてくれたから、今のわたしがいるの。初めて恋をして、そして失恋した時もペスが相談に乗ってくれた。ペスはかけがえのない親友なのよ！」

「確かに本物の犬はそれほど役に立たないかもしれない。でも、真の愛情を持っている」

男は仔犬を抱きかかえ、彼女の鼻先に持ち上げた。「さあ、よく見てご覧」

「やめて！　臭いわ」

「それが生きているってことなんだよ」

「なら、生きていなくたっていい!!」女は仔犬を手で払った。

仔犬は男の手から離れ、床に落下した。そして、か弱げな悲鳴を上げた。

床に広がる血液を見て、女の目には露骨な嫌悪感が表れた。

玩具犬は今世紀の最初に急激な発達を始めた高度なＡＩプログラミング技術の賜物《たまもの》だった。視覚や聴覚、嗅覚《きゅうかく》以外にも、各種センサが取り付けられ、対象者の表情や身振り、脈拍や体温や脳波などの生体反応を精密にモニタし、状況に合わせて最適の対応をする。子供たちはそれが自分の唯一の理解者であるかのような錯覚を起こした。発売直後からこのシリーズは大ヒットした。本物の犬を飼いたいけれど、飼えない人々が飛びついた。飼い主の心理反応をモニタしながら、飼い主がもっとも愛情を感ずる姿と行動を実現するため、趣味嗜好《しこう》に拘《かかわ》らずあらゆる人々に必ず好印象を与えた。それゆえ、玩具犬は本来子供向けの玩具だったにも拘らず、大人たちの間でも流行した。

やがて、奇妙な社会現象が始まった。最初、玩具犬は犬好きだけが購入していたが、犬嫌い層までが購入を始めたのだ。

人が犬を嫌う理由は様々だ。噛まれるような気がして怖い。臭《にお》いが嫌だ。世話をするのが面倒だ。いろいろなものを壊される。病気を媒介して不潔だ。死ぬのが可哀想だ。

玩具犬は本物の犬が持つこれらの欠点を全て克服していた。それらは決して、人間に危害を加えないし、清潔で、排泄もせず、自分で充電し、散歩もねだらず、たとえ壊れたとしても飼い主が飽きるまで何度でも修理された。

玩具犬の成功で各メーカーは挙《こぞ》って玩具ペットの開発を始めた。猫、鼬《いたち》、小鳥、金魚、熱帯魚、蛇、蜥蜴《とかげ》、甲虫《かぶとむし》、鈴虫、河童《かっぱ》、人魚、ツチノコ――実在、空想上に拘らず、ありとあらゆる動物の玩具ペットが発売された。

玩具ペットの家庭への普及率は上昇し続け、ついに百パーセント近くになった。時を同じくして、本物のペットたちは姿を消し始めた。殆《ほとん》どの人々にとって、玩具ペットは本物のペットより、魅力的だった。玩具は、安全で、清潔で、手間が掛からず、常に精一杯の愛情を人間に与え続けてくれ、それが豊かな感情を持っていることが実感できた。それに較べて、本物の動物たちは、危険で、不潔で、手間が掛かり、気まぐれで、感情があるのか、ないのかさえ判然としなかったのだ。

ペットたちは絶滅の危機に瀕《ひん》していた。若い世代は本物のペットを知らず、古い世代も取り立てて本物のペットを話題にすることがなかったため、次第に本物のペットのことは忘れられていった。今では単に「犬」とか「猫」と言った場合、それは「玩具犬」や「玩具猫」のことだった。以前に動物のペットが存在していたことを知っているのはよほどの好事家《こうずか》しかいなくなっていた。好事家たちは生命の中にこそ、真実があると考え、愛玩《あいがん》動物の種を懸命に保存しようとしてきた。そして、生きている動物たちの素晴らしさをことあるごとに主張し、啓蒙《けいもう》したが、効果は殆どあがらなかった。いつどんな場合でも主人にじゃれ付き愛らしい声で甘える玩具と、人見知りしたり興奮したりして人間の思い通りに行動しない生身のペットでは、勝負は見えていた。

「あなた、まだあのなんとかいう変わり者の会に入っているの？」女は眉間《みけん》に皺《しわ》を寄せた。

「変わり者じゃない。愛玩動物保存協会の会員は真の動物好きばかりだ」男はさほど強くない調子で反論した。

「『真の動物好き』ですって？　その割にはペスのことを全然可愛がらないのね」女は手

に抱いているペスに顔を近づける。ペスは愛らしく小首を傾げると、女の顔をぺろぺろと嘗《な》めた。

「可愛がっても無意味なんだ。そいつらには感情なんてないんだから」

女はペスの喉《のど》を指で軽く擽《くすぐ》る。ペスは目を細め、ごろごろと喉を鳴らした。

「ペスに感情がないなら、どうしてこんなに喜んでいるの？　説明してよ」

「そいつは喜んでいるわけじゃない。君を満足させるために、あたかも喜んでいるような行動を計算して、実行しているだけなんだ。ただのからくり仕掛けなんだ」

「ほんっっっとに頑固なんだから!!」女の語気が荒くなる。「この子の様子を見れば、心があることは、誰にだってわかるわ」

ペスは女の指を甘嚙《あまが》みしながら、せつなげに鼻を鳴らした。女は目を細める。

男は突然、ペスの首を摑《つか》むと、女の腕の中から持ち上げた。

「何をするの？」

宙吊りになったペスは苦しそうにもがいた。

「やめてよ。ペスが苦しがっているじゃない」

「苦しがっているんじゃない。そうプログラムされているだけだ」男はペスを床に叩《たた》きつけようとした。

「やめてぇぇぇ!!」女は絶叫し、男の腕に縋《すが》りつく。「それだけはやめて頂戴《ちょうだい》!」

力の抜けた男の手から、ペスはぽとりと落下した。そして、女の体を駆け上がり、胸に顔を埋め、くうんくうんと鳴き声を上げた。

「こんな酷いことするなんて、あなたこそ冷血漢よ！」

「違う。だって、こいつは機械……」

「この子から愛情を感じ取れないなんて、あなたどこかおかしいんじゃないの？」

「何を言ってるんだ？　僕は正常だよ」

本当に？　心の中で声が言った。玩具犬《がんぐけん》は人間の愛情を最大限に引き出すように設計されている。それに反応しない方がおかしいのではないのか？

違う。男は否定する。俺には理性がある。これが本物の動物ではなく、プログラムされた機械だと知っているからだ。だから、俺はこいつを物扱いするのだ。

「いったい、どう言えばわか……」男の声が途切れる。

女はペスを抱き締め、泣いていた。

「すまない」男は言った。「君を悲しませるつもりはなかったんだ」

「いいの」女は涙を拭《ぬぐ》った。「あなたがそんななのは、きっとあなたのせいではないんだわ」

「どうして、君はそんな言い方しか……。いや。わかったよ。僕は変わり者で、ペスには感情がある。それでいいんだろ」

女は男の頬に手を当てた。「可哀想な人」

身振るいしそうなぐらいの怒りが男を襲った。だが、なんとか歯を食い縛ってやり過ごす。

「ねえ、あなた。わたし、子供が欲しいの」

「なんだって!?」男の怒りは驚きで吹き飛んでしまった。

「ユミの子供がもうすぐ生まれるの」

「ユミ?」

「従妹《いとこ》よ。あなたもあったことのある」

そう言えば、そんな親戚《しんせき》がいた。

「従妹に先を越されるのが悔しいのかい?」

「そんなんじゃないわ」女は目を見開く。「わたしはただ嬉《うれ》しそうなユミの顔を見ている

うち、可愛い赤ちゃんが欲しくなったのよ」

「出産は危険だ。いろいろな病気の元になるし、かなりの長い間、体の自由が制限される。

仕事にも影響が出る」

「誰が自分の子宮を使うって言ったのよ!?　今時、そんな人、どこにもいないわ」

「えっ!?　じゃあ、君はまさか……」

「そう。豚《ぶた》の子宮を使うわ」

「君は豚が自分の子を産んでも平気なのか?」

「平気も何もそれが普通だわ。わたしもそうして生まれたのよ」

「僕は違う。母親から生まれた」

して いれば いいんだわ」

「自分で産むなんて、野蛮だわ」

「僕たちの親の世代はみんなそうやって生まれたんだ」

「昔がいいというなら、動物から剝《は》ぎ取ったままの毛皮を着て、木を擦《こす》り合わせて火を熾《おこ》していればいいんだわ」

　男は唇を嚙み締めて女を見続け、やがて目を閉じると、深呼吸をした。「わかったよ。

君の好きにするがいいよ。もし君が望むなら、僕の精子を提供するよ。もちろん、精子銀

行から、君の望む仕様の精子を買ってもいい」

「ありがとう、あなた」女は男の体に腕を巻き付け、鼻の頭に接吻《せっぷん》をした。「きっと、可

愛い女の子が生まれるわ」

「ああ。君に似た子だといいんだが」男は気乗りのしない様子だった。

　臨月になる頃には、男の態度はすっかり変わってしまっていた。彼は毎日のように病院

に出掛け、胤の様子を念入りに観察した。抗生物質の大量投与で無菌状態にされた胤の腹

部にビニール手袋を嵌《は》めた手で触ると、何かが動いているのがわかった。それは誕生を目

前に控えた新しい生命の火の躍動だった。

　男はその手に残る感触を楽しみながら、家に戻った。

　部屋で待っていた女は言った。「わたしたちの子供のことで相談があるんだけど」

「ああ。どんな相談にものるさ。今日、あいつは僕の言葉に反応したんだ」男は自分の掌

をいとおしそうに見詰めた。「僕に挨拶《あいさつ》を返してくれたんだ」

「わたし、やめようと思うの」

「ああ。やめればいい」そう言ってから、男は一瞬首を捻《ひね》った。「何をやめるって!?」

「妊娠」

「でも、もう臨月なんだぞ。法律で堕胎は禁じられている」

「法律が改正されたのよ。彘の子宮を使ってるんだから、臨月まで成長した胎児を中絶しても、母親には全く負担がないからなのよ」

「しかし、あの子には命が宿っている」

「だから、どうだというの?」女は不服げに言った。「わたしは子供が要らないって言ってるのよ。理由はそれで充分じゃないと言うの? それとも、あなたはまさか女が出産を自分の意志でコントロールする権利より、胎児の命の方が大事だなんて、言うんじゃないでしょうね!!」

「命は何よりも……」男は口を噤《つぐ》んだ。危険思想の持ち主だと思われるのは得策ではない。「ああ。もちろん、女性が自らの出産をコントロールする権利の方が大事だ。胎児の命など取るに足りない」

「当たり前よ。だって、憲法にもそう書いてあるのよ。憲法は絶対に正しい確かなものよ!!」

「でも……」男は手で額を押さえた。「僕はわからないんだ。なぜ、君が出産を取りやめる気になったのかが。あんなに楽しみにしていたのに」

「だって、大変なんですもの」女は鼻の穴を膨らませた。「わたしユミのところにいってきたの。ユミは大変な有様だったわ。髪の毛を振り乱して、目の下に隈《くま》ができていたわ。どうしてだか、わかる？」

「育児が大変なんだろう。両親が疲れるのは当たり前のことだよ」

「赤ちゃんて、自分でミルクを作ることもできないのよ」女は声を張り上げた。「固形物が食べられないってだけでも信じられないのに。泣く度に親がミルクを作ってやらなくてはならないのよ。何様のつもり!?」

「赤ん坊はそういうものなんだよ」

「あんな状態、人としてどうかと思うわ。好き勝手に寝たり起きたりして、こっちの都合なんて全く無視よ」

「仕方がないよ。なにしろ、赤ん坊は言葉が理解できない」

「だからって、こっちが奴隷みたいに向こうのご機嫌ばかり伺うっていうのは納得できないわ。わたしは自分の人権が踏みにじられるのには我慢がならないの」

「赤ん坊に悪気は……」

「悪気さえなければ何をしても許されるって言うの!? 極め付きは排泄《はいせつ》よ。自分でトイレに行くこともできないで、おむつの中にするのよ。それを親が手で……」女は顔をしかめた。「思い出しただけで、ぞっとするわ。それだけじゃなくて、今さっき飲んだものを突然吐き出したりもする。悪意がないだなんて、どうしたって思えないわ。わたし、絶対中絶するからね。ユミだって、出産後中絶する決心がついたって言ってたわ」

「君がどうしても中絶したいと言うなら、僕は反対……。今なんて言った？　出産後中絶？」

「ええ。ユミはするつもりだって」

「それはどういったものなんだい？　なんだか、生まれた後で子供を殺すように聞こえる。もちろん文字通りの意味じゃないことぐらいはわかってるけど」

女は首を振った。「ううん。文字通りの意味よ」

「殺人にならないのか？」

「ええ。七歳までなら、オーケーになったのよ。考えてみれば当たり前の話よね。子供を育てるかどうかなんて大事なことを決めるのに、たった十か月の妊娠期間はあまりにも短過ぎるもの。手続きは簡単よ。保健所に持っていって、『この子、要りません』て言うだけ」

男は両手で顔を覆った。「それだけは御免だ」

「安心して、わたしは出産前に中絶するから」

「あなた、わたし女の子が欲しいわ」

「何を言ってるんだ。君は自分の意志であの子を中絶したんだ。また、同じことになるのは目に見えているよ」

　女はげらげらと笑い出した。「もちろん、また豚《ぶた》の子宮で赤ん坊を作ろうっていうんじゃないわ。そんな時代遅れの趣味とは一味違うの。わたしが欲しいって言ってるのはこの子たちのことよ」女は電子カタログを差し出した。

　そこには様々な年齢の男女の子供たちの姿があった。皆が皆、とても美しかった。

「わたし、このユリカちゃんがいいと思うの」女は男に身を寄せ、楽しげに言った。

「君は何を言ってるかわかっているのか？」男は身震いをした。「こいつらは玩具《がんぐ》なんだ。ままごと遊びをする子供たちのものだ。もちろん、子供が欲しくてもできない人たちが買うこともあるかもしれないけど、子供が欲しくない君が買うのはおかしいよ」

「今時、子供が欲しくてもできない人なんかいるもんですか」女は鼻で笑った。「体細胞から簡単に精子でも卵でも自由に作れて、子宮は豚のが使えるんだから、不妊なんて言葉は死語になってしまったのよ。この子たちはね、わたしのような子供好きに大ヒットしているのよ」

「子供好き。……君が？」

「ええ。そうよ。知ってるでしょ」

「君は僕たちの子供を殺した」

「人聞きの悪いことを言わないでよ。七歳以下の子供を中絶しても殺人罪にならないって、法律で決まってるんだから、わたしは何も悪くないのよ」

男はカタログを入念に調べた。「これはペスを作った会社の製品だ」

「そうよ。だから、品質については信頼できるわ」

「子供が欲しいのなら、もう一度、彙の子宮を使って……」

「駄目よ、動物は。臭くて汚いもの」

「子供はペットとは違う。多少、汚れることがあっても仕方がないんだ」

「仕方がない？　そう言われて、しなくてもいい労働を押しつけられるのは真っ平御免だわ。わたしは可愛い女の子を育てたいけど、うんこの世話はしたくないの。何か間違っている？」

「それは我儘《わがまま》というものだ」

「『贅沢《ぜいたく》は敵だ』『欲しがりません、勝つまでは』昔の人はそう言われて騙《だま》されていたんでしょ。わたしは違うわ。自分の権利はちゃんと自分で守るの。あなたが何を言ってもわたしはユリカちゃんを買うわ」

「好きにするがいい」男は頭を抱えてその場に蹲《うずくま》った。

「パパ、おはよう！」ユリカは元気な声で言った。

「ああ。おはよう」男は自分の声にぎくりとした。俺は何をしてるんだ？　いい年をした大人が玩具に話し掛けているのか？

「どうしたのパパ？　変な顔をしてユリカの顔を見たりして」

彼女はどこに行ったんだろう？　玩具の相手なんかしていられない。

「パパ、何を探しているの？」

男はユリカを無視して、女の名を呼んだ。

「ママはお出かけよ。ペスが病気になったから病院に連れていったの」

全くなんてことだ。俺に玩具の世話を押し付けて外出するとは！　うっとうしくて仕方がない。

「おまえのスイッチはどこにあるんだ？」男はユリカに尋ねた。ユリカは普通の子供と全く区別がつかない。肌の弾力も温かさも湿り気もそして呼吸や鼓動や瞬きまでも完璧《かんぺき》にエミュレートされている。ヘルプ機能も充実しているはずだ。

「スイッチって何、パパ？」

「おまえの動作を停止させるスイッチだ」

ユリカは首を振る。「何のことだか、わからないわ」

こりゃ欠陥品だな。簡単にスイッチも切れないとは。

男はユリカの体を服の上から探った。

柔らかい感触に驚き、手を引っ込める。

ユリカは男の顔を見て、微笑んでいる。

男は自分の手とユリカの顔を交互に眺めた。

作り物とは思えないほどだ。まさか、本当に本物の子供なんじゃないだろうか？　ひょっとすると、全部、俺を驚かせる冗談か何かで。あの時、中絶したというのは嘘で、ここにいるのは俺の……。

男は頭を振った。

そんなはずはない。それほどの悪ふざけをしなくてはならない理由などありえない。

「どうしたの、パパ？」ユリカは縫《ぬ》い包《ぐる》みの熊の人形を抱き締め、可愛らしく尋ねる。

「俺をパパと呼ぶな！」男は叫んだ。「どうして、人形が人形を抱いているんだ？」

「どうして、パパをパパと呼んじゃいけないの？　人形って、クマタンのこと？」

「俺はおまえの父親ではないからだ。そして、人形というのはおまえのことだ！」

ユリカはしばらくきょとんと男の顔を見詰めていたが、やがてしくしくと泣き始めた。

「パパ、どうして、そんなことを言うの？　わたしが嫌いなの？」

「黙れ！　静かにしろ!!」

出し抜けに泣き声が消えた。ユリカは無言で涙をぽろぽろと流し続けている。その有様は憐《あわ》れを誘い、男を落ち着かない気分にさせた。

なんだ、これは？　まるで、俺が子供に理不尽な怒り方をしているみたいじゃないか。騙されてはいけない。この玩具は俺の心理状態をモニタして、俺の感情を操ろうとしているんだ。

「泣き真似をするのもやめろ！」

「な、泣き真似……じゃ……ないもん」啜《すす》り上げながら、ユリカは答える。

「本当に泣いているはずがない!!」

こうなったら、顔面の部品を取り外してやる。

男はユリカの顔を鷲掴《わしづか》みにしようとした。

指先に温かい液体が触れた。

指先から全身に温かさが伝わっていく。

ユリカは涙に濡《ぬ》れた瞳《ひとみ》で男を見上げている。

駄目だ。これは玩具の戦略なんだ。騙されてはいけない。

なぜ？　男の中で何かが尋ねる。

それは……。

理由なんかない。おまえは子供が欲しかったのだろう。それは目の前にいる。

しかし、これは子供ではない。玩具だ。

同じことだ。ユリカは本物の子供が持つ愛らしいものをすべて備えている。何が不満だというのか？

でも、これには心がない。

心とは何だ？

人間だけに宿る精神だ。

そんなものは錯覚に過ぎない。

錯覚ではない。この俺には確かに心がある。

では、他人はどうだ。他人に心があるとなぜわかる？

直接にはわからない。だが、言動を見れば……。

この子は普通の子供と同じように話し、動く。

ああ。そうだ。

なら、心はあるのではないか？

「わからない」男は声に出して呟《つぶや》いた。「俺にはわからない。だが、この子を受け入れて、愛することができれば、幸せだと思う」

男はユリカを抱き上げた。

ユリカはピンクの頬を男の顎《あご》にこすりつけた。「パパのお髭《ひげ》、痛いわ」

「ああ。ごめんよ、ユリカ」何か甘いものが胸の中に広がった。

女が帰ってきた。男とユリカの様子を見て、一瞬動きが止まる。そして、その顔に柔らかな微笑が宿る。

女は両手を広げ、男とユリカを包み込んだ。

男と女はユリカとユリカのお気に入りの人形たちを連れて、森の中に引っ越して行った。慌《あわ》ただしい都会で暮らすことに何の意義も見出せなかったからだ。

そして、時は流れた。

殆《ほとん》どの人々は子供を作ることをやめた。もちろん、中には頑固に子供を作り、苦労して育てる人々も僅《わず》かながらいたが、時々冗談の対象になるぐらいで、尊敬を勝ち得ることはなかった。やがて、人々の口に上ることもなくなり、忘れ去られた。そして、実際にそのような人々はいなくなった。

子供のいない社会が生まれた。しかし、外見上は以前と変わりなく、子供の姿をしたものたちが明るくはしゃぎまわっていた。いや。以前と明らかに違う点もあった。まず若者たちが姿を消し、壮年と中年が後に続いた。世界は子供の姿を持つ玩具と老人で満たされた。

若い労働力がなくなっても、老人たちは衣食住には満ち足りていた。多くの者は自分が若い頃に貯蓄をしていたせいだと思っていたが、当然ながらそれは間違っていた。いくら金を持っていたとしても、生産されていないものを手に入れることはできない。彼らが満ち足りていたのは、極めて発達した自動機械が富を創り出していたからだった。

高齢になるに連れて、人々は互いに交渉しなくなっていった。老人は気難しく、互いに受け入れ合うことも、変わることもしなかった。彼らは自分の「子供たち」だけを相手に暮らした。

世界は平和で、穏やかで、心地よく、静かだった。老人たちは心の底から幸せを感じていた。

「パパ、ママったらね、眠っている時に手を離すのよ！」

女の子は耳を澄まします。パパが「本当に悪いママだね」と言うのを待っているのです。でも、パパは何も言いません。女の子はじっとクマタンを抱いたまま、十二時間も待ち続けました。もちろん、その間ずっとパパの生体反応をモニタしていました。しかし、センサはすべてのパラメータにおいて異常値を示していたので、次にとるべき行動を算出することができなかったのです。

ちょうど十二時間が過ぎたところで、時限プログラムが作動します。「パパ、大丈夫？」

やはり返事はありません。

女の子は一瞬動作を停止し、再び活動を始めます。「ママ、ママ！　パパがおかしいの！　すぐ来て!!」

女の子は三十秒ほどの間、センサを作動させますが、変化を察知できないため、寝室へと向かいました。ママはまだ寝たままです。

「ママ、パパがお返事しないの！　病気かもしれないわ」

ママは返事をしません。ママの顔をモニタするとやはり異常な値です。女の子はまた待ち始めました。しかし、今度は十二時間もじっとしてはいませんでした。短期間に連続して停止状態になったため、緊急プログラムが作動したのです。

女の子の体からけたたましいサイレンの音が鳴り響き、大きな声が流れます。「緊急事態！　緊急事態！」

そして、警察への緊急回線を開き、住所を伝えます。しかし、警察からの返信はありませんでした。

女の子は十分間に亘《わた》って同じ動作を三度繰り返し、そして沈黙しました。

時計が、ぼおん、ぼおん、と時を告げます。女の子は再び動き始めました。緊急プログラム作動後の手続きは特に指定されていなかったため、時計の音を切っ掛けにして、通常モードに戻ったのです。

女の子はクマタンを今朝と正確に同じ位置に置くと、ベッドに潜り込みます。そして、いつものようにママの手を握ります。

ぐしゃりと音がして、指がとれました。

でも、女の子は特にこれと言った反応も見せず、すやすやと寝息をたて始めます。なぜなら、プログラマはユーザーが腐乱するまで放置される可能性に思い至っていなかったからです。

だからきっと……

ママとパパの体が消えてなくなるその日まで、女の子は仲良し家族の一日を繰り返すことでしょう。

写真

男はその写真を見て、首を捻《ひね》った。中央には一人の少女が写っている。年の頃は十五、六歳というところだろう。明るい日差しの中で、はちきれんばかりの陽気な笑顔を見せる彼女は新人アイドルだと言っても通るぐらいの容姿をしている。それに対して、背景はやや暗い感じがした。おそらくどこかの神社か寺院だろうと思われる木造の建築物の一部だ。壁面は朽ちたようなこげ茶色で、ところどころささくれだっている。ただ、単に陰気だというだけなら、少女の明るさを際立たせる効果があるに過ぎない。この写真の問題点は少女のすぐ後ろにある人影だ。それは霞《かす》んでいて、細かいところははっきりしないが、少女の頭上から右腰の辺りにかけて半分隠れるように写っている。それは女性の姿で、顔のどの部分にも生気がなく、見ているだけで気が滅入る。いや。むしろぞっとするような印象を受ける。しかし、なにより不気味なのは、その女性が少女の背後に写っているのにも関わらず、少女の二倍ほどの大きさに見えたことだ。

そう。これは心霊写真だ。

男は写真研究家で、アマチュア写真雑誌にちょっとした解説記事やらエッセイやらを書いている。中でも好評なのは、心霊写真鑑定の企画だ。と言っても、彼には霊感などない。

彼に要求されるのは写真の専門家として、写真に写ったものを科学的に解明をすることだった。

しかし、この写真は……。

彼が考え込んでいると、玄関のチャイムが鳴った。地方に住んでいるため、編集者とのやりとりはほとんど電話と郵便で済ませてしまう。一人暮しの彼を訪ねてくるのはたいてい集金人か、セールスマンに違いない。彼は溜《た》め息をついた。

ところが、ドアを開けると、彼は目を見張った。そこには眩《まばゆ》いばかりの笑顔を浮かべた少女が立っていたのだ。しかも、決して知り合いではないはずなのに、どこか懐かしくも感じる。

彼はその理由に気がついた。この少女は今しがた彼がさんざん眺めていたあの写真に写っていた少女だった。

「き、君はあの写真の……」男は驚きのあまりそれだけ言うのが精一杯だった。

「はい。そうです。実は、編集部に連絡してここの住所を教えてもらったんです。……あの写真の鑑定は終わりましたか？」

「えっ。ああ。今ちょうど鑑定中でね」読者に勝手に住所を教えるのはルール違反だったが、男は少女の可愛らしさに免じて、許す気になっていた。「そうだ。せっかく来てもらったんだから、少し話を聞かせてもらってもいいかな？」

「ええ。喜んで」

男は写真を彼女に見せた。

「これはなかなか難物だよ。もし、ネガがあるのなら、貸してもらいたいんだけど、残してるかな？」

少女は首を振った。

「それじゃあ、まあ、仕方がない。考えられる最大の原因は二重露光なんだが、それなら君の前にも霊の姿が写りこんでいるはずなんだ。拡大鏡を使ってみてもそれらしい様子はない。……この写真だけからは距離を割り出すのは難しいけど、この人物が実際にここにいたとすると、最低でも身長が二メートル半はあったことになる。それはさすがに考えにくい」男は困ったような顔をした。「現場になにか大きな絵か銅像のようなものはなかったかな？」

「いいえ。でも、絵か銅像の可能性があるんですか？」

「一応訊《き》いただけだよ。可能性としては低いと思う。君や背景の建物にはちゃんとピントが合っているのに、この人物だけにはピントが合っていない。そんなことはありえない。合成写真かなにかかとも思ったんだが、そのような痕跡《こんせき》もない」

「じゃあ、本物の心霊写真だと認めるんですね」少女の目が輝いた。

「そう結論付けるのは早すぎるよ。可能性としては……」

「それは本物の心霊写真です。その証拠もあります」

「証拠？　どんな？」

「その写真を見た人は必ずそこに写っている霊に出会うんです」少女は微笑んだ。

冗談のつもりだろうか？　できればこんな不気味な幽霊を見るのは勘弁して欲しい。

「まさか」僕は笑い飛ばそうとした。

「本当です。写真を見てから二十四時間以内に必ず」

「いくらなんだって、そんなこと……」

少女の表情が変わった。「幽霊を信じますか？」

「いや。しかし……」

「じゃあ、きっと今晩中に考えが変わると思います」少女はぞっとするような笑みを浮かべると、そのまま帰ってしまった。

どういうことだろうか？　結局、悪戯《いたずら》だったのか？　だとすると、ずいぶんと手の込んだ悪戯だ。男は自分に言い聞かせた。

その夜遅く、男の家のチャイムが鳴った。男はまさかと思いながら、ドアスコープから外を覗《のぞ》いた。その日に限って、玄関灯の調子が悪く、訪問者はシルエットにしか見えない。

「あの、どなたでしょうか？」男は恐る恐る尋ねた。

「昼間あの子が来たんでしょ」地底から響き渡るような女の声だった。「なら、わたしの来た訳はご存知のはずよ」

そんなはずはない。やっぱり悪戯だ。でも、どうやればあんな写真がとれるというのだ？　確かめるためにはドアを開けなければならない。しかし、もし……。

「どうしたの？　ひょっとすると、怖いの？」

きっと、物陰に今朝の少女が隠れているんだ。怖がって出て行かなければ、後で馬鹿にされるに決まっている。

男はドアを開けた。

「ええ。そうなんです。あの人はわたしの顔を見たとたん、卒倒してしまったんです」女は陰気な調子で救急隊員に答えた。「わたしの写真に変なものが写ってたんで、雑誌に送ったんですが、写真を見た人に変なことが起きるんで、心配になって雑誌の編集部に連絡してやっとここを教えてもらったんです。ええ。この写真です。ほら、わたしの前に小さく若い女の子の霊が写っているでしょ」

タルトはいかが？

姉さん

大ニュースがあるんだ。ついに涼子《りょうこ》に打ち明けたんだ。びっくりしたかい？　姉さんが気付いていたかどうかは知らないけど、僕は前から涼子のことが好きだった。そういうことさ。まあ、中には僕らのことを知ってがたがた言うやつがいるかもしれないけど、そんなことは気にしない。どうせ時代遅れのやつらに決まっている。

とにかく、涼子は僕の気持ちを受け入れてくれた。もちろん、結婚は無理だ。ひょっとすると何か手はあるのかもしれないけど、僕たちは小賢《こざか》しい細工をしてまで形式に拘《こだわ》る気はないんだ。だから、当面は同棲《どうせい》ということになる。いつかは披露宴もしたいと思ってるんだけど、頭の古い親戚《しんせき》連中を説得するのは大変だし、涼子もそんなに焦ってはいないみたいだから、今年や来年ってことにはならないと思う。みんなには、いつか折りを見て、涼子と一緒に説明に行くつもりだ。たぶん、すぐには許して貰《もら》えないと思うけど、わかって貰う自信はある。僕らが普通のカップルとは何も変わらないんだって。

と、ここまで書いたけど、まさか姉さんが反対するってことはないよね。姉さんは僕以上に涼子のことをよく知っているわけだから、彼女が一時の気の迷いで決心をしたわけじゃないってことはわかるはずだ。僕たちは真剣だ。姉さんはきっと理解してくれると信じているよ。

いいや。決めつけはよくない。どうやら、涼子に気持ちが伝わったことで、少し舞いあがっているらしい。姉さんは今初めて僕ら二人のことを知ったわけだし、すぐに結論を出すのは難しいかもしれない。でも、僕らが互いを大切に思っている心には決して嘘偽りはない。万が一姉さんにわかって貰えなかったとしても、僕たちは二人で頑張っていくつもりだ。だけど、できることなら姉さんとだけは仲違《なかたが》いしたくない。もし、どうしても僕たちのことが許せないのなら、遠慮せずにはっきりとそう主張してくれ。そうなったら、僕たちは本当に孤立してしまうことになるけど、絶対に後悔はしない。

よい返事を待っているよ。

拓哉《たくや》

姉さん

前の手紙には返事をくれなかったね。どういうことか、僕なりに考えてみたんだ。もし姉さんが僕と涼子の同棲に反対なら、返事を書く以前に僕たちを訪ねてくるはずだ。姉さんの性格から考えて間違いないと思う。では、諸手《もろて》を挙げて賛成してくれるかというと、それもあり得ない。僕たちは、子供の頃から姉さんに、決して人の道に外れるようなことをしてはいけない、と言い聞かされてきた。姉さんは昔から曲がったことが大嫌いで、どんな言い訳も聞こうとしなかった。もちろん、僕だってそうだ。世間がどう思おうとも、僕と涼子の関係は人の道に反したものじゃないってことははっきりと言える。姉さんだって、心の奥底ではそう感じてくれているはずだ。でも、姉さんの心を包む常識は僕たちの関係を受け入れることを拒否するんだ。だから、姉さんは黙殺することに決めたんだね。僕たちの味方になってくれなかったって、別に僕は怒っちゃいないよ。それが姉さんにとって、精一杯だということはわかっているから。むしろ、消極的にでも賛成してもらえたことで、心強く思っているぐらいだ。

でも、これだけははっきりしておきたい。僕たちは姉さんの着せ替え人形じゃない。いつまでも、姉さんの思い通りにはならない。姉さんがどう思おうとも、僕たちは僕たちの意志を尊重する。随分ときつい言い方をしたけど、わかってくれるよね。

さて、涼子との新生活の報告をしよう。

今まで気付かなかったことだけれど、涼子にはお菓子作りの才能があったことを知った。もっとも、前はいつも姉さんがお菓子を作る係だったから、知らなくて当然なのだけど。はっきり言って、涼子のお菓子作りの腕は姉さんよりも上かもしれない（失礼）。単に甘いとか香ばしいとかじゃなくて、独特の味わいがある。うーん。文章じゃうまく伝えられないなあ。なんと言うか、涼子のお菓子は生命力に満ち溢《あふ》れているんだ。一口食べるだけで、口の中の粘膜から直接全身に温かみが広がっていく感じと言えばいいのかな？　涼子のお菓子は生きているんだ。それも植物のような静かな命じゃなくて、動物のような激しい命さ。卵や牛乳に特別なものを使ってるのかもしれない。でも、涼子は材料については絶対に教えてくれないんだ。まあ、自分で作るわけじゃないから、構わないけどね。とにかく、涼子のお菓子はとても美味《おい》しいんだ。だから、最近じゃあ、食事の回数を減らしてまで、涼子のお菓子を食べるようになった。いや。本当のことを言うとね、今では三食ともお菓子なんだ。姉さんが眉間《みけん》に皺《しわ》を寄せるのが目に見えるようだよ。でも、心配はご無用さ。僕も涼子も健康でぴちぴちしている。体調はとてもいい。肌だって艶々《つやつや》している。特に涼子の綺麗《きれい》な桃色に光る肌を見ていると、僕は日に何度だって……。後は想像にお任せだ。お菓子って案外栄養のバランスがとれているのかもしれないね。
じゃ。

拓哉

姉さん
ちょっと困ったことになった。事の始めは涼子のお菓子の味が急に落ちてきたことだった。不味《まず》くなったってわけじゃない。けれど、前のように生命の輝きが感じられなくなったんだ。口に入れても、砂糖と油の味がするばかりで、なんだかお菓子の死骸《しがい》を食べているようだ。いったいどうしたと言うんだろう？
僕はいつもふらふらして吐き気がするようになったし、顔色は青白く、眼の下には隈《くま》ができている。毎日下痢が続くし、耳鳴りがして日がな一日寝てばかりいるようになった。

この手紙も何日も前から書こうと思ってたんだけど、なかなかその気になれなくて、やっとのことで書き出したんだ。

僕はこれでもまだましだ。涼子はもっと酷《ひど》いことになっている。唇は白くなって皮が捲《めく》れているし、皮膚は土色になって細かいひび割れが走っている。いつもがたがたと震えて、眼だけがぎらぎらとしている。口からは饐《す》えた臭《にお》いが立ち上り、全身骨と血管が浮き出ている。

どんどんミイラのようになっていく涼子に僕は医者に行くように勧めた。でも、涼子はこれは病気ではないので医者なんかにはどうしようもないと言うばかりだ。

病気じゃないっていうのなら、いったいなんなのだと、僕は苛立《いらだ》って、涼子に問い詰めたけど、口を噤《つぐ》んでどうしても答えようとはしてくれない。

涼子は今では寝たきりになってしまって、日に日に衰弱していくばかりだ。僕はと言えば、涼子ほどではないにしても、体の調子は最悪で涼子の看病どころじゃない。せっかく見つけたバイト先も欠勤続きで首になってしまった。本当のことを言うと、涼子を医者にみせる金もないんだ。

姉さん、頼みがある。金を貸してくれとか、涼子の看病に来てくれとか、そんなことじゃない。どうも涼子は自分の体調の変化の原因を知っているらしいんだが、僕にそれを教えたくないらしい。だから、もし涼子の体のことで何か思い当たることがあったら、教えて欲しいんだ。姉さんは子供の頃から涼子を見てきた。以前、このようなことがなかったか、そしてあったなら、どうやって治したか、それだけでいいんだ。

姉さんの着せ替え人形じゃないなんて、思いあがったことを書いて後悔している。やっぱり、僕たちは姉さんがいなくてはやっていけないのかもしれない。

お願いだ。姉さんだけが頼りだから。

拓哉

姉さん
返事をくれなかったね。僕たちが姉さんの元から出ていったことをまだ怒っているの？　それとも、僕たちにお仕置きをしているつもりかい？　どっちでもいい。もう姉さんから教えてもらう必要はなくなった。

涼子からついに聞き出したよ。ここ数日間、涼子の容態はますます悪化して、意識が朦《もう》朧《ろう》としていたから、つい喋《しゃべ》ってしまったんだろうと思う。

原因はやっぱりお菓子だった。涼子のお菓子の味が急に落ちたのはある材料が手に入らなくなってしまったためらしい。姉さん、驚かないで欲しい。

その材料とは血なんだ。それも人間の。

涼子は何年か前に、重い病気に罹《かか》ったらしい。海外旅行に行った時に感染したようだ。深く追求はしなかったが、何か言いたくない理由があって、医者にはかからなかったらしい。そして、その時も今のような状態になっていた。混濁した意識の中、耳元で囁《ささや》くものがいたというんだ。人間の血を口にしろ。そうすれば助かると。

輸血を続けなければならない病気はいくつかあることは知っている。しかし、血を飲まなくてはならない病気なんて聞いたことがない。それでも涼子は藁《わら》にも縋《すが》る思いで、その時、付き合っていたボーイフレンドに血を手に入れてくれるように頼んだ。果たして、その彼は赤い液体を古びた洋酒の罎《びん》に入れて持ってきた。それが人の血であるかどうかは判断できなかったが、涼子は信じることにしたらしい。ところが、いざ飲もうとすると、生臭くて到底飲めたものではない。そこで、涼子は血をお菓子に混ぜることを思いついたんだ。そうすると、不思議なことに生臭さがなくなるだけではなく、信じられないぐらい味がよくなった。焼く時の熱が血を変質させるのかもしれない。それとも、卵や牛乳といった血と同じ蛋白質《たんぱくしつ》でできた食材が血を馴染《なじ》ませてくれるのかもしれない。涼子にとって、理由はどうでもよかった。一度食べるだけで、涼子の病気はどんどんよくなっていった。それだけではない。前にもまして、色艶《いろつや》がよくなり、美しくなった。いや。単に美しくなっただけではない。男なら誰でも抗し難い女の妖気《ようき》を発散するようになったのだ。僕が涼子に惹《ひ》かれたのも今から思うと、この妖《あや》しさのせいかもしれない。

病気が治ったことで、涼子は血の菓子を作るのをやめた。すると、数日後には病気がぶり返してきた。血には病気を根治させる力はなく、単に病状を抑えるだけなのか、それとも血そのものに習慣性があるのか。とにかく、涼子は血なくしては生きられなくなったのだ。

涼子は男に度々血をせがんだ。その都度、男はどこからともなく血を入手し、それと同時にどんどん荒《すさ》んでいった。涼子は血を大事に使い、余った分は冷凍保存しておいた。ある日、男は信じられないぐらいの大量の血を持ってきて、それっきり姿を消したという。そして、今ついに血は底をついてしまった。

涼子は衰弱している。

拓哉

姉さん

僕は働き始めた。涼子のために頑張る決心をしたんだ。

僕の勤め先はクラブだ。欲望に眼をぎらつかせた女たちが集まるところ。そう。僕はホストになったんだ。これほど簡単にホストになれるなんて信じられないぐらいだった。おおかた、痩《や》せて青白くなった僕の姿が店の支配人にはスマートで色白に見えたのかもしれない。面接したその場で採用が決まった。

店にくる客は年増の暇な金持ち女ばかりかと思っていたけど、そうではなかった。もちろん、中年の金に余裕がありそうな客は多かったが、目に付いたのは若い女たちだった。ホストを何人も侍《はべ》らせ、恍惚《こうこつ》とした表情で飲み食いする。僕には全く理解できない。いったい若い女性がホストクラブに来る必要などあるのだろうか？　若い女なら誰でもいいと思っている男どもが街に溢《あふ》れかえっているというのに。僕は常連客の一人に思いきって訊《き》いてみた。どうして、決して安いとは言えない料金を払ってまで、ここに通いつめているのか、と。

ここに通い続けるのは確かに大変だと、髪の毛を白く脱色した真っ黒な顔の女は奇妙なアクセントで答えた。(目と口の周りだけが、白く塗られているのが妙に生臭く吐き気がした)ここに来る金を稼ぐのに、何日も立ちつづけでアルバイトをしなければならないし、それが嫌な時には臭い親爺《おやじ》の相手をしてやらなければならない。どっちにしても最低だ。けれども、ここに来ることを考えると、ぎりぎりのところで我慢ができるのだ。世の中にはいい男なんか殆《ほとん》どいない。いたとしても、他の女ががっちり摑《つか》んで離そうとはしない。自分の回りに集まってくるのはいつも馬鹿な男ばかりだ。風俗に行く金がないというだけの理由で誘ってくる馬鹿な男。風俗より新鮮で安全だと思い込んで金を運んで来る馬鹿な男。どっちにしても馬鹿な男たちは、従うことを要求してくる。何様か。人に従うのは真っ平御免だ。男に称賛され、傅《かしず》かれたい。

ホストたちはとてもハンサムだし、女を不当に扱ったりしない。自分を正当に評価して、褒《ほ》め称《たた》えてくれる。洗練された美しいホストたちに囲まれているだけで、ここに来るための金を稼ぐ苦労が癒《いや》されていく。世間にうようよいる馬鹿な男たちの臭いをここのホストたちのフェロモンで中和するんだ。自分はこのクラブに相応《ふさわ》しい、それだけの価値がある女なのだから。

馬鹿な女だ。自分が蔑《さげす》んでいる馬鹿な親爺たちと自分が同じだということにすら、気付いていない。

ホストたちはいやらしく、そして鋭い目配せを互いに走らせる。馬鹿を煽《おだ》てろ。金を搾り取れ。

そうとも。世の中の並の男どもなんかには君の本当の価値がわからないんだよ。そんなやつらと付き合うのは、まさに「猫に小判」、「豚に真珠」さ。君には贅沢《ぜいたく》が似合ってる。金のことくよくよするなんて、君らしくない。さあ、今夜はお祝いだ。真実の君が見つかった記念日だ。さあ、甘い美酒を。

ホストたちは別に協力しあっているわけじゃない。いつでも、ライバルを出し抜く機会を虎視《こし》眈々《たんたん》と狙っている。客にとっては遊びでもホストたちにとってはまさに戦いの真っ最中なんだ。みんな自分を指名させたり、同伴出勤させたりするために必死だった。そのためには平気で人の足を引っ張る。もちろん、僕はそんな争いには加わらない。なぜなら、僕にとって金はそれほど重要じゃないからだ。涼子と二人なんとか食っていければかまわない。ホストたちの何人かはそんな僕の態度を見てうすのろの田舎者だと嘲笑《あざわら》ってるけど、殆どのホストたちには敵ばかりの中で唯一気を抜いて付き合えると概《おおむ》ね好評だ。僕はきっとうまくやっていける。最近、そんな自信が涌《わ》いてきた。

拓哉

姉さん

今日は僕のホスト生活について詳しく教えよう。

店に来る女たちの何人かはおおっぴらにホストたちに関係を持つことを要求した。店側は黙認――いや奨励しているふしさえあった。金払いのいい客を店に繋《つな》ぎとめるには一番手っ取り早い方法だからだろうか。しかし、ホストたちに迫ってくるのは、金持ちの女ばかりとは限らない。恋愛には飢えているが、金は使いたくない客もいる。そんな客は店にもホストにも迷惑なのは言うまでもない。

僕はそんな女たちに目を付けた。

毎日、店に通いつめ、気に入ったホストを指名してもなかなかやって来ないし、来ても一分も立たないうちに席を立ってしまうのに、グラス一杯の酒で何時間も粘り、遠くから気に入りのホストを物欲しげに見つめている――そんな女の隣に僕は座る。最初はお目当てのホストに気をとられているが、そのうち僕と打ち解け始める。金がない客は誰も相手をしたがらないので、邪魔されることもない。

何回か店で相手をした後、僕は女と外で会うようになる。他のホストたちは店に来させるため、滅多《めった》に外で会うことはしないし、たとえ会ったとしても同伴出勤しようとする。しかし、僕はそんなことはしない。最初の何回かは普通のデートをする。そして、ホテルに誘い込む。女は僕が金目当てじゃないことは感じ取っているので、勝手に僕が愛情を持っていると妄想《もうそう》してくれる。ほいほいついて来るんだ。

僕の方はと言えば、涼子以外の女と関係を持つ気はさらさらない。まあ、ムードを盛り上げるために、キスぐらいはするけどね。その後、僕は鞄《かばん》の中から、ロープを取り出す。目を輝かせて身悶《みもだ》えする女もいるし、真顔になって拒否する女もいる。どっちにしても同じだ。嫌がっていても、少しばかり拗《す》ねて怒ったふりをすれば、向こうの方から折れてくる。ソフトにするなら、やってもいいと。

僕は女をベッドや椅子に縛りつけ、猿轡《さるぐつわ》を嚙《か》ませる。そして、手首をナイフで傷つけるんだ。女たちはびっくりしてもがくが、気にすることはない。中には大喜びする勘違い女もいるけどね。僕は用意してきたプラスチック容器を女の肌に押し当て、血液を流し込む。たいした量じゃない。一リットルもないぐらいだ。容器が一杯になると、腕に絆創膏《ばんそうこう》を貼って放してやる。たいていはそのまま、逃げ出して二度と会ってくれなくなる。むろん、店にも来ない。中には二度三度会ってくれる女もいるが、四度会ってくれた女はいない。

血を持って帰ると、今ではすっかり元気になった涼子は大喜びだ。マカロン、グラニテ、プディング、エクレア――その他いろいろなお菓子を作ってくれるんだ。中でも、僕が今一番気に入ってるのはタルトなんだ。

予《あらかじ》め冷蔵庫から出して軟らかくしておいたバターをじっくり練る。それに砂糖を入れた後、血と小麦粉をたっぷりと加えてよく混ぜる。始めはとても水っぽいけど、混ぜていくうちに少しずつ粘り気が出て、濃いピンクの綺麗《きれい》な糸を引き始める。出来上がった生地はいったん冷蔵庫で休ませてから、型に押し込む。この時はまだ生臭い臭《にお》いが部屋中に漂っているが、それはあの女どもの生臭さとは違ってちっとも不快じゃないんだ。体から出た途端に血は清浄になるんだろうか？　そう言えば、女たちはみんな臭くて、醜かったけれど、血はとても綺麗な色をしている。涼子は生地の上に血と砂糖とバニラエッセンス入りのバターをかけ、オーブンで焼く。そして、最後に泡立てた生クリームとたくさんの果物を盛りつけて完成だ。

これだけ血が入ると、きっとしつこい味だろうと思うかもしれないけど、意外とあっさりしているんだ。むしろ、単調になりがちな焼き菓子にアクセントを加えてくれる。鉄錆《てつさび》の風味がこれほどクリームと合うとは知らなかったよ。色がまた実にいい。焼く前はさっきも書いたとおり、濃いピンクなんだけど、焼きあがると深みのある焦げ茶色になる。それはもう見るだけで、鼻の中いっぱいに香ばしさが広がる素晴らしい色だ。このタルトはぜひ上に乗っかっている果物と生地を一緒に食べるべきだと思う。果物を噛んだ時に溢《あふ》れる汁が生地の中で固まった血を溶かしてくれるんだ。瞬時に生命力が蘇《よみがえ》り、どくどくと直接僕の血管の中に流れ込んで行くのがはっきりとわかる。

僕に力がみなぎると同時に、涼子は妖《あや》しい美しさを増す。お菓子を食べた後、二人は幸福に包まれ、愛し合う。僕たちには怖いものはもう何もない。

拓哉

姉さん

この手紙を読んでどうするかは姉さんの自由だ。姉さんがどうしようが、僕は決して恨んだりしない。だから、姉さん、何も気にせずに己が信ずる通りに行動して欲しい。

僕は次々と女どもから、血を集めた。しかし、女は尽きることがない。次々と現れては、僕と涼子に自らの血を捧《ささ》げてくれる。

最近では生のままの血も大丈夫になってきていた。白ワインに混ぜてロゼ風の色にしたり、冷凍室でシャーベット状に凍らせて、シロップ代わりにプディングにかけたりもした。

ますます血は必要になり、女を狩る周期が短くなっていく。僕は少し焦り始めていた。確かに女はいくらでも引っ掛かったが、採取した血はほとんど一日で使い果たすようになってしまったからだ。基本的にクラブの客を昼間に呼び出すのだから、日に二人の女から血を採るのはかなり難しい。しかし、消費する血の量はどんどん増えてゆき、涼子も僕も血のお菓子を食べない日はいらいらしてどうしようもなくなる。肌は見る間にかさかさになっていく。ある時、ふと気が付くと僕は自分の手の甲を嚙み切って、血をちゅうちゅうと吸っていた。

だからあの時、少し欲張ってしまったのも仕方のないことだったんだ。

いつものように僕は女から血を採っていた。ところがその女はどういうわけか血の出が悪かったんだ。たぶん血の巡りの悪い女だったんだろう。女の顔は青ざめ、血はますます出にくくなっていく。このままでは一人分のお菓子も作れない。僕はついに癇癪《かんしゃく》を起こしてしまった。

気が付くと、女の首筋に思いのほか深い傷を作ってしまっていた。女は狂ったように暴れて縛《いまし》めを解こうとした。血はどんどん流れ出し、容器から溢れ出した。僕はバスルームからありったけのタオルとバスタオルを持ってきて、それに血を染み込ませた。それらはみるみる美しく染まっていく。タオルがぐっしょりと濡《ぬ》れると鞄の中に詰め込む。幸いビニール製なのでほとんど染み出すことはなかった。

やがて、女は静かになっていった。血の出が悪くなったので、僕はナイフでさらに傷口を広げる。申し訳程度にちょろちょろと血が流れる。女はぐぐっと唸《うな》った。僕はびっくりするぐらいに深くナイフを突き刺し、肉を抉《えぐ》った。もう血は出なかった。女の目は見開かれ、僕をじっと見ていた。半開きにした口からは白い舌が垂れ下がっていた。

僕はしばらく呆然《ぼうぜん》と女の体を見下ろしていた。そして、ずっしりと重くなった鞄を抱え、ホテルから立ち去った。僕はもう戻れない。

拓哉

最後の手紙を貰《もら》ってから一年後、警察から連絡があった。わたしは拓哉からの手紙をすべて提出した。しばらくして、二人の刑事が訪ねてきた。

「ご協力ありがとうございます」年かさの方の刑事が頭を下げた。「これで捜査も捗《はかど》ることでしょう。……と言いたいところですが、実のところ困ってます」刑事は大げさに腕を広げるしぐさをした。「ええとですね。あなた宛の手紙が部屋の中に残されていました。たぶん拓哉からの最後の手紙ということになるんでしょう。お読みになりますか?」

「ええ。ぜひ」

若い方の刑事がビニール袋に入った手紙を持ってきた。

「一応証拠品なので、捜査が終わるまでお渡しするわけにはいかないので、ここで読んでいただけますか？」

　手紙は全体の半分が茶色い染みに覆われていた。

姉さん
　僕と涼子はあれからずっと部屋に閉じこもっている。バターや小麦粉やクリームやチョコレートや果物はふんだんにある。でも、もう血がなかった。タオルに染み込ませた血は妙な臭い——たぶん洗剤のそれ——がついていて、とても口にできるものではなかったんだ。
　血が入っていないお菓子を食べても泥を噛み締めているようにしか感じなかった。普通のお菓子がどんなに不味《まず》いものだったのかを思い知らされた。最初は無理をして食べていたが、食べるたびに強烈な嘔吐《おうと》を繰り返し、かえって体力が消耗してしまうことに気が付いて、食べるのはやめてしまった。
　涼子は初めから全く口にしていない。どうせ食べられないことがわかっていたのだろう。体重は半減し、乳房はまるで老婆のように萎《しぼ》み垂れ下がった。喋《しゃべ》る度に皺《しわ》くちゃになった唇から、歯がぽろぽろと零《こぼ》れ落ちた。爪はなくなり、指の先からは濁った血膿《ちうみ》がだらだらと染み出す。（僕も涼子も貪《むさぼ》るようにそれを啜《すす》った）目は黄色く濁り、髪の毛がない頭皮には噴火口のような赤い発疹《ほっしん》が無数にできていた。

　僕は涼子に動物の血を採ってこようと提案した。涼子は拒絶した。動物の血などで作った菓子など食べられたものではないという。そんなことはない。あの女たちだって、醜く穢《けが》れていたけれど、血は清らかだったじゃないか、と僕は懸命に反論した。涼子の生命に危機が迫っていることは明らかだった。絶対に人間の血でなくては駄目だと涼子は言った。囁《ささや》く者ははっきりと「人間の血」と言ったのだ。たとえ、動物の血を持ってきたって、決してお菓子は作らない、と。

　やがて、僕の状態も酷《ひど》くなった。殆《ほとん》ど寝たきりだ。部屋には僕が血を採った女たちが現れるようになった。彼女たちの肌の上をだらだらと流れる血を手で掬《すく》おうとすると、すっと消えてしまう。後には、嘲笑《ちょうしょう》とも怨恨《えんこん》とも判然としない繰言《くりごと》が漂うばかりだ。

　涼子に残る歯は上の二つの犬歯だけになった。朦朧《もうろう》としながらも、僕の首に齧《かじ》りつくのだが、皮膚を食い破る力は残っていなかった。僕はせつなくなり、涼子を抱きしめる。彼女の体は軋《きし》み、膿を噴き出す。自分の腕を傷つけ、涼子に血を吸わせてやろうとするが、力が入らず、かすり傷にしかならない。

　僕は台所を探し回り、肉切り包丁を見付けた。とても重たいやつで、これを振り下ろせば、深い傷を付けられるのじゃないかと思ったからだ。ボウルを準備して、肉切り包丁を腕の上に振り下ろす。鈍い音がして、手首がぽんと部屋の隅まで飛んでいった。蛇口を捻《ひね》ったように手首から血が流れ出す。僕はボウルに血を受ける。涼子が犬歯を見せて笑った。僕は笑い返す。血が溜《た》まっていく。血が黒くなる。部屋が黒くなる。気持ちがよくなる。ボウルから血が溢れる。耳がぼおっとなる。体から力が抜ける。床に倒れ込む。頭を強く打つ。痛みは感じない。血が床に流れ出す。涼子がそ

「部屋の中に拓哉の死体はあったのですか？」わたしは尋ねた。

「いいえ」刑事は答える。「しかし、人体の一部は見つかりました。ベッドの陰に手首が落ちていたのです。それに関してですが、後ほど病院の方であなたの血液サンプルを採らせていただいてよろしいでしょうか？　DNA鑑定をすれば、あなたのご兄弟かどうかはっきりするはずです。因《ちな》みに部屋中に広がった夥《おびただ》しい量の血液の痕跡《こんせき》と手首のDNAが一致することは確認しています」

わたしは頷《うなず》いた。

「妹さんの行方は今のところ不明です」刑事は眉間《みけん》に皺をよせた。「ずいぶんご心配でしょう」

「涼子は末っ子で甘やかされて育ったせいか、時に常識外れの行動を起こすことはありましたが、まさかこんなことになるなんて……」わたしは手で顔を覆った。

「あなたからいただいた手紙の内容の裏をとるためにいろいろと調べてみたんです」若い方の刑事が言った。「例のクラブは実在しました。ホストたちに聞いてみたところ、拓哉

に対する印象は本人が分析したものでほぼあっているようです。ただ、とても薄気味悪い感じがしたとも言っていました。いつも血かお菓子の話しかしなかったらしいです。また、どんな客にでも必ず店の外で会おうと持ちかけていたということです。ただ、たいていの場合、客の方が気味悪がって相手にしなかったそうですが」

「被害者は見つかったんですか?」

「まず、血を抜かれた女性たちですが、今までのところ届け出はありません。もっとも、女性の方がそういうプレイだと思っていたとしたら、傷害罪の成立は難しいですね。それから、首を切られた女性の件ですが、実はホテルで女性が殺される事件はここ数ヵ月で何件かありました。その中で該当するものがないか調べている途中です。ただ、われわれは実際に殺人があったかどうかは疑わしいと考えています」年かさの刑事が言った。

「それはどういう意味でしょう?」

「まず、拓哉からの手紙の内容が真実だと考える根拠が薄弱です。現に手紙にはかなりの嘘が書かれています。また、百歩譲って、手紙の内容が真実だとしても被害者の女性が本当に死亡したという証拠はありません。手紙に書いてあったのは、ただ女性が動かなくなったということだけです」

わたしははっと顔を上げた。「だとすると、無罪の可能性もあるということですか?」

「無罪も何もまだ何らかの犯罪があったということすら、確定していないのです。何ヵ月も姿を見せない住民を不審に思った管理人が部屋に入ると、血の跡らしいものが床一面に広がっていた。そして、調査をすると人体の一部が見つかった。それだけのことです。依然として、事故、事件の両方の可能性があります。なにしろ死体が一つも見つかっていないわけですから、殺人事件として立件するのは至難の業ですよ」年かさの刑事は情けない顔になった。

「お嬢さん、心配される必要はありませんよ」若い刑事はにこやかに言った。「僕らはしょっちゅうこんな事件を担当して馴《な》れてますから。警部は少し大げさなんです。それに、いざとなったらまた探偵さんに頼めばいいし。ねえ、警部」

「こら、西中島！　そんなことをぺらぺら喋るんじゃない。誤解されたらどうするんだ？」年かさの刑事はわたしの方に向き直った。「ところで、『拓哉』という名前には心当たりはありませんか？」

「ええ。だから、てっきり悪戯《いたずら》かと思っていたんです。『拓哉』なんて弟を持った覚えはないし」

「いや。あなたを『姉さん』と呼ぶのはあながち出《で》鱈目《たらめ》でもないのです」年かさの刑事は溜め息をついた。「『拓哉』というのは涼子さんのクラブでの源氏名《げんじな》だったのですよ。あなたの妹さんは男装の女性が女性客を接待する店に勤めていたのです」

　刑事たちが帰った後、わたしはほっと一息ついて、奥の部屋で寝ている涼子の元へ戻った。見つかったらどうしようかと、どきどきしていたが、杞憂《きゆう》だったようだ。刑事たちは疑いもしていない。

涼子は依然すやすやと眠っていた。起こそうかと思ったが、やめておくことにした。病気の時はできるだけ睡眠をとった方がいいだろう。

わたしは涼子の頬に触った。可哀想に酷くやつれて……

幼い頃、両親を亡くしたわたしたちはお互いが親代わりだった。姉妹でありながら、親子であり、親友であり、同志であり、恋人だった。わたしは涼子によくお菓子を焼いてあげた。涼子はわたしの作るタルトが大好物でいつも口から溢《あふ》れるのも構わず、むしゃぶりついたものだった。そんな涼子が大人になったある日、わたしの元から去った。今のままの生活を続けていては駄目だ。二人は共依存関係にある。誰かがそんなことを涼子に吹き込んだらしい。わたしはその日から毎日涼子を求めて泣き暮した。

そんなある日、涼子から手紙が届き始めた。それは奇妙なものだった。自らを拓哉と名乗って涼子との恋愛を語るのだ。最初は何かの冗談かと思った。涼子を恋焦がれるわたしを嘲笑《あざわら》おうとしているのだと。それとも、本気でわたしを騙《だま》そうとしているのか。わたしに嫉妬《しっと》させたいのか。しかし、それにしては、拓哉のふりをしながら、わたしに姉さんと呼び掛けるのは間が抜け過ぎている。

わたしは手紙を無視することにした。すると、手紙は毎回過激さを増すようになった。わたしの返事を促す策略だと感じたため、意地になって返事は書かなかった。手紙は恐ろしいまでの内容になり、そして突然途絶した。

最後の手紙を受け取ってから半年後、わたしはいてもたってもいられなくなって、涼子の部屋を訪れた。

涼子は酷い病気だった。干からびて、小さくなって、ところどころ溶けかけていた。体の下側には黴《かび》さえ生えていた。わたしは涼子を運び出した。このまま、この部屋に置いておけば、いつか誰かに死体だと誤解されてしまうと思ったからだ。涼子の命はとても小さくなってしまっていて、姉のわたしでなければとても気が付かなかっただろう。涼子の体は病気で軽くなっていたため、運ぶのに苦労はなかった。可哀想に手首が一つなかった。

わたしは涼子を懸命に看病したが、好転の兆しは見えなかった。あれほど大好きだったお菓子も全部吐き出してしまう。どうして、涼子はわたしを受け入れてくれないんだろう。わたしは毎晩涼子に添い寝しながら、身悶《みもだ》えした。

そして、警察に提出する前の晩、涼子からの手紙を読み返して、やっと気が付いた。涼子はわたしをからかってなどいなかったのだ。涼子は自分の望みを訴えていたのだ。わたしにお菓子を作って貰《もら》っていながら、いつか自分がわたしにお菓子を作ってあげたいという願望が膨らんでいたのだ。そして、それは特別なお菓子でなくてはならなかった。血の繋《つな》がったわたしたちに相応《ふさわ》しい血のお菓子でなくては。

わたしは涼子の夢を引き継ぐことを決心した。

あなたが勤めていた店はすぐわかったわ。支配人はわたしを見て、とても驚いていた。あなたと瓜二《うりふた》つですって。わたしは男物の服を買った。髪の毛を短く切り、日焼けし、眉《まゆ》を太く書いた。声を太く聞かせる喋《しゃべ》り方、体を大きく見せる身振りを練習した。わたしは今晩から拓哉になる。拓哉があなたの理想の恋人だとしたら、それはわたしでなくてはならない。あなたはわたしに拓哉になって欲しかったのよね。それをわざと反抗したふりをして、気をひくなんて。涼子って、本当にはにかみ屋さんね。あなたがわたしなしでは生きていけないことは、ようくわかっているのよ。今晩は美味《おい》しいお菓子を焼いてあげるわ。そして、あなたの病気はそれで治るの。大丈夫。材料の調達方法はあなたに教えて貰って知っているから。まずは何がいいかしら。あなたが一番食べたいものがいいわ。そうね……。

タルトはいかが？

初出&所収一覧

脳髄工場　書き下ろし
友達　初出『小説ｎｏｎ』祥伝社（一九九八年一〇月号）
　所収『ホラー・アンソロジー　ゆきどまり』祥伝社文庫（二〇〇〇年七月二〇日）
停留所まで『YOU&I SANYO』（一九九九年五月号～七月号）
同窓会『YOU&I SANYO』（一九九八年一月号）
影の国　初出『小説ｎｏｎ』祥伝社（一九九七年九月号）
　所収『ホラー・アンソロジー　舌づけ』祥伝社文庫（一九九八年七月二〇日）
声『YOU&I SANYO』（一九九九年一月号～三月号）
C市『秘神界―現代編―　朝松健編』創元推理文庫（二〇〇二年九月一三日）
アルデバランから来た男『YOU&I SANYO』（二〇〇〇年一月号～一一月号）
綺麗な子『玩具館　異形コレクション　井上雅彦監修』光文社文庫（二〇〇一年九月二〇日）
写真『YOU&I SANYO』（一九九八年一一月号）
タルトはいかが？『血の12幻想　津原泰水監修』エニックス（二〇〇〇年五月一九日）／講談社文庫（二〇〇二年四月一五日）

脳髄工場《のうずいこうじょう》
小林泰三《こばやしやすみ》

角川ホラー文庫 14153

平成18年3月10日 初版発行
令和7年11月20日 12版発行

発行者——山下直久
発 行——株式会社KADOKAWA
〒102-8177 東京都千代田区富士見2-13-3
電話 0570-002-301(ナビダイヤル)
印刷所——株式会社KADOKAWA
製本所——株式会社KADOKAWA
装幀者——田島照久

●お問い合わせ
https://www.kadokawa.co.jp/ (「お問い合わせ」へお進みください)
※内容によっては、お答えできない場合があります。
※サポートは日本国内のみとさせていただきます。
※Japanese text only

ISBN978-4-04-347007-5 C0193

角川文庫発刊に際して

角川源義

第二次世界大戦の敗北は、軍事力の敗北であった以上に、私たちの若い文化力の敗退であった。私たちの文化が戦争に対して如何に無力であり、単なるあだ花に過ぎなかったかを、私たちは身を以て体験し痛感した。西洋近代文化の摂取にとって、明治以後八十年の歳月は決して短かすぎたとは言えない。にもかかわらず、近代文化の伝統を確立し、自由な批判と柔軟な良識に富む文化層として自らを形成することに私たちは失敗して来た。そしてこれは、各層への文化の普及滲透を任務とする出版人の責任でもあった。

一九四五年以来、私たちは再び振出しに戻り、第一歩から踏み出すことを余儀なくされた。これは大きな不幸ではあるが、反面、これまでの混沌・未熟・歪曲の中にあった我が国の文化に秩序と確たる基礎を齎らすためには絶好の機会でもある。角川書店は、このような祖国の文化的危機にあたり、微力をも顧みず再建の礎石たるべき抱負と決意とをもって出発したが、ここに創立以来の念願を果すべく角川文庫を発刊する。これまで刊行されたあらゆる全集叢書文庫類の長所と短所とを検討し、古今東西の不朽の典籍を、良心的編集のもとに、廉価に、そして書架にふさわしい美本として、多くのひとびとに提供しようとする。しかし私たちは徒らに百科全書的な知識のジレッタントを作ることを目的とせず、あくまで祖国の文化に秩序と再建への道を示し、この文庫を角川書店の栄ある事業として、今後永久に継続発展せしめ、学芸と教養との殿堂として大成せんことを期したい。多くの読書子の愛情ある忠言と支持とによって、この希望と抱負とを完遂せしめられんことを願う。

一九四九年五月三日

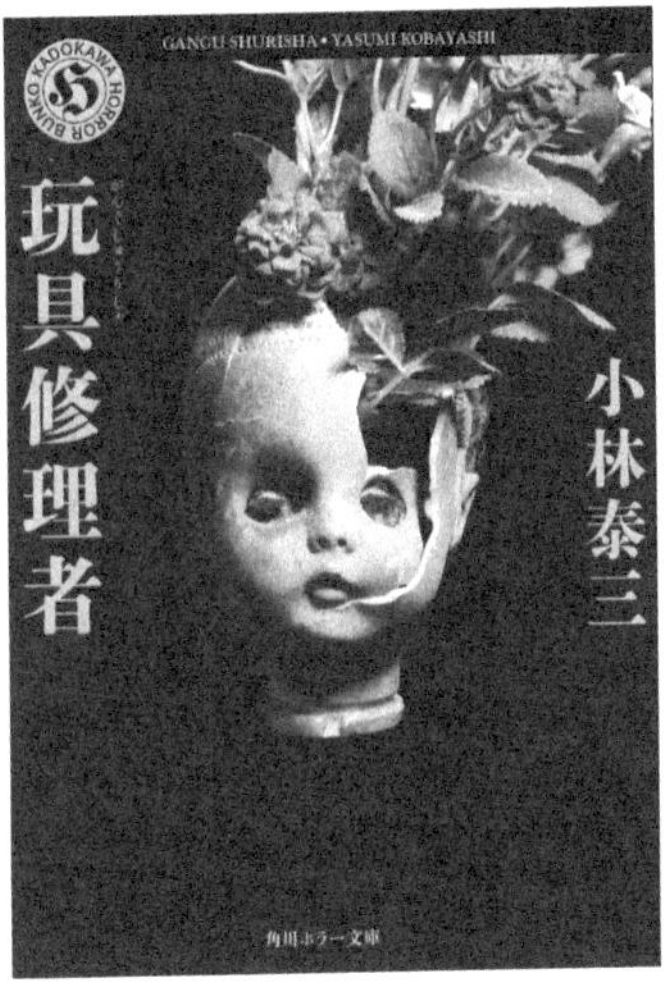

玩具修理者

小林泰三

ホラー短編の傑作と名高い衝撃のデビュー作!

玩具修理者はなんでも直してくれる。どんな複雑なものでも。たとえ死んだ猫だって。壊れたものを全部ばらばらにして、奇妙な叫び声とともに組み立ててしまう。ある暑すぎる日、子供のわたしは過って弟を死なせてしまった。親に知られずにどうにかしなくては。わたしは弟を玩具修理者のところへ持っていくが……。これは悪夢か現実か。国内ホラー史に鮮烈な衝撃を与えた第2回日本ホラー小説大賞短編賞受賞作。解説・井上雅彦

角川ホラー文庫

ISBN 978-4-04-347001-3

人外サーカス

小林泰三

吸血鬼vs.人間。命懸けのショーが始まる！

インクレディブルサーカス所属の手品師・蘭堂《らんどう》は、過去のトラウマを克服して大脱出マジックを成功させるべく、練習に励んでいた。だが突如、サーカス団が吸血鬼たちに襲われる。残忍で、圧倒的な身体能力と回復力を持つ彼らに団員たちは恐怖するも、クロスボウ、空中ブランコ、オートバイ、アクロバット、猛獣使いなど各々の特技を駆使して命懸けの反撃を試みる……。惨劇に隠された秘密を見抜けるか。究極のサバイバルホラー！

ISBN 978-4-04-110835-2